16	3	2	13
5	10	11	8
9	6	7	12
4	15	14	1

Michael Ondaatje

NA PELE DE UM LEÃO

Tradução
Rubens Figueiredo

editora 34

EDITORA 34

Editora 34 Ltda.
Rua Hungria, 592 Jardim Europa CEP 01455-000
São Paulo - SP Brasil Tel/Fax (011) 816-6777

Capa, projeto gráfico e editoração eletrônica:
Bracher & Malta Produção Gráfica

Revisão:
Leny Cordeiro

1ª Edição - 1998

Catalogação na Fonte do Departamento Nacional do Livro
(Fundação Biblioteca Nacional, RJ, Brasil)

Ondaatje, Michael
O67p Na pele de um leão / Michael Ondaatje; tradução de Rubens Figueiredo — São Paulo: Ed. 34, 1998
256 p.

Tradução de: In the skin of a lion

ISBN 85-7326-096-3

1. Romance canadense. I. Figueiredo, Rubens.
II. Título.

CDD - 820C

NA PELE DE UM LEÃO

I

II

III

Gostaria de agradecer a The John Simon Guggenheim Foundation, que me concedeu uma bolsa durante a elaboração deste livro. E também ao Ontario Arts Council, ao El Basha Restaurant, à Multicultural History Society de Ontario e ao Glendon College, da York University.

Gostaria também de agradecer a Andrea Kristof, Margo Teasdale, George e Ruth Grant, Donya Peroff, Rick Halendby, Paul Thompson e Lilian Petroff. E também a Ian Redforth por sua obra acerca dos trabalhadores finlandeses em acampamentos de firmas madeireiras. Um muito obrigado especial para Ellen Seligman.

Esta é uma obra de ficção e às vezes foram tomadas certas liberdades no que diz respeito a datas e lugares.

NA PELE DE UM LEÃO

Este livro é em memória de Michael Lambeth,
Sharon Stevenson e Bill e Michal Acres.

E também para Linda, Sarah Sheard e David Young.

O feliz vai se dobrar de dor e, quando
você tiver ido para a terra, deixarei meu cabelo
crescer em sua homenagem, errarei pelas
matas na pele de um leão.

A epopéia de Gilgamesh

Nunca mais uma história será contada
como se fosse a única história.

John Berger

Esta é uma história ouvida por uma moça, em um carro, nas primeiras horas da manhã. Ela ouve e faz perguntas enquanto o carro atravessa a escuridão. Do lado de fora, as paisagens do campo permanecem ocultas. O homem no volante podia dizer: "Nesse terreno existe um castelo", e para a moça seria possível acreditar.

A moça ouve o homem enquanto ele vai apanhando e reunindo as várias pontas da história, tentando trazê-la inteira em seus braços. Ele está cansado, às vezes tão elíptico quanto sua concentração na estrada, às vezes superexcitado — "Você está entendendo?" O homem se volta para a moça, sob a luz fraca do velocímetro.

No volante, durante as quatro horas do trajeto até Marmora, sob seis estrelas e uma lua.

Ela fica acordada a fim de lhe fazer companhia.

I

Pequenas Sementes

Quando acorda bem cedo, o garoto vê os homens caminhando diante da casa da fazenda, seguindo para a First Lake Road. Depois ele se põe de pé junto à janela do quarto e observa: consegue avistar dois ou três lampiões entre os bordos e as nogueiras. Escuta as botas dos homens baterem no cascalho. Trinta lenhadores, com agasalhos escuros, levando machados e pequenos embrulhos com comida pendurados nos cintos. O menino vai para o andar de baixo e segue para uma janela na cozinha, de onde pode ver a estrada em frente à casa. Eles se movem da direita para a esquerda. Já parecem exaustos, antes da energia do sol.

Às vezes, o menino sabe, esse bando de estrangeiros encontra no caminho as vacas que estão sendo levadas para um estábulo a fim de serem ordenhadas, e há um silêncio respeitoso quando eles recuam para a beirada da estrada, segurando os lampiões (um passo atrás e afundariam até os joelhos em um monte de neve fofa, acumulada pelo vento), para deixar as vacas passarem, preguiçosas, pela estrada estreita. Às vezes, os homens colocam as mãos sobre os flancos quentes dos animais e recebem seu calor enquanto passam. Os homens colocam suas mãos revestidas com luvas finas nessas criaturas pretas e brancas, que mal se distinguem, na última escuridão da noite. É preciso que façam isso com delicadeza, sem dar nenhuma impressão de um ataque ou de um direito. Eles não são donos dessa terra, ao contrário do dono das vacas.

As vacas malhadas passam pelo silencioso corredor polonês formado pelos homens. O empregado que segue as vacas os cumprimenta com um aceno de cabeça. Ele passa por essa estranha comunidade quase todas as manhãs durante os meses de inverno, a companhia que lhe oferece um consolo mudo, nas trevas das cinco horas da manhã — pois ele já está arrebanhando as vacas há mais de uma hora a fim de levá-las para os estábulos de ordenha.

O garoto que contempla essa procissão, e que chega até a sonhar com ela, também já viu os homens trabalhando a um quilômetro e meio dali, entre as árvores cinzentas. Ouviu seus gritos, ouviu a batida de seus machados de encontro à madeira fria, como se estivessem penetrando no metal, já viu uma fogueira ao lado do riacho, cuja água parece molecular e cinzenta sob o gelo fino.

O suor escorre entre seus corpos endurecidos e as roupas geladas. Alguns morrem de pneumonia ou por causa do enxofre acumulado nos pulmões, oriundo das fábricas onde trabalham durante as outras estações. Dormem em barracões atrás do Bellrock Hotel e têm pouca ligação com a cidade.

Nem o garoto nem o pai jamais estiveram nesses aposentos escuros, em um calor feito do cheiro de homens. Uma mesa de madeira bruta, quatro beliches, uma janela do tamanho do torso de uma pessoa. São construídos todo mês de dezembro e desmontados na primavera seguinte. Ninguém na cidade de Bellrock sabe, na verdade, de onde vieram esses homens. Será preciso que outra pessoa, muito mais tarde, venha explicar essas coisas ao menino. A única ligação que os lenhadores têm com a cidade ocorre quando eles surgem para patinar na margem do rio, com patins feitos a mão, as lâminas feitas de facas velhas.

Para o garoto, o fim do inverno significa um rio azul, significa o desaparecimento desses homens.

* * *

Ele espera com ansiedade as noites de verão, o momento em que apaga a luz, em que se apaga até mesmo o pequeno funil leitoso no corredor perto do quarto onde o pai dorme. Então a casa fica na escuridão, exceto pela luz forte da cozinha. O menino se senta à mesa comprida e examina seu livro de geografia da escola, com os mapas do mundo, a curva branca das correntes marinhas, põe à prova sua memória dos nomes, recitando as palavras exóticas. *Cáspio. Nepal. Durango.* Fecha o livro e o alisa com a palma das mãos, sentindo a textura da capa granulada e suas tintas coloridas, que formam um mapa do Canadá.

Mais tarde, caminha pelo quarto escuro, a mão estendida para a frente, e recoloca o livro na prateleira. Fica de pé no escuro, esfregando os braços a fim de trazer o vigor de volta a seu corpo. Está fazendo força para ficar acordado, à toa. Ainda faz calor e ele está nu da cintura para cima. Retorna à cozinha iluminada e passa de uma janela para outra a fim de ver as mariposas espetadas contra a tela, atraídas pela luz. Do outro lado dos campos, elas avistavam esse único aposento iluminado e voavam até lá. Uma patrulha na noite de verão.

Besouros, grilos, gafanhotos, mariposas cor de ferrugem escura. Patrick contempla esses seres que viajavam pelo ar morno acima da superfície da terra para acabar presas na malha da janela, com um baque surdo. Ele as ouvia enquanto estava lendo, seus sentidos voltados para aqueles ruídos. Anos depois, na biblioteca de Riverdale, vai aprender que os besouros de cores brilhantes destroem os arbustos, que os besouros de flores se alimentam da seiva da madeira em decomposição ou do milho jovem. Surgirá, de repente, uma ordem e um sentido para essas noites. Tendo dado a eles nomes fictícios, o menino aprenderá seus títulos formais como se estivesse perscrutando a lista de convidados para um baile — o Gafanhoto de Esporão no Pescoço! O Arcebispo de Cantuária!

Até os nomes verdadeiros são bonitos. Lavadeira de asa cor de âmbar. Grilo do bosque. No decorrer do verão, ele registra suas visitas e desenha um croqui dos insetos que se repetem. Será a mesma criatura? Ele desenha com lápis de cera no seu caderno as asas laranja da mariposa geometrídea, a mariposa lunar, o marrom suave — semelhante ao pêlo de um coelho — da lagarta peluda. O menino não vai abrir a tela e capturar seus corpos polinizados. Fez isso uma vez e a agitação aterrorizada da mariposa — uma criatura marrom-rosada que desprendeu uma poeira colorida em seus dedos — deixou os dois igualmente assustados.

Vistos de perto, são pré-históricos. As mandíbulas dos insetos ruminam devagar. Estarão comendo alguma coisa ou se trata de um movimento subliminar — assim como seu pai fica mascando a própria língua quando está nos campos. A luz da cozinha irradia através das asas porosas das mariposas; mesmo os insetos mais atarracados, como o pulgão verde-pêssego, parecem feitos de pó.

Patrick tira do bolso uma ocarina dupla. Do lado de fora, ele não vai acordar o pai, o som irá simplesmente vagar por entre os ramos dos bordos. Talvez Patrick consiga atrair essas criaturas. Talvez não sejam mudas, em absoluto, talvez se trate apenas de uma limitação do alcance da audição do menino. (Quando tinha nove anos, seu pai o encontrou deitado no chão, a orelha encostada a um monte de bosta de vaca seca, dentro do qual se podiam ouvir vários besouros vibrando e se debatendo nas paredes.) Ele reconhece os chamados vigorosos dos pequenos corpos das cigarras, mas o que deseja é a conversa — a linguagem das libélulas que precisam de algo que traduza sua respiração, assim como ele usa sua ocarina a fim de dar a si mesmo uma voz, algo capaz de saltar o muro que cerca esse lugar.

Será que eles voltam toda noite para lhe mostrar alguma coisa? Ou é Patrick que os atrai? No seu jeito de descer a escada da casa escura e de se colocar na porta da cozinha iluminada, há algo que diz: *Estou aqui. Venham me visitar.*

Ele nasceu em uma região que não aparece nos mapas antes de 1910, embora sua família tenha trabalhado ali durante vinte anos e a terra tenha sido colonizada desde 1816.

No atlas da escola, o lugar aparece em verde-claro e sem nome. O rio escorre de um lago anônimo e não passa de um mero risco azul, até se tornar o rio Napanee, quarenta quilômetros ao sul e, só por causa da atividade madeireira, no final recebe o nome de riacho Depot. "*Deep Eau.*"

Seu pai trabalha para duas ou três fazendas, cortando madeira, recolhendo feno, pastoreando o gado. As vacas atravessam o rio duas vezes por dia — de manhã, seguem até a terra ao sul do riacho e de tarde são arrebanhadas para a ordenha. No inverno, os animais são levados pela estrada até um estábulo, porém uma vaca certa vez tomou a direção do rio, em busca de pastagens abertas.

Ninguém dá pela sua falta durante duas horas e então o pai de Patrick tenta adivinhar para onde ela foi. Corre na direção do rio gritando para que o garoto Patrick venha atrás com os cavalos. Patrick monta um cavalo a pêlo, trazendo o outro pela corda, forçando os animais a andar depressa na neve funda. Vê seu pai através das árvores nuas enquanto desce cavalgando pela encosta, na direção do poço onde costumava nadar.

No meio do rio, semi-submersa no gelo, se encontra a vaca malhada do fazendeiro vizinho. Não existe colorido algum. As hastes secas de verbascos mortos, árvores cinzentas e o brejo, agora limpo e branco. Seu pai, com uma corda em volta dos ombros, rasteja no gelo apoiado nas mãos e nos joelhos na direção do vulto preto e branco. A vaca se levanta, trincando mais gelo, e a água fria vaza para cima. Hazen Lewis se detém, para acalmar o animal, depois continua a rastejar. Precisa passar a corda duas vezes por baixo do corpo dela. Patrick avança devagar até se pôr de joelhos do outro lado da vaca. O pai coloca a mão esquerda no pescoço do animal e mergulha o braço direito na água gelada o mais fundo que pode por baixo do corpo da vaca. Do outro lado, Patrick afunda o braço e o mexe para um lado e outro, tentando achar a corda. Os dois não conseguem alcançar um ao outro. Patrick se deita no gelo para que seu braço e seu ombro entrem mais fundo, o pulso já está começando a ficar dormente e ele pensa que daqui a pouco não conseguirá mais sentir a corda, ainda que esbarre direto contra ela.

A vaca se mexe e a água encharca o casaco do garoto, atravessa até seu peito. Seu pai retira o braço e os dois ficam de joelhos, cada um de um lado da vaca, e sacodem os braços molhados, batendo com eles contra o peito. Não falam. Precisam trabalhar o mais depressa possível. O pai coloca a mão sem luva na orelha da vaca a fim de verificar o calor do animal. Deita de lado sobre o gelo e afunda o braço de novo, a água a poucos centímetros do rosto. Patrick, como uma imagem no espelho, rodopia a mão embaixo da água, mas de novo nada encontra para tocar.

— Vou passar por baixo, agora. Você tem de apanhar depressa — diz seu pai, e Patrick vê o tronco dele se contrair e a cabeça afundar na água gelada. A mão de Patrick agarra o outro braço do pai por cima da vaca, segurando-o com força.

Depois Patrick põe a cabeça dentro da água e estende o braço. Toca o pulso do pai por baixo da vaca. Não se atreve a desistir e move a mão com cuidado até segurar a grossa corda trançada. Puxa a corda mas ela não se mexe. Compreende que o pai, ao descer mais fundo, de algum jeito acabou colocando o corpo por cima da corda, compreende que ele está deitado sobre ela. Patrick não quer desistir, embora esteja ficando sem fôlego. Seu pai sai ofegante da água, deita de costas sobre o gelo e respira arquejante, com uma dor aguda nos olhos, e de repente se dá conta de que está deitado em cima da corda e rola para o lado, a fim de soltá-la. Patrick puxa, usando agora o pé para tomar impulso para fora da água, e se arrasta sobre o gelo para longe da vaca.

Patrick se põe sentado, vê seu pai e levanta os braços em um gesto de triunfo. O pai faz um esforço frenético para tirar a água dos ouvidos e dos olhos antes que ela congele em contato com o ar e Patrick usa a manga seca do casaco para fazer o mesmo, encolhendo a mão para dentro do casaco e enfiando a ponta do pano nos ouvidos. Pode sentir o gelo já se formando no queixo e no pescoço, mas não se preocupa com isso. Seu pai corre de volta para a margem e retorna trazendo outra corda. Amarra a extremidade à primeira corda e Patrick a puxa em sua direção por baixo da vaca, e assim as duas cordas agora contornam o corpo do animal.

Patrick levanta os olhos — para a rocha cinzenta do poço onde costumava nadar, o carvalho se erguendo acima do arbusto cinzento que desponta para fora da neve. O céu está claro e azul. O garoto tem a impressão de que não vê essas coisas há muitos anos. Até esse momento, só existia o pai, a forma preta e branca da vaca e a terrível água negra que rasgava seus olhos toda vez que tentava abri-los no fundo do rio.

O pai amarra as cordas aos cavalos. O rosto da vaca semi-submersa, um olho gigantesco e apático, parece despreocupado. Patrick espera que a vaca comece a ruminar, mergulhada em um tédio absoluto. Ele levanta o lábio da vaca e coloca seus dedos frios sobre as gengivas a fim de roubar algum calor. Depois rasteja até a margem.

Segurando os dois cavalos pelo cabresto, ele e o pai gritam, instigando os animais. Os cavalos nem sequer hesitam com o peso que puxam. Da margem, Patrick vê a língua da vaca deslizar para fora, sua expressão satisfeita pela primeira vez substituída pela preocupação, enquanto ela se vê arrastada na direção da margem, partindo o gelo à medida que vai abrindo caminho. A uns três metros da margem, onde o gelo está mais espesso, o corpo se enrijece contra as cordas. Os cavalos se detêm. Patrick e o pai batem neles com o chicote e os cavalos aceleram o passo. A seguir, a vaca inteira emerge do gelo, de uma forma mágica, e é arrastada de lado, as quatro pernas duras e retas voltadas para o ar, arrastada de maneira implacável para a margem, sobre os verbascos marrons.

Eles soltam os cavalos. Patrick e seu pai tentam desatar as cordas ainda presas na vaca mas é difícil demais e o pai saca de uma faca e corta as cordas. O animal fica ali deitado, bufando o vapor no ar frio, depois se sacode e se põe de pé, olhando para eles. Mais do que tudo, Patrick se surpreende com o gesto do pai, que vive obcecado com a idéia de não desperdiçar coisa alguma. Por diversas vezes, ele advertiu o menino de que era preciso preservar as cordas. Sempre desamarrar. Nunca cortar! Pegar a faca e cortar a corda em pedaços menores representa um ato ultrajante e pecaminoso.

Começam a voltar para casa, olhando para trás a fim de ver se a vaca os está seguindo. O menino bufa:

— Se ela voltar para o gelo outra vez, não vou fazer mais nada.

— Nem eu — grita o pai, com uma risada.

Quando chegam à cozinha, nos fundos da casa, já está quase escuro e sentem dores na barriga.

Dentro de casa, Hazen Lewis acende a lamparina de nafta e depois acende a lareira. O menino treme durante o jantar e o pai diz ao garoto que pode dormir com ele. Na cama, mais tarde, os dois não demonstram qualquer gratidão um ao outro, exceto por partilhar o mesmo calor embaixo dos mesmos cobertores. O pai permanece deitado tão rígido que Patrick não consegue saber se ele está dormindo ou acordado. O menino olha na direção da cozinha e do fogo que se vai apagando.

Imagina a si mesmo ao longo do inverno inteiro, até se ver como uma sombra, no meio do verão, ao lado do pai. No verão, seu pai respinga gasolina nos abrigos das lagartas e ateia fogo. *Flof.* As peles de teia cinzenta se extinguem nas chamas. Lagartas tombam na relva, o cheiro acre de queimado perdura no céu da boca do garoto. Os dois saem por um campo em uma busca minuciosa sob a luz do anoitecer. Patrick aponta para um ninho que seu pai deixou passar e os dois avançam mais fundo no pasto.

Agora, ele está quase dormindo. Na escuridão, uma outra chama irrompe e depois se contorce até se transformar em nada.

* * *

No telheiro diante da casa, Hazen Lewis desenhou o contorno do corpo do menino nas tábuas da parede com giz verde. Depois pregou fios para um lado e outro sobre a silhueta, como se estivesse realinhando as veias no arcabouço do corpo de seu filho. Músculos de cordite, e a espinha, um afluente do estopim de pólvora preta. É assim que o garoto recorda o pai, estudando a silhueta na parede, de que o menino acabou de se afastar, enquanto o estopim aceso vai ardendo lentamente e explode a parte da tábua onde, até pouco antes, estivera a cabeça.

Hazen Lewis era um homem retraído, vivia separado do mundo à sua volta, indiferente aos hábitos da civilização para além de sua própria perspectiva. Montava seu cavalo e se apossava dele, como se fosse um trem, como se sangue e carne não existissem.

Nos meses de inverno, Patrick levava comida para as áreas ao norte do riacho onde o pai, solitário, passava o dia inteiro cortando madeira, minúsculo, naquelas muralhas brancas. E, mais tarde, quando Patrick tinha quinze anos, o pai deu a única guinada de toda sua vida. A certa altura, partindo lenha entre os pés de cicuta, escutando apenas o som do machado e seu eco rodopiante, ele deve ter imaginado as árvores, o subsolo congelado, a seiva dos bordos vindo à tona com um ímpeto repentino, a neve tombando de todos ramos das árvores à sua volta. Parou no meio da tarde, voltou para casa, desamarrou suas luvas de urso e abandonou o machado para sempre. Escreveu encomendando livros, viajou até Kingston para comprar equipamento. A explosão que vira na floresta fora uma idéia que eclodiu, enquanto ele desenganchava o machado, agarrado na madeira da cicuta. Comprou dinamite, cápsulas detonadoras e estopins, desenhou diagramas nas paredes do telheiro, depois levou explosivos para a floresta. Pôs as cargas junto à pedra, ao gelo e às arvores. A cápsula detonadora cuspiu uma chama no cartucho e seus olhos viram a neve despencar dos ramos das árvores, por causa do tremor que sacudiu o ar. Tudo o que se deslocava tornava-se um diagrama, indicando a ele o raio de alcance do tremor.

Antes de a primavera chegar ao fim, Hazen Lewis se dirigiu até a sede da Rathbun Timber Company. Mostrou a eles seu talento, impelindo um tronco para o local exato onde ele dissera que cairia, explodindo meia tonelada de xisto, e foi contratado juntamente com os homens que conduziam os troncos pela água do rio. Ele garantira uma vaga para si mesmo na atividade que prosperava nos lagos Depot e no rio Napanee. Quando a empresa fechou as portas alguns anos depois, ele se mudou e foi trabalhar como dinamitador nas escavações da mina de feldspato perto de Verona e Godfrey, contratado pela empresa Richardson Mines. Em toda a vida, seu discurso mais extenso foi o que proferiu diante dos diretores de firma Rathbun, quando lhes disse o que era capaz de fazer e que, no que lhe dizia respeito, só existiam duas funções interessantes no ramo madeireiro — dinamitador e cozinheiro.

Ao longo da cadeia dos lagos Depot — do Primeiro Depot ao Quinto Depot —, os lenhadores chegavam no inverno e sumiam no interior dos barracões dos acampamentos, caminhando trinta e dois quilômetros por uma terra que não conheciam. Fevereiro e março inteiros, no centro dos lagos, as pirâmides de toras cresciam, rebocadas até lá por trenós. Antes do raiar do dia, os homens já estavam trabalhando — em meio às piores tempestades, em uma temperatura muito abaixo de zero — e terminavam a jornada às seis horas. A serra de dois cabos, empunhada por um homem em cada extremidade, punha abaixo os pinheiros. Os cortadores do miolo dos troncos, com o corpo dobrado ao meio, tinham de serrar os cepos bem rente ao solo. Esse era o trabalho mais difícil. Alguns usavam a serra sueca. Ela cortava as coníferas duas vezes mais depressa do que a serra com dois cabos e, quando os homens partiam para o acampamento seguinte, enrolavam a lâmina estreita, fabricando cabos novos em qualquer floresta para onde fossem.

Em abril, quando o gelo do lago derretia, os condutores de toras sobre a água começavam a trabalhar. Esse era o serviço mais fácil e mais perigoso. De Bellrock até Napanee, havia trabalhadores a postos em todos os pontos em que o rio se estreitava. Pontes e pedras fendidas tinham sempre dois ou três homens ali, a postos, para o caso de se formar um congestionamento. Se um tronco preso não fosse fisgado a tempo, o peso dos outros troncos se acumularia atrás dele e logo toda a extensão do rio acabaria atravancada. Nessa situação, os condutores de toras nada podiam fazer e um mensageiro era enviado a cavalo para convocar o dinamitador. Uma tora de seis metros de repente saltando da água e golpeando de lado um homem, partindo seu peito.

Hazen Lewis e seu filho seguiam para a rocha fendida. O homem grande caminhava em torno do congestionamento de toras. Abria um furo para introduzir a dinamite e acendia o estopim. Mandava o menino dar o grito de alerta e as toras voavam pelo ar, até a margem, e o rio ficava livre.

Em casos difíceis, Patrick tirava a roupa e se lambuzava de óleo retirado do cárter do motor a vapor. Mergulhava na água recoberta de troncos e nadava entre as toras. A cada meio minuto, onde quer que estivesse, tinha de levantar a mão para tranqüilizar o pai. No final, o menino achava o tronco que seu pai havia indicado. Pegava a carga que era lançada em sua direção, prendia a cápsula detonadora no estopim usando os dentes e acendia a pólvora.

Patrick emergia de novo da água, caminhava de volta para os cavalos e se secava com as toalhas que trazia na mochila, assim como o pai, sem sequer voltar o rosto para olhar. Um rio explodia às suas costas, os corvos esvoaçando em todas as direções.

Durante um mês, os troncos eram conduzidos sobre as águas e ele observava os homens flutuando, conduzindo as toras serradas com suas varas compridas na direção de Yarker, até o rio Napanee, onde as toras encurraladas eram rebocadas para as serrarias. Patrick estava sempre ao lado do pai. O menino descansava à toa em um recanto ensolarado perto da ponte, e os dois ficavam esperando.

Ao meio-dia, o cozinheiro subia até a First Lake Road com dois latões de leite. Em um deles, trazia chá, o outro continha fartos sanduíches de carne de porco. O barulho dos corvos voando acima da comida era um sinal, e os homens surgiam, vindos de várias curvas do rio. Quando a refeição terminava, o cozinheiro pegava os dois latões vazios, subia para um tronco na beirada da água e voltava flutuando rio abaixo, para o acampamento. Ficava de pé, bem ereto, no meio do rio, viajando na velocidade que o rio desejasse. Passaria flutuando sob a ponte sem mudar sua postura, embora só tivesse dois centímetros de folga no tronco, cumprimentando os lenhadores nas margens com um aceno de cabeça, contrariado com a presença constante dos corvos. Ele saltava do tronco no acampamento da ilha Goose, com os sapatos perfeitamente secos.

Hazen lia seus folhetos. Secava a cordite coberta de pólvora em uma pedra. Permanecia circunspecto mesmo na companhia do filho. Toda sua energia estava voltada para o percurso de dois minutos percorrido pelo estopim, até o pátio, embaixo das tábuas do assoalho, em torno dos troncos das árvores e subindo até o bolso de alguém. Ele captava essa imagem o tempo todo em seu pensamento. Conseguiria fazê-lo? O estopim costurado no pano da perna da calça. O homem dormindo talvez junto à fogueira de um acampamento, o estopim ardendo na horizontal dentro do bolso de sua camisa, o coração explodindo. Em seus devaneios, o estopim sempre ziguezagueava como o focinho de um cão de caça pelo chão, derramando luz pela superfície da terra, até que tudo se transformasse em líquen vermelho.

Hazen Lewis não ensinava coisa alguma a seu filho, nenhuma lenda, nenhuma base para alguma teoria. O menino o observava preparando as cargas ou acondicionando o equipamento com cuidado, de volta para o seu caixote de madeira. Seu pai não usava na roupa nada que fosse de metal — nem um relógio, nem uma fivela de cinto. Era um homem que, com seus escassos pertences, conseguira se tornar auto-suficiente, tão invisível quanto podia. As explosões impeliam as toras para fora da água sem que elas sofressem nenhum dano. Ele deixou uma trilha de orifícios de um centímetro e meio nas paredes de granito por toda a extensão dos lagos Depot e do rio Moira, onde às vezes era chamado para prestar seus serviços. Mas eram buracos os mais discretos e diminutos possíveis. O trabalho de um pica-pau. Ele nunca usava chapéu. Era um homem grande, dois metros de altura, um corpo pesado. Foi um mau cavaleiro e, depois, um mau condutor de troncos sobre a água. Podia preparar dinamite para pôr no rio com os olhos fechados. Era meticuloso quando lavava as roupas todas as noites, no caso de haver remanescentes, pequeninos grãos de explosivos presos em seus trajes. Patrick zombava dessa obsessão. Certa noite, o pai tirou a camisa e a atirou na fogueira do acampamento. A camisa chiou e espirrou fagulhas sobre os joelhos dos lenhadores. Havia lições repentinas como essa.

Foi estranho para Patrick se dar conta, mais tarde, de que havia aprendido coisas importantes, assim como as crianças aprendem observando como os adultos ajeitam um chapéu na cabeça ou como se aproximam de um cão desconhecido. Ele sabia o poder de destruição de uma peça de dinamite do tamanho de uma rã-touro. Mas assimilava tudo à distância. O único momento em que seu pai se mostrava mais verbal era quando comandava os passos de dança da quadrilha nos hotéis de Yarker e Tamworth, na temporada em que os troncos eram conduzidos pelos rios. Ele era sempre chamado e subia ao palco como se fosse um dever, e desfiava os versos, remoinhando em torno dos violões e das rabecas, deixando vibrar em suspenso uma última palavra, antes de bater de encontro ao muro da rima. Circunspecto em tudo o mais, seu pai se mantinha também circunspecto ao ter a voz de comando da dança de quadrilha. Suas palavras fluíam sem vacilar sobre a pista de dança, enquanto o menino observava na beirada do salão e recitava as palavras para si mesmo. Nem um músculo se movia no grande corpo do pai enquanto ficava ali entoando: "*Carrocinha vermelha, o eixo arrastando.*"

A fala sem emoção. Patrick podia imaginar a si mesmo no palco, andando para um lado e outro, os braços curvados para o lado, muito cheio de si. "*O passarinho vai-se embora e o corvo vai chegando — o corvo vai-se embora e desvia do passarinho*", Patrick sussurrava para si mesmo, mais tarde, à luz do dia.

Em uma noite de inverno, quando tinha onze anos, Patrick caminhou para fora de casa pela cozinha comprida. Uma mariposa azul palpitou junto à tela, banhada em luz por um instante, e depois desapareceu na treva. O menino não acreditou que ela fosse muito longe. Pegou o lampião de querosene e foi para fora. Uma rara mariposa de inverno. Estava rastejando na neve, como se estivesse ferida, e ele pôde segui-la com facilidade. No jardim dos fundos, Patrick a perdeu, a mariposa turquesa traçou um arco no céu, para além do raio da luz do querosene. O que uma mariposa estava fazendo ali nessa época do ano? Fazia meses que ele não via nenhuma mariposa. Talvez ela se tivesse incubado no galinheiro. Patrick pôs o lampião sobre uma pedra e olhou para os campos. Entre as árvores, ao longe, viu o que pareciam ser mais insetos. Vaga-lumes entre as árvores perto do rio. Mas estava no inverno! Ele avançou para lá levando o lampião.

A distância era maior do que ele pensava. A neve acima do cano alto de suas botas desamarradas. Com uma mão no bolso, a outra segurando o lampião. E uma lua perdida na espessura das nuvens, de forma que não iluminava o caminho na direção das árvores. Tudo o que havia para lhe indicar a direção era uma cintilação de âmbar. Patrick já entendera que não podiam ser vaga-lumes. O último dos pirilampos de verão tinha morrido em algum lugar nas dobras de um de seus lenços. (Anos depois, Clara, tendo feito amor com ele em um carro, colhe seu sêmen em um lenço e o atira sobre as moitas na beira da estrada. *Ei, os vaga-lumes*, diz ele, rindo, sem dar qualquer explicação.)

Patrick caminhou com dificuldade sobre a neve, passou

por afloramentos de granito e penetrou nas árvores onde a neve não estava tão funda. As luzes ainda cintilavam diante dele. Havia risos. Agora ele sabia o que era. Avançou sorrateiro no bosque conhecido, como se estivesse entrando e pondo à prova os aposentos de uma casa assombrada. Sabia quem estava ali mas não sabia o que ia ver. A seguir, se encontrou no rio. Pôs o lampião no chão ao lado do carvalho e caminhou no escuro em direção à margem.

O gelo brilhava com a luz. Pareceu por um momento que ele havia topado com uma reunião secreta de bruxas, ou um daqueles estranhos rituais de druidas — cujas ilustrações ele olhava admirado em seu livro de histórias predileto. Mas mesmo para o menino de onze anos, no meio do bosque após a meia-noite, aquilo era algo obviamente benigno. Algo alegre. Uma dádiva. Havia cerca de dez homens patinando, uma espécie de jogo. Um deles perseguia os demais e, assim que alguém fosse tocado, se tornava o perseguidor. Todos seguravam na mão um feixe de amentilhos com a ponta em chamas. Era isso que iluminava o gelo e que havia cintilado através das árvores.

Eles corriam, se desviavam, caíam e rolavam no gelo para se esquivar uns dos outros, mas nunca soltavam os juncos. Quando se chocavam, fagulhas tombavam no gelo e em suas roupas escuras. Era isso que provocava os uivos de riso — um deles, mais parado, lutava para se desvencilhar de um fragmento em brasa que havia caído por dentro da manga, e gritava para que os outros parassem.

Patrick ficou fascinado. Patinar no rio de noite, o grupo todo se movimentando como uma cunha para dentro da escuridão, revelando magicamente as moitas cinzentas da margem, a *sua* margem, o *seu* rio. Um ramo de árvore se estendia para a frente, a ponta paralisada no gelo, e um dos homens passou patinando por baixo dele, se abaixando — os amentilhos seguros atrás dele, como a cauda de um galo em chamas.

O garoto sabia que eram os lenhadores do acampamento. Desejava segurar suas mãos e sair patinando ao longo do riacho, diminuindo a velocidade ao passar por pedras fendidas, sob pontes, e entrar na cidade ao lado desses homens, ciente de que eles teriam de voltar para aqueles barracos sombrios junto à serraria.

Não era só o prazer de patinar. Podiam fazer isso durante o dia. Aquilo era contra a noite. O gelo duro era uma base tão segura que podiam saltar no ar, cair com toda força e o gelo agüentaria. Suas tochas substituídas por novos juncos, que os permitiria cruzar outras fronteiras, velocidade! Romance! Um homem valsando com sua tocha...

Para o menino, que estava chegando a seu décimo segundo ano, tendo passado toda a vida naquela fazenda onde o dia era trabalho e a noite era repouso, nada mais seria o mesmo. Mas naquela noite ele não confiou o bastante em si mesmo nem naqueles estrangeiros, com uma língua diferente da sua, para avançar e se juntar a eles. Patrick voltou por entre as ávores e pelos campos, levando seu lampião. Quebrar a fina crosta de gelo a cada passo parecia sem graça e vagaroso.

Assim, nessa altura da vida, sua mente disparou à frente do corpo.

A Ponte

Um caminhão transporta fogo às cinco horas da manhã através do centro de Toronto, pela Dundas Street e subindo a Parliament Street, seguindo rumo ao norte. Na carroceria aberta, três homens fitam a escuridão que passa — seus músculos relaxados nessa derradeira meia hora antes do trabalho — como se não possuíssem as pernas ou os braços que sacodem de encontro ao corpo e às tábuas da carroceria do Ford.

Escrito em amarelo sobre a porta verde, DOMINION BRIDGE COMPANY. Mas, por ora, tudo que se vê é o fogo na carroceria ardendo sobre o tabuleiro de metal quadrado de noventa centímetros, cozinhando o piche em um caldeirão, exalando esse cheiro pelas ruas, para qualquer um que ponha os pés fora de casa, no romper da manhã, e inale o ar.

O caminhão rola vigoroso sob as árvores arqueadas, se detém em alguns cruzamentos, onde mais trabalhadores embarcam na carroceria, e logo estão ali em cima oito homens, o fogo crepitando, o piche quente volta e meia cuspindo na nuca ou na orelha de alguém. Logo estão ali vinte homens, amontoados e mudos.

A luz começa a sair da terra. Eles já enxergam as mãos, a textura do casaco, as árvores que eles sabiam estar ali. No topo da Parliament Street, o caminhão vira para o leste, passa no armazém Rosedale e segue rumo ao viaduto em construção.

Os homens pulam para fora do caminhão. A estrada inacabada está cheia de sulcos profundos e o fogo e as luzes do caminhão oscilam, a suspensão guincha. O caminhão avança tão devagar que os homens andam mais depressa do que ele, no ar frio da alvorada, muito embora seja verão.

Mais tarde, eles vão tirar os casacos e os suéteres, depois, por volta das onze horas, vão tirar as camisas, curvados sobre os negros córregos de piche, só de calça, botas e chapéu. Mas agora a camada fina de gelo se encontra por toda parte, recobrindo as máquinas e os cabos, o gelo quebradiço nas poças de chuva em que eles enfiam os pés. A rápida evaporação da escuridão. À medida que a luz emerge, eles enxergam o próprio hálito, a claridade do ar soprada para fora deles mesmos. O caminhão, enfim, pára no limiar do viaduto, e seus faróis são apagados.

A ponte se ergue em um sonho. Vai ligar a extremidade leste com o centro da cidade. Vai levar o tráfego, a água e a eletricidade através do vale Don. Vai levar trens que nem sequer foram inventados.

Noite e dia. Luz do outono. Luz da neve. Estão sempre trabalhando — cavalos e carroças e homens chegando para trabalhar no lado de Danforth, no extremo do vale.

Existem mais de quatro mil fotografias da ponte, de vários ângulos, ao longo da sua evolução, como uma série de fotogramas. Os pilares se fincam na rocha viva, quinze metros abaixo da superfície, através da argila, do xisto e da areia solta — quarenta e cinco mil e quinhentos metros cúbicos de terra são escavados. A rede de andaimes se estende para cima.

Os homens, em um labirinto de pranchas de madeira, galgam com vigor sob a luz mortiça da madeira loura. Um homem é uma extensão do martelo, da furadeira, da chama. A fumaça penetra seus cabelos. Um boné cai no vale, luvas ficam enterradas na poeira das pedras.

Então chegam os novos trabalhadores, os "elétricos", estendendo malhas de fios ao longo das cinco arcadas, levando as exóticas luminárias de três globos e, no dia 18 de outubro de 1918, está pronta. Espreguiçando-se em pleno ar.

A ponte. A ponte. Batizada "Príncipe Eduardo". O viaduto da Bloor Street.

Durante as cerimônias políticas da inauguração, uma figura de bicicleta conseguiu atravessar a barreira de policiais. O primeiro representante do público. Não o esperado carro aberto com autoridades, mas essa figura anônima pedalando a bicicleta feito um louco rumo ao lado leste da cidade. Nas fotos, não passa do borrão de uma vontade. Ele deseja a virgindade da ponte, o deleite guardado naquele espaço. Dá duas voltas, a fieira de cebolas que leva no ombro se esparrama, e depois ele vai em frente.

Mas não foi o primeiro. Na meia-noite anterior, os trabalhadores haviam chegado e posto para fora os funcionários que vigiavam a ponte, a fim de preparar tudo para as cerimônias do dia seguinte, movimentavam-se com as próprias luzes cintilantes — velas para a ponte morta — como uma onda de civilização, uma rede de insetos de verão sobre o vale.

E o ciclista também, em sua escapada, reclamava a ponte para si, naquele movimento vago, solitário e ilegal. Aplausos retumbantes o saudaram na extremidade oposta.

No lado oeste da ponte fica a Bloor Street, no lado leste fica a avenida Danforth. Originalmente, vias para carroças, estradas de lama, cobertas com pranchas em 1910, agora estão revestidas com piche. Tijolos são martelados na terra e estreitos regos de areia são vertidos entre eles. O piche é derramado. *Bitumiers*, *bitumatori*, picheiros ficam de joelhos e apóiam seu peso sobre os blocos de madeira, que se arqueiam e deslizam. O cheiro de alcatrão penetra pela superfície porosa de sua roupa. O preto que fica sob as unhas é permanente. Podem sentir os tijolos sob suas joelheiras quando recuam de gatinhas na direção da ponte, seus corpos quase na horizontal sobre o rio preto e viscoso, as cabeças ébrias nos vapores.

Ei, Caravaggio!

O jovem de joelhos se levanta e olha contra o sol. Caminha na direção do capataz, solta os dois blocos de madeira que está segurando, e eles ficam então pendurados em tiras de couro presas ao cinto, sacudindo de encontro ao joelho enquanto ele caminha. Todos os homens levam consigo o equipamento necessário para seu trabalho. Quando Caravaggio for embora um ano depois, vai cortar as tiras de couro com uma faca de pesca e arremessar os blocos de madeira no piche ainda mole. Agora, ele caminha de volta aborrecido e se coloca outra vez de joelhos. Mais uma briga com o capataz.

Ficam o dia inteiro debruçados em cima do piche, em cima dos vinte metros do rio negro que foi derramado desde a manhã. Rebrilha e amolece sob o sol. Crianças da escola apanham punhadinhos de piche e ficam mascando, primeiro esfriam o piche nas mãos, depois metem na boca. Serve para concentrar a saliva nas disputas de cuspe a distância. Os trabalhadores deixam latas de feijão sobre o negror do piche a fim de esquentar o almoço.

No inverno, a neve elimina o cheiro do piche, o cheiro de madeira cortada e recoberta de piche. O rio Don corre por baixo da ponte inacabada, o gelo se choca contra as sapatas dos pilares recém-construídos. Nas manhãs de inverno, os homens se movimentam nervosos para um lado e outro sobre a brancura. Onde a terra termina? Há pontos de luz na beirada da ponte nas noites de inverno — o pior turno de trabalho — onde eles têm de martelar pregos através da neve. Os operários da ponte balançam sobre uma escora, as luzes oscilam atrás deles, miram suas marteladas guiados pelo barulho de um prego que não conseguem enxergar.

* * *

A última coisa que Rowland Harris, comissário de Obras Públicas, fazia nas noites durante a construção, era ir até a beirada do viaduto para ficar ali sentado, por um tempo. À meia-noite, a ponte inacabada sobre o vale parecia deserta — apenas as lanternas acesas delineavam seu contorno. Mas sempre havia um turno à noite, de trinta ou quarenta homens.

Após certo tempo, Harris saía do carro, acendia um cigarro e caminhava sobre a ponte. Ele amava esse viaduto. Era seu primeiro filho na condição de chefe das Obras Públicas; boa parte da ponte fora planejada antes de Harris assumir o posto, mas ele se entregara de corpo e alma àquela obra. Foi Harris o primeiro a entender que a ponte podia levar não apenas carros mas também trens, em um patamar inferior. Podia também transportar água, das usinas do leste para o centro da cidade. Água era a grande paixão de Harris. Queria gigantescos dutos de água atravessando o vale, como parte integrante do viaduto.

Passava pela barreira e andava na direção dos trabalhadores. Poucos falavam inglês mas sabiam quem ele era. Às vezes, vinha acompanhado de Pomphrey, um arquiteto, o estrangeiro vindo da Inglaterra que mais tarde iria desenhar, a pedido do comissário Harris, um dos prédios mais grandiosos da cidade — a usina de tratamento de água na extremidade leste da cidade.

Para Harris, a noite representava um espaço mais amplo. A noite removia as limitações dos detalhes e concentrava-se na forma. Harris trazia Pomphrey consigo, passava a barreira, avançava pelo primeiro estágio da ponte que ia terminar sessenta metros adiante, em pleno ar. O vento movia-se contra eles como uma força ancestral. Todos os homens na ponte tinham de se prender em cabrestos feitos de cordas. Harris conversava acerca de seus planos com esse inglês de um metro e cinqüenta e dois de altura, abrindo caminho à força até o cérebro de Pomphrey. Antes que a cidade real pudesse ser vista, tinha de ser imaginada, assim como os boatos e as histórias fantasiosas delineiam uma espécie de mapa.

Certa noite, eles tinham ido até lá de carro às onze horas, atravessaram a barreira e se prenderam mais uma vez ao cabresto de corda. Isso permitia que ficassem de pé perto da beirada da ponte a fim de examinar o progresso dos pilares e das arcadas de aço. Havia uma fogueira na ponte, onde os trabalhadores se reuniam, o tempo todo lançando ao fogo toras de lenha e outros restos da obra, aquecendo-se um pouco antes de voltar ao trabalho, passar por sobre a amurada da ponte e penetrar na noite.

Trabalhavam em um arcabouço de madeira preparando o pilar seguinte, antes que o concreto fosse derramado em seu interior. Enquanto serravam e martelavam, o vento fazia oscilar a luz dos lampiões presos às laterais do pilar. Acima deles, no tabuleiro da ponte, os operários carregavam enormes compressores de ar Ingersoll-Rand e cabos.

Em uma noite de abril de 1917, Harris e Pomphrey se achavam na ponte, no vento escuro. Pomphrey se voltara para o oeste e de repente estacou, mudo. Estendeu sua mão para tocar o ombro de Harris, um gesto que nunca tinha feito antes.

— *Olhe!*

Caminhando pela ponte vinham cinco freiras.

Passando pelas estruturas da Dominion Steel, o vento golpeava diretamente o corpo. As freiras passaram pelo primeiro grupo de trabalhadores junto à fogueira. O ônibus, Harris refletiu, devia ter deixado as freiras perto de Castle Frank e elas, um pouco confusas pela hora, tinham seguido na direção errada, no escuro.

Passaram pelo carro preto sob as árvores e, conversando alegremente, atravessaram a barreira em uma paisagem que elas não sabiam existir — sobre um tapete hesitante por cima dos pilares, entre os trabalhadores noturnos. Elas viram a fogueira e os homens. Alguns tentaram acenar para que elas voltassem. Havia uma mula presa a uma carroça. O chiado e a trepidação das máquinas fazia o chão vibrar embaixo das freiras. Um cheiro de creosoto. Um homem estava lavando o rosto em um barril de água.

As freiras seguiam no viaduto rumo a um ponto a trinta metros, quando a força do vento começou a dispersá-las. Foram lançadas contra os misturadores de cimento e as escavadeiras a vapor, empurradas de um lado para o outro, correndo o risco de cair pela beirada da ponte.

Alguns homens agarraram e reuniram as freiras, prendendo tiras de couro em seus ombros, mas duas ainda estavam soltas. Harris e Pomphrey, na extremidade da ponte, olhavam sem poder fazer nada enquanto uma freira foi erguida e lançada contra os compressores de ar. Ela estava de pé, trêmula, e então o vento a fez tombar de lado, arrastando seu corpo sobre o concreto, direto para fora, pela beirada da ponte. A freira desapareceu no meio da noite na altura do terceiro pilar, na extensa profundidade do ar que não recebia coisa alguma, a não ser, uma vez ou outra, um rebite ou um martelo que escapava da mão de um operário durante o dia.

Depois, não houve mais nenhum medo na ponte. O pior, o incrível havia ocorrido. Uma freira caíra do viaduto Príncipe Eduardo antes de ele ser sequer terminado. Os homens cobertos de serragem ou de pó de granito seguravam as mulheres apertando-as contra si. E o comissário Harris, na extremidade da ponte, olhava para a extensão daquele caminho louco. Esse era seu primeiro filho e já se tornara um assassino.

O homem, no ar, sob a arcada central, viu a forma cair em sua direção, compreendendo naquele mesmo segundo que sua corda não conseguiria sustentar o peso dos dois. Estendeu o braço a fim de segurar o vulto, enquanto a outra mão agarrava a beirada do tubo de metal acima dele, para atenuar o súbito tranco na corda. O novo peso forçou e desprendeu do ombro o braço que segurava o tubo, e então o homem gritou, e portanto quem quer que tenha ouvido seu grito lá em cima deve ter imaginado que a voz vinha da pessoa que havia caído. O cabresto de cordas deu um forte solavanco, empurrando o peito para a garganta. O braço direito, agora, era só dor — mas o sentido de oportunidade da sua mão fora impecável, uma dádiva do hábito, e no instante seguinte ele se viu segurando ardorosamente contra o próprio corpo a figura que havia caído.

Viu que era uma ave de roupagem negra, um rosto branco de moça. Viu isso sob a luz que jorrava inconstante de um lampião treze metros e meio acima. Ficaram seguros no cabresto, rodopiando sobre o vale, seu braço quebrado pendurado inerte ao lado do corpo, segurando a mulher com o outro braço. O corpo dela se achava em estado de choque, seus olhos enormes fitando o rosto de Nicholas Temelcoff.

Grite, por favor, senhora, ele sussurrou, uma dor terrível. Pediu que ela segurasse nele pelos ombros, a fim de aliviar o peso do seu braço bom. Um sobressalto do vento. Ela não era capaz de falar, embora seus olhos brilhassem fixos sobre ele. *Grite, por favor*. Mas ela não podia.

Durante a noite, as compridas calhas por onde o concreto úmido escorria ficavam sem uso e pendiam soltas, de forma que os tubos abertos oscilavam a poucos metros do fundo do vale. O topo dessas calhas se achava agora a uns três metros de onde Nicholas estava. Sabia disso sem enxergar as calhas, e sabia disso muito embora elas estivessem fora do alcance da luz. Se tentassem deslizar por uma calha, o peso dos dois a tornaria vertical e perigosa. Teriam de ir mais além — alcançar o tabuleiro inferior da ponte, onde havia estruturas construídas para possíveis dutos de água.

Temos de balançar. Ela agora pôs as mãos em torno dos ombros do homem, o vento os atacava. Os dois estranhos estavam nos braços um do outro, começando a balançar com mais ímpeto, mais uma vez, passaram pela boca da calha que os havia tentado antes, até que ficaram quase no patamar inferior dos caibros. O homem tinha livre o seu braço bom. Salvar-se agora seria responsabilidade dela mesma.

Ela se achava em estado de choque, seu rosto brilhava como uma mulher febril quando alcançaram o patamar inferior. Sua figura não estava nada apresentável, seu véu se afrouxara, seu cabelo tosquiado exposto ao vento distante que vinha do vale. Assim que alcançaram o passadiço, ela o salvou de cair de volta no vazio. O homem estava exausto. Ela o segurou e caminhou a seu lado como uma amante, ao longo do parapeito inferior e sem iluminação, na direção da extremidade oeste da ponte.

Acima deles, os outros se mantinham de pé em torno da fogueira, conversando agitados. As mulheres ainda estavam amarradas aos homens e não olhavam para a beirada de pedra por onde ela havia despencado para a escuridão. Aquela que tinha uma pequena cicatriz no nariz... ela vivia caindo de janelas, de cadeiras. Sempre tinha má sorte.

O motorista do comissário dormia em seu carro quando Temelcoff e a freira passaram por ele, de volta para a terra firme, longe da ponte. Antes de chegarem à Parliament Street, tomaram a direção sul, através do cemitério. Ele parecia a ponto de desmaiar e a freira o amparou de encontro a uma lápide. Ela o obrigou a segurar seu braço enrijecido, seu punho cerrado. A freira passou as mãos por baixo do braço como se fossem um estribo e empurrou para cima com um tranco, fazendo o homem berrar outra vez, o corpo inteiro da moça empurrando para cima com toda a força, gemendo como se fosse erguê-lo do chão e depois o amparar, segurá-lo com força. Ela viu o suor espirrar do rosto do homem. *Me dê um drinque. Me dê...* Ela tirou o véu e amarrou o braço bem apertado ao lado do corpo. *Parliament e Dundas... só mais alguns quarteirões*. Assim ela o acompanhou até a Parliament Street. Aonde estava indo, a freira não sabia. Na Eastern Avenue ela bateu na porta para a qual o homem apontara. Todos esses pedidos secos — grite, balance, bata, me leve. Então um homem abriu a porta e deixou-os entrar no Ohrida Lake Restaurant. *Obrigado, Kosta. Volte para a cama, eu mesmo fecho a porta*. E o homem, o amigo, voltou para o andar de cima.

A freira ficou de pé, no escuro, no meio do restaurante.

As cadeiras e mesas tinham sido arrastadas para os cantos do salão. Temelcoff apanhou uma garrafa de conhaque que estava embaixo do balcão e pegou dois copinhos com os dedos da mesma mão. Guiou a freira até uma mesinha, depois voltou e, com um giro do corpo por trás do balcão de zinco, acendeu uma luz perto da mesa. Havia cornijas na parede.

A freira ainda não havia dito uma só palavra. Temelcoff lembrou-se de que ela nem sequer gritou quando caiu. Quem gritou foi ele.

* * *

Nicholas Temelcoff é um homem famoso na ponte, um homem intrépido. Confiam-lhe todas as tarefas difíceis, e ele as aceita. Desce em pleno ar sem o menor medo. É um solitário. Junta as cordas, limpa as polias e roldanas presas à cintura, e se atira da ponte como um mergulhador se joga pela beirada de um barco. A corda ruge a seu lado, diminuindo o barulho com a pressão de suas mãos cobertas por uma meia-luva. Em terra firme, ele é robusto, mas no ar Nicholas cai em uma velocidade medonha, com elegância, usando o vento para se dirigir aos cantos do pilar em construção, a fim de averiguar os rebites deslocados, as válvulas soltas, o endurecimento do concreto por baixo das placas de sustentação e dos moldes de pedra. Fica ereto em pleno ar, fixa o pino dentado no cordão superior e depois manobra o cordão de baixo na junção corrediça até a posição correta. Mesmo em fotos de arquivo, é difícil encontrá-lo. Uma foto após outra, vemos uma paisagem à nossa frente e o olho precisa procurar muito na muralha de céu para conseguir localizar a partícula de papel queimado do outro lado do vale que vem a ser ele, um ponto de exclamação, em algum local da extensão entre a ponte e o rio. Temelcoff flutua na tripla articulação das arcadas de aço em forma de lua crescente. São elas que costuram as diversas partes da ponte. O momento de cubismo.

Temelcoff se sente mais feliz em difíceis tarefas cotidianas — transportar ferramentas até a base do pilar da construção, ou tábuas que ele sustenta no ar à sua frente como se estivesse nadando em um rio. É um tecelão. Liga todos os operários uns aos outros. Ele os encontra agarrados à estrutura — cingidos pelo vento contra o metal que estão rebitando ou contra as peças de madeira em que estão martelando —, mas Temelcoff não tem nada do medo deles. Leva sempre seu próprio equipamento de carretilhas, apertado embaixo das cordas, e carrega atrás de si os brilhantes pinos providos de um buraco por onde passa a corda. Senta-se em um banco feito de cordas enroladas enquanto come seu almoço na ponte. Se termina cedo, desce de bicicleta pela Parliament Street até o Ohrida Lake Restaurant e fica sentado no salão escuro como se ali houvesse luz suficiente. Espaço suficiente.

Seu trabalho é tão excepcional e poupa tanto tempo que ele ganha um dólar por hora, ao passo que os demais operários da ponte ganham quarenta centavos. Não há nenhuma inveja em relação a ele. Ninguém sonha em fazer a metade das coisas que ele faz. Pelo trabalho noturno, ele ganha um dólar e vinte e cinco centavos a hora, balançando até alcançar os caibros de uma estrutura em forma de cavalete, levando uma lanterna, descendo em queda livre como uma estrela morta. Na verdade, ele não precisa enxergar as coisas, já tem todo aquele espaço mapeado na cabeça, conhece as bases dos pilares, a largura das passarelas medida em segundos de percurso — oitenta e seis metros mede o vão central da ponte. Dois vãos laterais de setenta e três metros, dois vãos nas extremidades com quarenta e oito metros cada um. Temelcoff desliza através de aberturas no tabuleiro inferior da ponte, prende-se por meio de roldanas à superfície da ponte. Sabe a altura exata em que se encontra em relação ao rio, qual o comprimento de suas cordas, quantos segundos pode descer em queda livre com sua polia. Não importa se é dia ou noite, ele podia trabalhar de olhos vendados. O espaço negro é o tempo. Após balançar-se no ar por três segundos, ergue o pé para se segurar à borda de concreto do pilar seguinte. Sabe qual a sua posição no ar, como se fosse mercúrio deslizando sobre um mapa.

* * *

Um papagaio de South River está na gaiola pendurada junto à porta do Ohrida Lake Restaurant, curioso e interessado demais nos acontecimentos da noite para se deixar cobrir por um pano. Observava a mulher que permanecia de pé e imóvel no centro do salão, no escuro. O homem acendeu uma luz atrás do balcão. Nicholas Temelcoff aproximou-se do pássaro para uma rápida visita depois de pegar as bebidas. "Então, Alicia, meu anjo, como vai você?" E se afastou sem esperar a resposta do pássaro, no amplo salão vazio. Do meio-dia até as duas horas, o restaurante ficava cheio de homens, comendo e bebendo. Kosta, o dono, e seu garçom exibiam para a turba um espetáculo espalhafatoso — o chefe berrava insultos para o garçom, correndo atrás dele entre os fregueses. Nicholas lembrava a primeira vez que viera ali. Os casacos escuros dos homens, as discussões a respeito da Europa.

Ele serviu uma dose de conhaque e empurrou o copo para a freira. "Não precisa beber isso, mas pode tomar, se quiser. Ou então encare como uma cortesia." Temelcoff bebeu depressa e serviu outra dose para si mesmo. "Obrigado", disse ele, tocando o próprio braço de um modo curioso, como se fosse o braço de um estranho.

A moça balançou a cabeça a fim de comunicar que o braço não estava bem, precisava de cuidados.

"Sim, mas não agora. Agora quero ficar sentado aqui." Houve um silêncio entre os dois. "Só ficar bebendo e conversando tranqüilamente... Aqui é sempre noite. As pessoas saem da luz do sol, entram aqui e precisam andar devagar, no escuro."

Bebeu mais um pouco. "Só para aliviar a dor." Ela sorriu. "Agora, música." O homem se levantou da mesa enquanto falava, foi para trás do balcão e ligou o rádio baixinho. Girou o botão de sintonia até pegar uma estação. Sentou-se de novo diante da moça. "Dói um bocado. Mas me sinto bem." Recostou-se na cadeira, segurando seu copo. "Vivos." Ela pegou seu copo e bebeu.

"Onde foi que você arranjou essa cicatriz?" Ele apontou o polegar para o lado do nariz da freira. Ela recuou.

"Não seja tímida... fale, converse. Você precisa conversar." Ele queria que ela se manifestasse de algum modo, mesmo que ficasse zangada, ainda que sua intenção não fosse irritar a moça. Sentindo aquele alívio no Ohrida Lake Restaurant, sentindo o encosto da cadeira firme em suas costas, o véu da freira bem apertado em seu braço. Temelcoff só queria ficar com a moça ali perto, a noite inteira em volta dos dois, ali onde ele pudesse tomar conta dela, trazê-la para fora do estado de choque, com alguma graça.

"Tenho umas vinte cicatrizes", disse ele, "pelo corpo todo. Tem uma aqui na minha orelha." Virou e inclinou-se de modo que a luz da parede iluminasse o lado da cabeça. "Está vendo? Tem também essa aqui embaixo do meu queixo, quando minha mandíbula quebrou. Tem muitas outras. Nos joelhos..." Continuou a falar. Queimaduras de piche quente no braço. Pregos nas panturrilhas. Bebendo, servindo outra dose para ela, a mulher cantava no rádio. A moça ia ouvindo a letra da música por trás do monólogo de Temelcoff, enquanto ele falava e entoava um pouco da música e examinava com atenção o rosto claro da freira. Como uma mulher febril.

Essa foi a primeira vez que ela se sentou em um bar dos macedônios, em qualquer bar, para dizer a verdade, com um homem que bebia. Há um brilho frouxo nas mesas envernizadas, as toalhas de mesa xadrez e vermelhas, usadas durante o dia, foram dobradas e empilhadas. A alcova com o balcão de servir bebidas tem um toldo suspenso por cima. A moça compreende que a escuridão representa uma noite macedônia em que os fregueses se sentam ao ar livre em torno das mesas. A luz só pode provir do bar, as estrelas, o relógio envolto em sua eletricidade laranja e vermelha. Assim, quando os fregueses entram a qualquer hora, aquilo que encontram é um antigo pátio dos Bálcãs. Um violino. Oliveiras. Noite perpétua. Agora o papel de parede imitando um caramanchão faz sentido aos olhos dela. Agora, para ela, o papagaio tem um idioma.

Ele continuou a falar, inserindo expressões extraídas das canções do rádio, onde aprendia as palavras e a pronúncia. Falava a respeito de si mesmo, cansado, sem notar que sua voz agora se cindia em duas línguas, a mulher ouvia tudo o que ele dizia e tentava guardar na memória. Temelcoff podia perceber que os olhos dela estavam vivos, interpretando o salão. Notou que ela quase batia os dedos na mesa ao ritmo da música no rádio.

Os olhos azuis fixavam-se nele quando se movia, recostando a cabeça na parede. O homem bebia, seu hálito soprava fundo no copo, assim as emanações da bebida vinham bater de volta em seus olhos e a pontada daquele ardor o mantinha acordado. Então ele olhou de novo para a moça. Que idade teria? O cabelo castanho tão curto, tão fresco em contato com o ar. Ele tinha vontade de correr a mão de leve entre aqueles cabelos.

"Adoro seu cabelo", disse ele. "Muito obrigado... pela ajuda. Por aceitar a bebida."

Ela se inclinou para a frente, séria, e olhou para ele, procurando agora o rosto do homem. As palavras na camada mais externa da pele, quase a ponto de tombarem. Desejando saber o nome dele, que Temelcoff tinha se esquecido de lhe dizer. "Adoro seu cabelo." O ombro de Temelcoff estava apoiado na parede e ele tentava erguer os olhos. Então seus olhos se fecharam. Dormira tão profundamente que ficaria assim por várias horas. Ela podia sacudi-lo para um lado e outro feito um boneco, e ele não ia acordar.

Ela se sentiu como se fosse a única pessoa viva naquele prédio. Em uma escuridão muito formal. Havia um paladar terrível na boca, por causa daquela bebida, até agora na sua língua, e por isso ela andou para trás do balcão de zinco, abriu a torneira para lavar a boca. Mexeu um pouquinho o botão de sintonia do rádio, mas logo o trouxe de volta com segurança à mesma estação. Estava procurando por aquela música que quase tinha cantarolado junto com o rádio pouco antes, a voz da cantora estranhamente vigorosa e letárgica. Ela se viu no espelho. Uma mulher cujo cabelo estava à mostra, exposto de forma ilícita. Ela fez o que ele quisera fazer. Correu a mão pelo cabelo por um instante. Depois desviou-se da própria imagem.

Inclinando-se para a frente, descansou a cabeça sobre o zinco gelado, o frio ainda ali, mesmo depois da meia-noite. Na bochecha, na pálpebra. Deixou a cabeça rolar um pouco a fim de refrescar a testa. O zinco era a fronteira de um outro país. Ela encostou a orelha no oceano cinzento desse país. A recordação dos copos usados durante o dia. Os líquidos derramados e o pano que esfregaram para enxugar. Confessionário. *Tabula Rasa.*

Na mesa, ela acomodou o homem de maneira confortável para que não caísse em cima do próprio braço. *Qual é o seu nome?*, sussurrou a moça. Inclinou-se e o beijou, depois começou a dar uma volta pelo salão. Aquele pomar. Estranhos se beijam suavemente como mariposas, ela pensou.

* * *

Em certas épocas, quando a neblina ocupa o vale, os homens se mantêm perto uns dos outros. Chegam para o trabalho e seguem por um caminho que vai sumir na brancura. Que país existe do outro lado? Andam em grupos de três ou quatro. Muitos já morreram durante a construção da ponte. Mas, sobretudo em manhãs como essa, existe um temor pré-histórico, um pássaro gigantesco içando de repente um dos homens para o ar...

Nicholas tirou o chapéu, meteu-se em seu arreio de cordas e atirou-se pela beirada da ponte, despencando nove metros através da neblina. Fica pendurado sob a espinha da ponte. Não consegue enxergar nada, só as mãos e um metro da corda da roldana acima dele. Seis horas da manhã e ele já está perdido daquela comunidade de homens sobre a ponte, que são também parte do conto de fadas.

Ele se encontra em uma posição paralela às treliças comuns nas estruturas suspensas. A seguir penetra nas jaulas de aço e madeira como um mergulhador entrando em uma embarcação naufragada que pode a qualquer momento desmoronar para regiões de fendas mais profundas no fundo do oceano. Nicholas Temelcoff trabalha enquanto o guindaste levanta e abaixa o aço — montando as peças da ponte adiante, rumo ao pilar seguinte. Nicholas guia o aço em meio à neblina. É um fragmento na extremidade do osso de aço que o guindaste carrega na ponta de sua haste de dezoito metros. O aço e Nicholas são guindados para um trilho temporário e, de lá, os "viajantes" o manobram. Na extremidade oeste do viaduto, um viajante é usado para erguer inteiro o vão de quarenta e cinco metros. Os viajantes são guindastes duplos, acoplados a hastes armadas com treliças, capazes de erguer vinte toneladas em qualquer posição, como uma cenoura despontando do nariz da parte mais recente da construção da ponte.

Nicholas não se prende aos viajantes, sua corda e suas roldanas só estão presas ao aço fixo de uma seção já concluída da ponte. Os viajantes já desabaram por duas vezes e despencaram no fundo do vale. Ele não tem a menor intenção de se ligar a uma estrutura capaz de cair. Mas se pendura ao lado dela, na brancura cega, escorregando mais fundo até conseguir guiar as novas vigas de aço para a extremidade da ponte. Ele as aparafusa, tendo de se jogar em queda livre a fim de empregar todo seu peso para dar as voltas finais na gigantesca chave inglesa. Ele se concede três metros de corda solta na roldana, prende a chave inglesa, depois salta sobre o cabo de sessenta centímetros, descendo com toda força e se chocando com a rigidez do parafuso, depois caindo no ar e levando outro tranco quando a corda termina. Nicholas, então, volta subindo pela corda, girando sua roldana, e faz de novo a mesma coisa. Após dez minutos, todos os ossos do corpo parecem quebrados — o ar, no ponto em que ele pára com um tranco, parece duro como concreto, sua espinha dói no local onde o arreio de cordas o puxa com um solavanco para cima.

Nicholas sobe guindado pelo viajante, vindo do patamar inferior, gritando números para o operador do guindaste acima dele através da neblina, junto com o estrépito das madeiras que ele vai prendendo, os rangidos e os arqueamentos da treliça afogando seus gritos de *um — dois — três — quatro*, que é a única linguagem que usa. Ele fazia isso, certa vez, quando um viajante desabou, de noite — a estrutura inteira —, a corda se despedaçando em torno dele. Nicholas soltou-se, ficou balançando no meio da escuridão, *em qualquer lugar* onde pudesse se ver livre das quinze toneladas de toras de madeira que desabaram sobre o patamar inferior da ponte e depois despencaram para o fundo do vale, se entrechocando com estrondo no espaço, como um bonde cheio de pedaços soltos de metal. E, no ponto extremo de sua oscilação, Nicholas entendeu que havia escapado do desabamento das madeiras, mas não necessariamente dos cabos com a espessura de um braço que agora pendiam soltos, serpentean do vigorosamente em todas direções pelo ar. Quando ele balançou de volta, encolheu o corpo como uma bola a fim de evitar o choque com os cabos, ouvindo enquanto eles estalavam como chicotes no sentido transversal, no momento em que a energia do rompimento chegava à sua extremidade. O predecessor de Nicholas morrera em um acidente semelhante, cortado ao meio, a parte de cima do corpo foi encontrada uma hora depois, ainda presa no cabresto de corda.

Às oito horas da manhã, a neblina se consumiu e os homens já estavam trabalhando fazia mais de duas horas. Um aroma de alcatrão desce até Nicholas quando os operários, em algum ponto acima, entornam o piche e começam a nivelá-lo no solo com o ferro. Ele fica suspenso esperando o apito que anuncia o próximo turno do viajante. Abaixo dele está o rio Don, a Grande Linha Férrea, os trilhos das ferrovias CN e CP e a estrada do vale Rosedale. Pode ver as casas e barracões de serviço, o lindo revestimento de madeira do suporte da arcada da ponte, que lembra a barraca de uma feira exótica. O vento seca o suor em seu corpo. Ele fala em inglês para si mesmo.

* * *

Ela dá o primeiro passo para fora do Ohrida Lake Restaurant, seguindo pelo corredor azul — a estreita passagem de luz azul que vai dar na rua. Aquilo em que a moça vai se transformar, ela se torna naquele minuto, antes de chegar à rua, antes de pôr o pé nas seis horas da manhã. O papagaio Alicia assiste à sua partida e depois volta a atenção para o homem adormecido na cadeira, um braço sobre a mesa, a palma da mão virada para cima como se esperasse donativos, a cabeça encostada na parede ao lado de uma cornija. Ele agora se encontra no escuro, a palma aberta da mão dura e calejada. Cinco anos antes ou dez anos no futuro, a mulher teria sentido o cheiro de farinha nos cabelos dele, havendo o corpo do homem dormido junto à massa de pão, enroscado em volta da massa a fim de que o calor de seu corpo a fizesse crescer. Mas agora era a dureza das mãos dele, o barulho das mãos que ela iria recordar, como madeira batendo contra o vidro.

* * *

O comissário Harris nunca fala com Nicholas Temelcoff mas muitas vezes observa quando ele iça a si mesmo para a ponte e caminha pela beirada do viaduto ouvindo as instruções do engenheiro Taylor. Parece distraído mas Harris sabe que ele escuta com atenção. Nicholas nunca fita os olhos dos outros, como se precisasse ouvir as ordens nuas, sem ver um rosto em torno das palavras.

Seu olhar se engancha nos objetos. A madeira, uma balaustrada, um grampo de corda. Come seus sanduíches sem olhar para eles, observando em vez disso um homem qüe prende uma polia às grades elevadas, ou então examina o couro caro dos sapatos dos arquitetos. Toma água de uma garrafa verde com rolha de cortiça e seus olhos ficam concentrados em um ponto a trinta metros dali. Nunca se dá conta de como é observado pelos demais. Não tem a menor noção de que seus gestos são ousados. Não tem qualquer imagem de si mesmo. Portanto, para Harris e para os outros, ele parece um menino: digamos, um fanático por carrinhos de brinquedo, um estágio da vida pelo qual todos eles passaram anos atrás.

Nicholas percorre o parapeito da ponte espiando de lado os laços da corda e então, sem uma pausa, dá um passo para o ar. Agora, para Harris, não há nada para se ver, exceto a corda chiando, um deslizar ligeiro. Nicholas pára seis metros abaixo, com um tranco contra o coração. Às vezes, no tabuleiro onde trabalham, os operários o ouviam entoar várias canções, desmembrando as sílabas e dando a volta em torno delas, como se estivesse dispondo as orações na frase do mesmo jeito que colocava seu equipamento sobre o pavimento da ponte a fim de verificar se estava tudo funcionando direito, apanhando uma peça que chamou sua atenção por um instante e depois substituindo-a por outra. Assim como ninguém o vê, uma vez que Nicholas não escuta a maior parte das conversas à sua volta, supõe também que ninguém o esteja ouvindo.

Para Nicholas, a língua é muito mais difícil do que aquilo que ele faz no espaço. Adora sua nova língua, as barreiras terríveis que ela oferece. "*Ela me ama? — Sem dúvida! Eu a amo? — Com certeza!*" Nicholas canta para o tubo de doze metros que ele conduz no ar na direção do viajante. *Reconhece* Harris pelo tempo que leva para percorrer os vinte metros que vão de uma calçada da ponte até a calçada oposta e pelo caro paletó de *tweed* que custa mais do que a soma do salário semanal de cinco trabalhadores da ponte.

O fato que vai elucidar a forma da imigração na América do Norte é o filme sonoro. O filme mudo não proporciona mais do que entretenimento — uma torta na cara, um sujeito vaidoso sendo arrastado por um urso para fora de uma loja de departamentos — todos os acontecimento regidos pelo destino e pelo tempo, não pela força da língua e pelo raciocínio. O vagabundo jamais muda a opinião do guarda. O cassetete roda, o vagabundo foge correndo através de uma janela na esquina e atrapalha as abluções de uma senhora gorda. Essas comédias são pesadelos. O público emite risos horrorizados quando Chaplin, de olhos vendados, desliza de patins rente à beirada de um terraço sem mureta de proteção. Ninguém grita para adverti-lo do perigo. Ele não pode falar nem ouvir. A América do Norte ainda não tem uma língua; gestos, trabalho e linhagens são as únicas moedas correntes.

Mas foi um feitiço de linguagem que trouxe Nicholas para cá, chegando ao Canadá sem passaporte em 1914, uma grande jornada feita em silêncio. Pendurado embaixo da ponte, ele reconta a aventura para si mesmo, à maneira do conto de fadas sobre a Alta América que lhe foi narrado por aqueles que voltaram para as aldeias macedônias, os primeiros viajantes, que serviram de iscas para o Ocidente.

Daniel Stoyanoff atiçara todos eles. Na América do Norte tudo era abundante e perigoso. A gente chegava como um visitante e saía rico — Daniel comprando uma fazenda com a indenização recebida por perder um braço durante um acidente em uma fábrica de carne. Rindo disso! Batendo com força sobre a mesa a mão que sobrou, e se torcendo de rir, chamando todos eles de loucos, palermas! Como se seu braço fosse uma vaca sem leite com a qual ele ludibriara os canadenses.

Nicholas ficara atônito com a simplicidade do contrato.

Podia ver o corpo pálido de Stoyanoff no matadouro — de pé sobre cinco centímetros de sangue de vacas, berrando igualzinho a um bezerro, seu braço perdido, seu equilíbrio perdido. Ele voltara para a aldeia de Oschima, a manga da camisa sacudindo frouxa como um lenço, e com dinheiro suficiente para comprar a terra. Procurou uma mulher com dois braços e depois se casou.

Durante dez anos, Daniel Stoyanoff aborreceu todo mundo na aldeia com suas histórias incríveis, mal podia esperar que as crianças crescessem e fossem capazes de falar para que ele as fizesse tremer com suas histórias de trabalhador temporário na Alta América. O que Daniel lhes contava era que na verdade ele tinha perdido os dois braços no acidente, mas calhou de estar dividindo um quarto com um alfaite desempregado que, por sorte sua, estivera naquela manhã no matadouro de Schnaufer. Dedora, o alfaiate, arrancou a tripa de um gato que passava, costurou o braço direito de Daniel de volta no lugar e depois se virou para pegar o outro, mas um cachorro vagabundo tinha corrido com o braço na boca, um dos cachorros que viviam vadiando na entrada. Toda vez que a gente voltava os olhos para lá, enquanto cortava e retalhava as carcaças dos bois, podia ver os cães indo e vindo, toda vez que a gente saía do trabalho no final do dia com as botas e o avental ensopados de sangue, eles seguiam a gente, lambendo e mordiscando as bainhas da calça.

A história de Stoyanoff era contada a todas as crianças da região quando alcançavam uma determinada idade e, para elas, ele virava um herói. *Olhem*, dizia ele, tirando a camisa na rua principal de Oschima, irritando mais uma vez os fregueses do bar de Petroff, que ficava ao ar livre, *olhem só como esse Dedora era um bom alfaite — nenhum sinal dos pontos de costura*. Daniel traçava uma linha imaginária em torno do seu ombro bom e as crianças chegavam os olhos bem perto, depois se voltavam para o outro ombro e viam a alternativa, o coto grotesco.

Nicholas tinha vinte e cinco anos quando a guerra nos Bálcãs começou. Depois que sua aldeia foi incendiada, ele partiu a cavalo com três amigos. Viajaram um dia e uma noite inteira, e mais um dia até Trikala, levando comida e um saco com roupas. Depois pularam para um trem que ia para Atenas. Nicholas teve febre, delirou, sentia falta de ar nos compartimentos abafados e fumacentos, quis subir para o teto do vagão. Na Grécia, subornaram o capitão de um navio, pagando cada um deles um napoleão, para levá-los até Trieste. Nessa altura, todos tinham febre. Dormiam no porão de uma fábrica abandonada, sem fazer nada, apenas tentando se manter aquecidos. Era preciso que não existisse o menor traço de doença antes de tentar cruzar a fronteira da Suíça. Ficaram seis ou sete dias no porão da fábrica, sem noção do tempo. Um deles quase morreu de febre alta. Dormiam abraçados uns aos outros para se manter aquecidos. Conversavam acerca da América de Daniel Stoyanoff.

No trem, o médico suíço examinou os olhos de todos e deixou os quatro amigos irem até a fronteira. Estavam na França. Em Le Havre, falaram com o capitão de um velho navio que transportava animais. Estava viajando para New Brunswick.

Dois dos amigos de Nicholas morreram na viagem. Um italiano ensinou a ele como beber sangue nas penas dos animais a fim de se conservar forte. Era um navio francês chamado *La Siciliana*. Ele ainda recordava o nome, recordava ter aportado em Saint John e todo mundo achou que o lugar parecia muito primitivo. Como era primitivo o Canadá. Tiveram de caminhar oitocentos metros até a estação onde seriam examinados. Pegaram tudo o que podia ser útil nos sacos dos dois amigos que morreram e caminharam rumo ao Canadá.

O navio estava tão infecto que eles se achavam cobertos de piolhos. Os passageiros de terceira classe puseram sua bagagem no chão junto às torneiras ao ar livre perto dos banheiros. Tiraram a roupa e ficaram nus diante de seus companheiros, como se estivessem olhando para um espelho. Começaram a tirar os piolhos uns dos outros e lavaram a sujeira com água fria e um pedaço de pano, esfregando o corpo todo. Estava no final de novembro. Vestiram as roupas outra vez e entraram no barracão da alfândega.

Nicholas não tinha passaporte, não sabia falar uma palavra de inglês. Tinha dez napoleões, que mostrou para explicar que não ia depender de ninguém. Deixaram-no passar. Estava na Alta América.

Pegou um trem para Toronto, onde havia várias pessoas da sua aldeia natal; não estaria entre estranhos. Mas não havia trabalho. Por isso pegou um trem para o norte, para Copper Cliff, perto de Sudbury, e trabalhou lá, em uma padaria macedônia. Ganhava sete dólares por mês, mais comida e um lugar para dormir. Depois de seis meses, foi para Sault Ste. Marie. Ainda mal sabia falar inglês e resolveu entrar na escola, trabalhando à noite em outra padaria macedônia. Se não aprendesse a língua, estaria perdido.

A escola era grátis. As crianças na aula tinham dez anos de idade e ele, vinte e seis. Costumava acordar às duas da madrugada, preparava a massa de pão e assava até às oito e meia. Às nove, ia para a escola. As professoras eram todas senhoras jovens e uma gente muito boa. Nessa época, em Sault, Nicholas sonhava com traduções — em virtude de seu tenaz e obsessivo estudo de inglês. Nos sonhos, as árvores não só mudavam de nome como também de aspecto e natureza. Os homens começavam a responder com uma voz artificial. Os cães falavam depressa com ele quando passavam na rua.

Ao voltar para Toronto, tudo de que precisava era uma voz para toda aquela língua. A maioria dos imigrantes aprendia o inglês a partir de canções gravadas ou, antes dos filmes falados, imitando os atores que viam no palco. Era um costume comum escolher um ator e acompanhá-lo ao longo de sua carreira, aborrecer-se quando lhe cabia um papel menor, e ver todas as suas peças o maior número de vezes possível — em certas ocasiões, até dez vezes em uma mesma temporada. Em geral, no final de um produção teatral na extremidade leste da cidade, nos teatros Fox ou Parrot, as falas dos atores eram acompanhadas por ecos crescentes, na platéia, enquanto macedônios, finlandeses e gregos repetiam as frases após uma pausa de meio segundo, tentando chegar à pronúncia correta.

Isso deixava os atores enfurecidos, sobretudo quando uma fala como "Quem pôs o fogão na sala de estar, Kristin?" — que originalmente fazia o teatro vir abaixo — era agora pronunciada simultaneamente por pelo menos umas setenta pessoas e assim tendia a perder sua espontaneidade. Quando o ídolo das matinês Wayne Burnett caiu morto de repente durante uma representação, um açougueiro siciliano assumiu seu lugar na peça, pois sabia na ponta da língua as falas e entonações do ator, e desse modo não foi preciso devolver o dinheiro dos ingressos para o público.

Alguns atores eram populares porque falavam devagar. Baladas letárgicas e uma espécie de *blues* em que a primeira expressão de um verso era repetida três vezes tinham uma enorme demanda. Imigrantes iam deixando para trás seu sotaque e adquirindo entonações regionais americanas. Nicholas, infelizmente, viria mais tarde a escolher Fats Waller como modelo de pronúncia e assim sua ênfase em sílabas geralmente pouco perceptíveis e os pedaços de palavra engolidos lhe davam um aspecto exaltado, ou perigosamente anti-social, ou então demasiado afetuoso.

Mas, no tempo em que trabalhou na ponte, era visto como um homem reservado. Começava frases em sua nova língua, empacava e ia embora. Tornou-se uma arca de segredos e recordações. A privacidade era o único peso que carregava. Nenhum de seus companheiros o conhecia de verdade. Esse homem, desconfortável quando em grupos, se afastava e deixava estranhos indícios a respeito de si mesmo, como pegadas de um cão sobre a neve no telhado de uma garagem.

* * *

Ai! Um médico cuidando de seu braço, foi isso que o acordou, trouxe-o de volta do seu sonho. *Ai!* Fazia seis horas desde o momento em que pegara no sono. Kosta estava ali. Viu que o véu e a camisa foram cortados pelo médico. De algum jeito, disseram, Nicholas conseguira recolocar o braço de volta no encaixe do ombro.

Ele avançou o braço na direção do véu, examinando-o de perto.

A freira ficou ali com Nicholas até que Kosta descesse de manhã bem cedo. Ela conversou com Kosta a respeito do braço, da necessidade de chamar um médico, a moça precisava ir embora. Ela falou? Sim, sim. Como soava sua voz? Hah? O que mais Kosta soube a respeito dela? Ele falou da sua saia preta. Antes de ir embora, Nicholas deu uma busca no bar e encontrou tiras do hábito negro que ela rasgara a fim de fazer uma saia para sair à rua.

Quando Nicholas caminha para o ar fresco do lado de fora do Ohrida Lake Restaurant, na manhã seguinte ao acidente na ponte, vê a paisagem como algo modificado, já não mais tão familiar a ponto de lhe parecer invisível. Nicholas Temelcoff caminha agora olhando a Parliament Street do ponto de vista de uma mulher — a qual havia vasculhado a mochila dele enquanto dormia, encontrara suas grandes tesouras de cortar arame e as usara a fim de cortar as abas negras de seu hábito. Quando Nicholas sai do Ohrida Lake Restaurant naquela manhã, é a atmosfera da mulher que vai se tornando mais nítida em sua consciência. Nicholas sabe que vai encontrá-la.

Há longos namoros que se desenvolvem entre pessoas ausentes. Este namoro surgiu, talvez, a partir do comentário de Nicholas a respeito do cabelo dela, ou da pergunta quase muda da moça enquanto Nicholas estava caindo do alto de alguma torre ou ponte para dentro do sono. O limiar do sono era sempre algo assustador para Nicholas, por isso ele bebia para apressar o sono, embotando assim os segundos de puro medo, em que não podia usar seus braços, jazia estirado ali, ciente de que iria testemunhar o meio-segundo que antecede o sono, um temor maior do que qualquer outra coisa que já tivesse experimentado no viaduto ou em qualquer tarefa que tivesse executado para a Dominion Bridge Company.

A sua sensação, lembrou-se mais tarde, era de um braço de mulher estendido para ele, curiosa acerca de seu nome.

Agora ele tem consciência da mulher, sua gêmea. O que os une não é o ato que salvou a vida da mulher, mas os momentos que se seguiram. A canção perdida no rádio. Os elogios improvisados e sem jeito, dirigidos a uma freira, a respeito de sua beleza. Depois Nicholas recostou a cabeça para trás, fechou os olhos durante um tempo longo demais e dormiu.

Uma semana depois, ele volta para o caminhão de carroceria aberta que transporta o piche e o fogo, salta para a carroceria ao lado de outros homens e volta a trabalhar na ponte. Seu braço está curado, ele balança o corpo do Pilar D para o Pilar C, ignora as histórias que escuta acerca da freira que sumiu. Fica deitado, virado de barriga para cima, no final da sua corda, olhando para os suportes da ponte, rodando no ar lentamente. Conhece o panorama do vale melhor do que qualquer engenheiro. Como um pássaro. Melhor do que Edmund Burke, o arquiteto da ponte, ou Harris, melhor do que os sobreviventes de 1912, quando todos trabalhavam às cegas em meio à mata. O panorama roda junto com ele e Nicholas permanece suspenso em seu longo e mudo namoro, a ausência da mulher o levando a procurar por ela em toda parte.

Dentro de um ano, ele vai abrir uma padaria com o dinheiro que economizou. Solta a trava da roldana e desliza livre da ponte.

O Investigador

Patrick Lewis chegou à cidade de Toronto como se fosse a terra firme depois de anos no mar. Ser criado no interior determinou a sua infância: a pequena aldeia de Bellrock, a rodovia formada pela correnteza do rio, por onde os condutores de toras chegavam, bebendo, trabalhadores rudes, e na primavera deixavam os moradores aturdidos em meio ao silêncio. Agora, com vinte e um anos, ele fora arrancado daquela cidadezinha como um pedaço de metal e atirado sob os arcos da Union Station a fim de começar sua vida de novo. Não tinha nada, mal possuía algum dinheiro. Havia um pedaço de feldspato em seu bolso que seus dedos revolviam durante a viagem de trem. Era um imigrante vindo para a cidade.

O que permanecia em Patrick de sua juventude eram cartas congeladas em caixas de correio depois de tempestades de gelo. O que ele recordava eram coisas maravilhosas e singulares que aconteciam com as cores, recobrindo a brancura, adentrando o universo cálido e marrom dos estábulos, o hálito e o vapor do gado fluindo pelas narinas, o acre aroma de bosta e urina que ele era capaz de evocar mesmo agora, no coração de Toronto. O cheiro havia se manifestado de forma magnífica durante a sua primeira sedução em um leito de feno, a garota irritada lhe dando um tapa quando ambos se sentiram fartos e culpados. O que Patrick recordava era a roupa separada para lavar ficando congelada, ele carregava macacões duros como cadáveres para dentro da cozinha e os colocava sentados nas cadeiras, torcendo para que seu pai os visse antes que derretessem e tombassem indolentes sobre a mesa.

Depois o verão. Moscas e mosquitos. Saltar não para dentro do feno mas para dentro da cor negra da água no fundo do riacho, andar nu até a casa da fazenda, mascando ruibarbo, as roupas emboladas embaixo do braço. A gente mordia a casca lisa do ruibarbo cru, rompia suas fibras e sugava o gostinho que vinha de dentro delas. A gente punha os grãos menores de fromboesa sobre a língua e os rompia delicadamente com os dentes. A gente ficava de pé no meio de um campo em um dia quente, fascinado com esse paladar perfeito.

Agora, na cidade, ele era novo até para si mesmo, o passado trancafiado bem longe. Via sua imagem no vidro das cabines telefônicas. Passava as mãos sobre as colunas lisas de mármore cor-de-rosa que se alçavam até a cúpula. Essa estação de trens era um palácio, seus nichos e cavernas representavam uma cidade à parte. Ele podia aparar a barba, comer uma refeição ou engraxar os sapatos.

Viu um homem com três malas, bem-vestido, gritando em uma outra língua. Os olhos do homem vertiam chamas para dentro de qualquer pessoa que acolhessem seus gritos de uma forma pessoal. Mas as expressões de seu rosto eram para que os anjos no ar o ajudassem ou para que os demônios o deixassem em paz. Dois dias depois, Patrick voltou para pegar sua bagagem em um guarda-volumes. Viu o mesmo homem outra vez, ainda sem conseguir se deslocar da sua zona de segurança, com um terno diferente, como se um passo para o lado significasse a areia movediça de um mundo novo.

Patrick sentou-se em um banco e observou as marés do movimento das pessoas, sentiu as reverberações do comércio. Disse seu nome e o som se debateu em um eco vazio e depois se perdeu no ar, no alto da Union Station. Ninguém se voltou. Estavam na barriga de uma baleia.

Quando Ambrose Small, o milionário, desapareceu em 1919, descobriu-se que a polícia tinha um registro de suas características pelo sistema Bertillon. Entre 1889 e 1923, o sistema de identificação Bertillon foi usado com o intuito de localizar criminosos e pessoas desaparecidas. O método de Bertillon consistia em tomar a medida de certas partes do corpo: o comprimento da cabeça, a largura da cabeça, o comprimento da orelha direita, o comprimento do pé esquerdo, o comprimento do dedo médio esquerdo, o comprimento do antebraço esquerdo. Em residências, prisões e necrotérios em toda América do Norte, partes do corpo eram medidas e os resultados eram enviados para a polícia de Toronto. No auge da febre gerada pelo caso, mais de cinco mil pessoas alegavam ser Ambrose Small. Alegavam ter sofrido amnésia, terem sido raptadas e levadas dentro de um saco marrom, foram desfiguradas, foram escondidas em cavidades geológicas nas montanhas Scarborough Bluffs, foram amarradas em cavaletes para esticar o corpo além de um metro e sessenta e oito, foram superalimentadas, tiveram todo o cabelo retirado, tiveram toda a memória varrida em conseqüência da ingestão de determinados alimentos, tiveram a pigmentação alterada, se transformaram em mulheres, tiveram o comprimento da orelha direita modificado, nesse meio tempo passaram fome e viveram na miséria e será que alguém faria a caridade de enviar quinhentos dólares para Nelson, Colúmbia Britânica, ou Wichita, Kansas, ou Cornerbrook, Newfoundland?

Uma mulher em Hamilton viu Ambrose com a garganta cortada. Ela acordou um dia de manhã sentindo sangue no travesseiro, abriu o olho e viu que alguém estava serrando o pescoço dela, e ela mesma disse eu sou Ambrose Small. Depois a mulher acordou de novo. Uma outra teve uma visão em que ela aparecia abrindo o cofre-forte do Grand Opera House e encontrava um esqueleto de cabelos encaracolados lá dentro, recostado sobre documentos.

A imprensa agarrava com unhas e dentes todas as chances que surgiam.

HOMEM MISTERIOSO DO NORTE SE PARECE COM SMALL

— Star, 27 de maio de 1921

Restos mortais podem ser exumados se indícios adicionais vierem à tona.

ENCONTRADO ESQUELETO EM WHITBY FIELD

— Telegram, 2 de junho de 1921

"A possibilidade de que fosse Ambrose Small me ocorreu quando estávamos retirando o corpo da terra", declarou o chefe de polícia interino Thomas, nesta manhã.

DETETIVE DE IOWA TEM CERTEZA DE QUE ENCONTROU A.J. SMALL

— Mail, 16 de agosto de 1921

John Brophy, diretor da Agência de Detetives Brophy, em Iowa, que foi dispensado do cargo de assistente do chefe de polícia, alega ter sob sua guarda um homem que ele identificou como A. J. Small. Brophy disse que vai apresentar Small ao público quando as autoridades canadenses estiveram prontas a pagar a recompensa oferecida.

"O homem é Small", garantiu ele.

O homem em questão estava se recuperando de um tiro de pistola no pescoço, concussão cerebral e outros ferimentos menores. Ambas as pernas foram cortadas na altura dos joelhos.

"Vou lhes contar o que Small me disse após ter identificado seu próprio retrato", declarou Brophy. "'A única coisa

que consigo lembrar é que houve um estouro e depois uma escuridão, e depois uma dor terrível. A partir daí, não me lembro de mais nada, até que fui trazido para cá. Acho que eu estava em Omaha, e isso é tudo.'"

Entre 1910 e 1919, Ambrose Small fora o grande chacal do mundo dos negócios de Toronto. Era um manipulador de contratos e de propriedades, tendo feito fortuna a partir do nada no mundo dos empresários teatrais. Comprou o Grand Opera House de Toronto quando tinha vinte e oito anos, e depois continuou adquirindo teatros por toda a província — em St. Catharines, Kingston, Arkona, Petrolia, Peterborough e Paris, Ontario, até que por fim ele tinha, em seus braços compridos, toda a rede do negócio teatral. Construiu o Grand, em London, Ontario — o maior teatro da América do Norte depois do Shea's Hippodrome. Possuía noventa e seis teatros. Tornou-se um apostador inveterado, fascinado por cães galgos.

Casou-se com Theresa Kormann e, ao fazê-lo, alijou as próprias irmãs da herança. Sua esposa era partidária da proibição da venda de bebidas alcólicas e Small lhe ofereceu uma noite por semana em um teatro, que ela aproveitava para exibir espetáculos a favor da abstinência, e ninguém vinha assistir. *"Passe pela porta aberta do bar, ignore o salão sórdido"*, o coro cantava para uma platéia quase vazia. Em outras noites, exibições de *Ben-Hur* e *A malvada senhorita Louise* lotavam o teatro. Em sua casa na Glen Road, Small promovia festas tremendas. Jovens dançarinas, espalhafatosas como pavões, saíam cambaleando embriagadas nas primeiras horas da manhã, seguindo meio sem rumo pela calçada, de volta para suas casas, pelas ruas de Rosedale — os motoristas dos ricos seguindo mais atrás, em seus carros, a uma distância cautelosa.

Em Paris, Ontario, Small conheceu uma atriz chamada Clara Dickens e ela se tornou sua amante. Tinha vinte e um anos de idade e Small, trinta e cinco, e ele a seduziu com sua versatilidade. Small era um dínamo. Era o capitalismo em estado bruto. Era um falcão que sobrevoava a província inteira, arremetendo no ar em um mergulho repentino para dar o bote fatal, se apoderando de toda e qualquer fonte de riqueza e devorando os lucros ainda no ar. Era um chacal. Era assim que a imprensa o denominava e ele ria com isso, enrolava uma teia em torno de seus críticos e os comprava. Ou as pessoas pertenciam a ele ou então viravam seus inimigos. Não tinha compatriotas. Não tinha prisioneiros. No século X, ele gostava de dizer, o preço de um de cão galgo ou de um falcão era o mesmo de um homem.

Todo dia de manhã, Small acordava e ia a pé até seu escritório no Grand Theatre na Adelaide Street. Chegava lá pelo menos uma hora antes de qualquer um de seus empregados e planejava seu dia. Essa era a hora do dia de que mais gostava, coreografando seus estratagemas, elaborando teorias sobre as propostas e contrapropostas, índices de lucro e capacidade de resistência de seus adversários. Pegava um abacate importado, cortava fatias em forma de finas luas verdes e sentava-se em sua escrivaninha de tampo de correr, comendo e pensando. Quando a equipe chegava ao trabalho, ele já havia calculado todas as situações possíveis ali na escrivaninha vazia. Descia para a barbearia, recostava-se na cadeira e então faziam sua barba e suas unhas. Seu dia de trabalho estava terminado. A engrenagem de Ambrose Small começava rodar por toda a cidade.

Com sua amante Clara Dickens, ele se mostrava sociável, generoso, encantador. Vendo Ambrose uma ou duas vezes por semana, ela reconheceu o que havia nele de melhor. Afastou-o de suas festas ostentosas. Os dois partiam juntos em excursões. Ambrose comprou hotéis, comprou casas sob nomes diferentes por toda Ontario. “Sou um ladrão”, dizia ele. “Todos os ladrões precisam ter prontas suas rotas de fuga.”

Os nomes das cidades, seus pseudônimos, ocultavam-se memorizados em seu cérebro, sem registro em nenhum outro lugar. Ambrose comprava ou consumia, assim parecia a Clara, tudo aquilo em que seus olhos se detivessem.

No dia dezesseis de dezembro de 1919, Ambrose Small faltou a um compromisso. Um milhão de dólares foram sacados de sua conta bancária. Ou ele fora assassinado ou havia desaparecido. Seu corpo, vivo ou morto, nunca foi encontrado.

A maioria das investigações criminais no início do século eram austeras e pachorrentas. Os bandidos não tinham pressa, pegavam trens e navios. Em 1910, a prisão do doutor Crippen a bordo de um navio de passageiros, graças ao uso de um radiofone (enquanto ele lia *Os quatro homens justos*), foi considerada de mau gosto pelo público. Mas havia algo no caso de Ambrose Small que produziu uma sensação semelhante ao início de uma temporada de caça. Era uma oportunidade para reclamar das condições em que se achava o mundo; o capitalismo escandaloso de Small havia posto a nu o abismo entre os ricos e os famintos.

Durante o primeiro ano após o desaparecimento de Small, o público assistiu aos esforços da polícia para solucionar o caso. Mas quando esses esforços fracassaram, e quando a família ofereceu uma recompensa de oitenta mil dólares para informações sobre o paradeiro do milionário, o próprio público resolveu meter o nariz no caso. Agora todo mundo estava à procura de Small. Em 1921, uma pessoa podia ser contratada por uma firma, ganhando quatro dólares por semana, para trabalhar como "investigador", e essas pessoas percorriam a capital e cidades menores arrastando suspeitos até a delegacia de polícia para que tirassem suas medidas segundo o método Bertillon. Os investigadores se assemelhavam aos pelotões de recrutamento de séculos anteriores, e existiam muitas organizações rivais em atividade, investindo na mesma operação, como se fosse um campo petrolífero ou uma mina de ouro.

Em 1924, após trabalhar durante um ano em vários empregos em Toronto, Patrick Lewis tornou-se um investigador. As organizações ainda estavam em atividade. Não importava que cinco anos se tivessem passado. Nenhum corpo capaz de satisfazer a ficha de Small no sistema Bertillon fora encontrado, e hordas de pessoas que, se não fosse isso, estariam desempregadas, eram contratadas para procurar por ele. Naqueles tempos difíceis, qualquer esperança de achar um poço de petróleo ou uma mina de metal precioso valia a pena ser posta à prova. A busca havia transformado o corpo do milionário em uma moeda rara, um bem financeiro.

O que mais interessava a Patrick era a coleção de cartas que a polícia devolvera para a família. Aos poucos, ele foi entrando em contato com as duas irmãs de Small, que até então nunca haviam encontrado ninguém que levasse aquelas cartas a sério. Doidos, médiuns, chantagens, exigências de seqüestradores — a polícia e a esposa de Small haviam desdenhado de todas elas. Patrick foi recebido amistosamente pelas irmãs de Small em sua residência na Isabella Street. Clara Dickens o conhecia melhor, elas lhe disseram. Era sua amante especial. Converse com Briffa, disseram as irmãs, ele também achava que Clara era a mulher perfeita para Ambrose — não Theresa, a esposa, a *santa*.

Patrick pegou o trem para Paris, Ontario, e encontrou-se com a atriz Clara Dickens. Ela estava de pé na ante-sala ao lado da mãe e disse que nada falaria a respeito de Ambrose Small. Alegou não ter visto Small desde seu desaparecimento. Patrick ficou ali de pé, olhando para ela. Clara pediu que ele fosse embora.

Nos livros que Patrick lia, as mulheres eram salvas de cavalos em disparada, salvas de acidentes em poços congelados. Clara Dickens se achava na orla de um mundo de riqueza. Quando falou com Patrick, ela ficou meio inclinada para o lado, enquanto prendia um brinco na orelha, olhando para o espelho na ante-sala, mandando-o ir embora, os olhos dos dois se cruzando no reflexo do espelho. Patrick ficou deslumbrado com Clara — seus braços brancos e compridos, o cabelo de uma cor desmaiada descendo atrás do pescoço —, como se ela, sem se virar, tivesse disparado uma arma por sobre o ombro e ferido Patrick mortalmente. A "amante especial", a "mulher perfeita".

E o que mais era ela, além da amante de Ambrose Small? Vestida, prestes a sair, Clara parecia uma libélula, os paetês e a gaze subindo até o pescoço. Mas havia algo em seu jeito de ficar ali de pé, sem se virar para falar com ele como convinha.

Quando Patrick voltou lá na manhã seguinte, ela abriu a porta, as mangas dobradas, aqueles braços cobertos com farinha até a altura dos cotovelos.

— Pensei que você fosse rica — disse ele.

— Por quê? Quer que eu contrate você para encontrar o meu amado?

Durante toda aquela noite e até as primeiras horas da manhã, Patrick tentou seduzir Clara Dickens e depois, no dia seguinte, quando ele estava exausto, foi ela que o seduziu. Patrick estava examinando antigos recortes de jornal sobre Ambrose na biblioteca de Paris quando Clara chegou. Ele estava quase pegando no sono debruçado nos arquivos de 1919, sua bochecha apoiada de mau jeito sobre o ombro como se alguém tivesse se esgueirado até ele no silêncio do salão de leitura e partido seu pescoço. Clara atravessou a biblioteca vestida de branco e parou de pé diante das prateleiras.

— Vou levar você de carro de volta para o Hotel Arlington.

A voz dela o despertou. Clara virou uma cadeira com o espaldar para a frente a fim de poder sentar de pernas abertas, e então inclinou-se para a frente, os cotovelos apoiados nas costas da cadeira. Com seu vestido branco, Clara parecia o foco de toda a luz do sol que havia na biblioteca. Houve riso e depois tensão no rosto dela. Seu braço comprido estendeu-se para a frente e pegou um recorte de jornal.

— Você acha que eu sou a pista que leva até ele, não é? Acha que ele deve ter deixado em mim algum vestígio.

Patrick não conseguiu reagir diante da beleza dela. Notou um sinal de água embaixo da pálpebra de Clara, uma lágrima de sol que ela não havia percebido.

— Venha. Vou levar você de volta para o hotel.

Naquela hora, Patrick não pensou em sedução. Estava exausto depois de toda a conversa que tivera com Clara na noite anterior, na varanda que dava para a Broadway Street. Eles se mostraram exaltados e exuberantes na companhia um do outro, suas discussões soando como duetos de ópera. Normalmente Patrick levava meses para se aproximar de outra pessoa e, ao menor sinal de rejeição, recuava e não tentava mais nada. Mas ele insistiu de tal modo que os dois puderam permanecer juntos naquela varanda até tarde sob a luz da lua, rindo com o canto da boca dos estratagemas um do outro. Clara não deixava que ele a beijasse nem a abraçasse, quando estivessem de pé — não queria que os dois entrassem em contato de corpo inteiro.

Eles caminharam sob a chuva ao lado do rio Grand rumo ao carro de Clara. Um presente de Ambrose, sem dúvida, Patrick pensou consigo mesmo. Estava tão cansado que não havia nele a menor sofisticação ou astúcia naquela noite. E a própria Clara não sabia como lidar com aquela repentina obsessão pela sua pessoa. Ela o levara devagar em seu carro de volta para o Hotel Arlington e, chegando lá, os dois ficaram sentados dentro do automóvel.

— Amanhã vou para a biblioteca — disse ele.
— Eu podia ir pegar você lá.

Clara estalou a língua e virou a cabeça para o lado de um modo sugestivo.

Eram duas da manhã. Clara estava sentada com o rosto meio virado para ele, os pés já livres dos sapatos, um joelho voltado para Patrick, junto ao volante. Ela deixou que Patrick lhe desse um beijo de boa-noite e ele ficou ali um instante contemplando o rosto de Clara estampado pelas luzes da rua.

Saiu do carro, fechou a porta com demasiada energia e, depois de ter dado três passos, compreendeu como aquilo seria interpretado.

— Isso não foi uma queixa.
— Eu sei.

Clara estava sentada ali muito só, imóvel, olhando para o banco de onde Patrick havia saído, o rosto voltado para baixo.

— Boa noite.
— Boa noite, Patrick.

Agora eles deixaram a biblioteca dos recortes de jornal, saíram para a luz forte do sol e entraram no carro, Patrick levando sua caixa de papelão com anotações. Os dois se achavam tão cansados que mal falavam um com o outro no trajeto até o hotel.

O quarto dele, quando chegaram lá, estava tomado pela luz do dia e o ruído do tráfego entrava pela janela aberta. Os dois dormiram quase imediatamente, de mãos dadas.

Quando Patrick acordou, os olhos dela o examinavam. Só o pescoço escuro e o rosto de Clara se achavam visíveis. Ele se sentiu embaraçado, por ter dormido com a mesma roupa que estava usando.

— Oi.

— Cante para mim — sussurrou ela.

— O quê?

— Quero uma coisa formal. Sabe cantar?

Ela sorria e Patrick se virou na cama na direção da maciez de Clara.

Depois de fazerem amor, ele trouxe seu travesseiro o mais próximo possível para poder observar e contemplar Clara de maneira confortável. Quando acordou, ela havia ido embora, ninguém atendia o telefone na sua casa. Patrick voltou para a cama e tentou inalar o mais leve traço do perfume de Clara que porventura tivesse permanecido no travesseiro.

* * *

— Patrick, é você?

— Sim, Clara.

— Não parece a sua voz.

— Eu estava dormindo.

— Vou levar você para um lugar. Arranje uma bebida. E um saca-rolhas. Já arranjei a comida. Vamos ficar fora alguns dias.

Era uma estrada sinuosa a que tomaram na direção de Paris Plains, através de desfiladeiros e plantações de tabaco.

— Estamos indo para a casa de fazenda de uma pessoa amiga.

— Ambrose?

— Não, o nome dela é Alice. Mais tarde vou contar a você quem é ela.

— Agora você tem todo o tempo que quiser para falar.

— Mais tarde.

Entraram em uma pequena casa de fazenda que tinha um fogão a lenha na cozinha. Penas de pássaros tinham ficado aprisionadas, aqui e ali, sob as beiradas do papel de parede. No aposento da frente, havia uma cama em um nicho, com janelas dos três lados. Um colchão no assoalho. Quase não havia móveis. Parecia, aos olhos de Patrick, a morada de um monge. A amiga não ia aparecer durante alguns dias, disse Clara.

Mais tarde naquela noite, os dois se deitaram na cama ao lado das três janelas, quase nus. Patrick gostava de dormir separado, em seu próprio mundo, mas, com Clara, ele ficava acordando o tempo todo, esticando a mão a fim de apertar a carne dela contra seu corpo. Durante a noite, Clara se mexia lentamente, como algo boiando na superfície do oceano. No escuro, ela ia vestindo mais e mais roupas. Sempre tinha frio de noite, naquele quarto do mar.

— Está acordada?

— Que horas são? — perguntou ela.

— Ainda é de noite.

— Ahh.

— Eu amo você. Já esteve apaixonada alguma vez? Sem ser por Ambrose.

— Sim.

Patrick ficou desanimado com a naturalidade da confissão.

— Me apaixonei por um cara chamado Toco Jones quando eu tinha dezesseis anos.

— Toco!

— Pois é, tinha esse problema do nome.

— E que problema.

— Boa noite, Patrick, vou dormir.

— Ei!

Ele se levantou e perambulou em volta da casa mais feliz e mais sereno do que jamais se sentira. Clara já voltara a dormir profundamente, roncando, vestindo uma das camisas de Patrick a fim de se esquentar. Um sorriso no rosto. Clara, a dengosa. Queria se apoderar de Toco Jones e fazer dele gato e sapato. Dezesseis anos! Onde Patrick andava quando tinha dezesseis anos? Ela fora amante de Small, amante de Toco, e de quem mais? Ele se viu nessa hora sob o feitiço do corpo de Clara, dentro da complexa arquitetura do passado dela.

Patrick estivera olhando pela janela por mais de dez minutos quando de repente focalizou uma sombra no vidro e viu que era uma perereca. Acendeu o lampião a óleo e ergueu-o na altura do animal. Um *pseudacris triseriata*. Olá, amigo, sussurrou Patrick para o corpo verde-pálido, recoberto de pintinhas, grudado no vidro.

— Clara...

— O que foi?

— Ambrose.

O amor era como uma infância para ele. O amor o havia inaugurado, ele se sentia tolo e descontraído.

— O quê?

Clara estava bem acordada, olhando para Patrick como se fosse um louco.

— Venha aqui, quero que veja uma coisa.

Ela olhou para a janela e depois voltou-se para ele, recusando-se a falar.

— Ele quer que você fique sem roupa nenhuma.

— São três da manhã, Patrick, você devia estar dormindo. Devia estar à procura do meu amado. (*Amado!* Ele sorriu, meio sem graça.) Você quer fazer amor comigo, é isso?

— É uma perereca!

— Uma perereca em uma noite de luar não é coisa rara.

— É sim, elas só saem durante o dia. Ela quer ver o seu peito, a sua barriga.

— Isso por acaso é algum tipo de atitude bolchevique?

Clara desabotoou a camisa, ficou de pé entre Patrick e o vidro.

— Amanhã à noite, ela na certa vai trazer os amigos para ver você de novo. Em alguns lugares, são chamadas de rã-sino. Quando ficam excitadas, emitem um som igual a um sino. Outras vezes, latem que nem cachorros.

Clara inclinou-se para a frente, encostou a boca na barriguinha verde colada ao vidro e beijou-a.

— Olá, Ambrose — cochichou ela. — Como tem passado?

Patrick pôs os braços em torno dela e segurou seus seios.

— Não quer casar comigo?

Ele começou a latir.

— Um dia desses, logo, logo, eu vou partir.

— Para se juntar a Ambrose.

— Sim... Sei que ele está vivo.

— Tenho medo de nunca mais ver você.

— Você fica falando, Patrick, mas não sente o menor remorso.

— Uma palavra estranha. Sugere um desvio em torno de você mesma.

— Não fale. Venha aqui...

Patrick encontrou Ambrose em um sonho. Na porta, ele disse: "Existe uma figura cinzenta agarrada a meu corpo, Patrick. Quero que você a corte fora para mim." Eram velhos amigos. Tudo o que Patrick possuía era um canivete. Abriu a lâmina e fez Ambrose avançar na sala, sob a única luz perto dos elevadores de ferro. Era mais fácil ver agora do que se tratava. Um pavão cinzento fora costurado na pele de seu amigo. Patrick começou a cortá-lo.

Ambrose ficou calado. Parecia não haver dor alguma. Patrick se abaixou até as canelas e, com um golpe final do canivete, a figura excedente foi extirpada. Ficou ali enroscada no chão como uma sobra do tapete que tivesse sido esquecida. Caminharam de volta para a porta da casa de Small, apertaram as mãos e se separaram. Enquanto vinha passando de cambulhada pelas últimas construções de seu sonho, Patrick ouviu as notícias sobre o assassinato de Ambrose — fora encontrado na vertical, com o corpo cortado ao meio.

— O que foi?

— Perguntei se você estava sonhando.

— Não sei. Por quê?

— Você estava todo encolhido.

— Hmmmm. De que jeito?

— Você sabe, feito um cachorro dormindo diante da fogueira.

— Talvez eu estivesse caçando um coelho.

Estavam sentados no chão, recostados na parede no canto do quarto, a boca de Clara junto ao mamilo de Patrick, a mão mexendo devagar no pau dele. Uma ciência complicada, o corpo inteiro de Patrick aprisionado ali, um navio dentro de uma garrafa. Vou gozar. Goze na minha boca. Movendo-se para a frente, os dedos dele puxando o cabelo de Clara para trás como seda rasgada, ele ejaculou, desaparecendo dentro dela. Clara curvou seu dedo, fazendo um sinal para ele, e Patrick abaixou-se, pôs a boca na boca de Clara. Ele apanhou aquilo, o elemento branco, e os dois ficaram passando de um para o outro, até que já não havia mais nada, até que eles não soubessem mais quem tinha ficado com aquilo, como um planeta perdido em algum lugar do corpo.

No dia seguinte, saíram pelas estradas do interior no automóvel Packard de Clara. Ele olhava para Clara enquanto ela falava da Wheeler Needle Works onde seu pai havia trabalhado, a fábrica Medusa junto à estrada de ferro.

— Este é o roteiro turístico da minha vida de adolescente, Patrick. Vou mostrar a você onde quase fui seduzida.

— Os anos cruciais.

— Sim.

Ele adorava o erotismo da história de Clara, adorava saber o local onde ela havia sentado nas salas de aula, seu tipo de lápis favorito quando tinha nove anos de idade. Detalhes inundavam o coração de Patrick. Certa vez, Clara disse: "Quando conheço bem um homem socialmente, o único jeito de conhecê-lo melhor é dormir com ele." A sedução representava a progressão natural da curiosidade. E, durante aqueles dias, Patrick descobriu que todo seu interesse se havia voltado unicamente para ela, sua infância, seu trabalho no rádio, aquela paisagem na qual ela havia crescido. Patrick já não queria encontrar Small, desejava exorcizar Small da mente de Clara.

Estava chovendo e eles não podiam sair do carro. Ela abriu a janela.

— Era aqui que eu escondia o meu almoço.

Pegando o lenço no bolso de Patrick, ela molhou o canto com a ponta da língua.

— Você está com lama na cara — disse ela, esfregando a testa de Patrick.

Todos esses gestos apagavam o lugar, o país, tudo. Ele sentiu que precisava voltar ao mundo.

— Me diga depressa alguma coisa sobre Ambrose.

— Toda vez que ele mentia, a voz soava calma e sensata.

— O que mais?

— A gente trepava no *Cayuga*.

— A balsa? Meu Deus, no *Cayuga*?

Patrick ia aos poucos trazendo à tona a história de Clara com Small, uma farpa na mão de uma senhora. Muitas vezes ele ficava espantado.

— Seria desculpável se eu dissesse que fiquei com ele porque me deu um piano?

— Do que você está falando?

— Adorei o piano. Era uma coisa para eu me isolar. A minha fuga, a minha privacidade. Ambrose tinha seu dinheiro, suas apostas, tirava seus lucros de alguma outra parte. Eu tinha meu trabalho no rádio e meu piano. Todo mundo precisa de um lugar para ficar esfregando as unhas na parede, senão a gente fica maluco. E você?

— Não sei.

— Houve uma época em que eu poderia ter dormido com um amigo dele, o Briffa, por exemplo. Em volta de Ambrose, o ar vivia sempre repleto de possibilidades.

— Gosto de ar carregado.

— Briffa era um doce. Uma cortesia européia, uma pontinha de brutalidade, casado e feliz. Eu gostava dele porque vivia bem barbeado e equilibrado. Ele decorava os teatros. Tinha um olhar e isso, é claro, é um grande afrodisíaco. O único homem que conheci que tinha um olhar. Ambrose não tinha. Mas Ambrose atraía pessoas como Briffa para ficar em torno dele. Ninguém mais poderia tocar neles, muito menos lhes oferecer empregos. Era uma batalha: Small e seus amigos contra o resto. Ambrose armava o cerco e atacava todos os remanescentes das famílias ricas que eram efetivamente o final da linha.

— E você era a pianista.

— Sim, a pianista, o interlúdio musical, o romance da tarde.

— Ele foi o primeiro a comer minha bunda.

Patrick ficou chocado e imóvel ao lado de Clara, no sol da tarde. Quando ele falou sobre o próprio passado, não se mostrou tranqüilo como ela. Descreveu por alto relacionamentos anteriores, muitas vezes de mau humor. Ele só revelava a verdade de seu passado quando interrogado com uma pergunta específica. Na maior parte do tempo, defendia-se com um ar vago que lhe era habitual.

Havia em Patrick um muro que ninguém saltava. Nem mesmo Clara, embora ela achasse que aquilo o havia deformado. Uma pedrinha diminuta engolida anos atrás, que havia crescido junto com Patrick e que ele levava para toda parte porque não a conseguia expelir. Seu motivo para esconder aquilo na certa se havia extinguido anos atrás... Patrick e sua pedrinha sem importância. Ela entrara em Patrick numa época ruim da vida. Depois tinha virado uma pederneira de terror. Patrick poderia facilmente ter deixado a pedra para lá quando tinha sete ou vinte anos, era só cuspir a pedra e seguir adiante, e ao dobrar a próxima esquina ela já estaria esquecida.

Assim somos feitos.

— Quem são seus amigos, Patrick?

— Você. Só você.

— Alice vem amanhã.

— Então temos de ir embora.

— Não, a gente pode ficar. Você vai gostar dela. Mas, pouco depois disso, vou deixar você.

— Por Ambrose.

— Sim, por Ambrose. E você não deve nunca vir atrás de mim.

— Demoro muito tempo para perdoar.

— Não se preocupe, Patrick. As coisas se ajeitam. As pessoas são substituídas.

Patrick ficou pensando se, no princípio, Clara tinha alguma coisa que ele desejasse roubar, não porque ela fosse Clara, mas porque pertencia ao inimigo. Mas agora havia a alma dela. Essa filha de um capataz da Wheeler Needle Works, que parecia ter entrado nele como um espírito, abalando sua natureza reservada. Ela fora a amante de Ambrose Small, fora colhida na vagarosa e discreta roda dos ricos. E teria aprendido as regras sutis que vinham junto com os presentes deles.

Clara começou a rir, o cabelo nas têmporas ainda molhado depois de terem feito amor. Patrick sentiu de repente o suor também no próprio corpo. Quando a abraçou, ainda não sabia quem ela era.

Após meia-noite, Clara vai para trás de sua amiga Alice, tira o xale dos ombros dela e o amarra como uma faixa em torno da cabeça. Patrick olha para Clara atentamente — os ossos, os planos desenhados pela luz no seu rosto, o cabelo não mais ocultando a cara. Sigam-me, ela poderia dizer com o xale enrolado na cabeça, e ele seria um dos porcos gadarenos*.

— Já contei a você — Clara ri — como eu ajudava meu pai a raspar o pêlo dos cães? Uma história verdadeira. Meu pai adorava caçar. Tinha quatro cães de caça de pêlo vermelho, sem nomes. Eles sumiam tão depressa que a gente preferia usar números. No verão, os caçadores roubavam cães e meu pai vivia preocupado com esses roubos. Por isso a gente ia ao pior barbeiro de Paris e pedia que ele tosasse os cães. O barbeiro sempre se mostrava insultado com isso, embora não tivesse na verdade muitos outros fregueses.

Eu ficava sentada na cadeira da barbearia e segurava o cachorro no meu colo enquanto o homem raspava o pêlo, e depois a gente voltava para casa de carro com os cachorros pelados. Em casa, meu pai pegava sua navalha das vacas. Raspava o pêlo do abdômen até aparecer a pele, depois a gente dava um banho de mangueira nos cachorros e os deixava para secar ao sol. Depois do almoço, meu pai escrevia no

* Segundo Mateus 8, 28, na região do lago Gadara, Jesus transferiu o demônio que possuía dois homens para uma vara de porcos. Estes imediatamente se atiraram ao abismo e pereceram nas águas do lago. (N. do T.)

lado do corpo deles DICKENS 1, DICKENS 2 e DICKENS 3 com letras bem legíveis, usando a mesma tinta que servia para pintar as árvores. Ele me deixava pintar o nome do último cachorro. Tínhamos de segurar o bicho no chão com muita firmeza até que a tinta secasse direito. Eu escrevia DICKENS 4.

Essa foi minha época favorita. O dia inteiro, a gente conversava sobre coisas que eu não conhecia muito bem. Sobre plantas, qual o gosto do vinho. Ele me explicou como os bebês nasciam. Eu pensava que eu tinha de pegar uma semente de melancia, colocar a semente entre duas fatias de pão e beber uma porção de água. Pensei que era assim que meus pais falavam quando estavam sozinhos. A gente também ficava tagarelando com os cães que pareciam muito desnorteados, magricelas e pelados. Às vezes eu tinha impressão de que eu tinha quatro filhos. Bons tempos. Então meu pai morreu de enfarte quando eu tinha quinze anos. Droga.

— Eu sei — disse Patrick. — Meu pai também... Meu pai era um mágico, podia fazer troncos voarem para fora da água com uma explosão.

— O que aconteceu?

— Morreu quando preparava cargas de explosivos em uma mina de feldspato. A empresa tentou ir fundo demais e a galeria acima dele desabou. Não houve uma explosão. A plataforma simplesmente escorregou para baixo, arrastou-o para o fundo da caverna e ele sufocou. Foi queimado no meio do feldspato. Eu nem sequer sabia o que era isso. É utilizado em tudo, peças de louça, azulejos, cerâmica, tampos de mesa trabalhados, até em dentes artificiais. Eu perdi meu pai lá.

— Um brinde aos pais perdidos — disse Alice, erguendo seu copo.

A conversa mergulha de novo na infância, mas a amiga Alice escolhe apenas detalhes do tempo presente para celebrar. Ela não revela nenhum passado, permanece sem origem, como aquelas estátuas de homens com a cabeça envolta por um pano e que simbolizam rios ainda não descobertos.

Durante a noite inteira, enquanto conversam, o céu e os campos parecem repletos de vigor com a tempestade de verão. A cozinha, à noite, com essas duas atrizes, se torna um assombro. Clara e Alice emendam os assuntos, personificam pessoas e estimulam-se mutuamente a continuar falando noite adentro. Patrick, de repente, vira uma platéia. Elas imitam o jeito como os homens fumam. Discutem o jeito como os homens riem — do turbulento ao azedo e ao mercenário. Ele se encontra em um aposento repleto de risos variados, olhando para um lado e para o outro, ora para a vivacidade e o movimento erótico de Clara, mesmo quando ela se espreguiça, ora para a palidez e a energia reprimida de Alice. "Minha amiga pálida", Clara a chamara.

Às três da madrugada, ouve-se um trovão ao longe. Patrick não consegue manter os olhos abertos. Dá boa-noite e se deixa cair no sofá, fechando a porta da cozinha.

As duas mulheres continuam falando e rindo, o fulgor de um relâmpago difuso a milhas de distância. Depois de uma hora mais ou menos, elas dizem uma para a outra: "Vamos pegá-lo."

Na escuridão da casa de fazenda, Clara e Alice se aproximam da cama de Patrick. Levam velas e um grande rolo de papel, cochichando uma para a outra. Descobrem o rosto de Patrick oculto sob o cobertor verde. É o bastante. As velas são colocadas em uma cadeira de espaldar reto. Cortam um pedaço de papel com tesouras de pano e prendem os quatro cantos no chão com alfinetes. Começam a desenhar depressa e com energia, como se copiassem um projeto secreto em um país estrangeiro. Parece algo tão ilícito quanto isso. Aproximar-se de um homem adormecido a fim de ver o que ele pode revelar acerca de si mesmo em um retrato desenhado àquela hora da noite.

Patrick dorme e, nos momentos seguintes, as duas trabalham juntas na mesma folha de papel que de vez em quando rasga sob a força do lápis de cera. Já fizeram isso muitas vezes, entre elas, esses retratos do espírito, a cabeça escorrendo púrpura ou amarela — auras de inveja e desejo. Tendo em vista o caráter vago do corpo coberto de Patrick, elas desenham com base em tudo o que sabem ou podem adivinhar a respeito dele. Ajoelham-se, as cabeças rebrilhando à luz das velas, riscando com o lápis de cera contra a textura do assoalho. Raiva e honestidade afloram de supetão. Uma delas envereda por uma divagação introspectiva, e a outra segue logo atrás, completa a frase, garantindo a segurança do gesto.

Uma pintura mural em uma caverna. A luz amarela tremula sobre o rosto de Patrick contra o estofado do sofá, sobre as duas mulheres suando no meio da noite fechada, suas cabeças voltadas para baixo como se puxassem alguma coisa para fora de um rio. Uma delas ergue as costas a fim de se espreguiçar enquanto a outra examina o retrato. "Será que somos bruxas?" pergunta Alice.

Clara começa a rir. Geme que nem um espírito em busca do buraco da fechadura para escapulir da sala fechada. Põe a mão nas paredes frágeis, em seguida a boca explode com alarido e Clara arrasta Alice para fora, para a noite de Ontario. Descem desabaladas pela escada de madeira, Clara balbucia coisas ininteligíveis, seus corpos rolam por entre as margaridas dos campos e o capim, e depois se levantam de um salto quando a chuva se desvencilha das nuvens ardentes e cerradas, as duas correm sob o trovejar de um campo escuro, entre os pés de milho e feijão que chegam à altura da barriga, o sussurrar viscoso das folhas roçando nas saias e nos braços abertos — a febre da casa se dissipando para fora delas.

A chuva atravessa as roupas finas de algodão coladas nos músculos. Alice puxa para trás seu cabelo molhado. O estalo repentino de um raio e Clara vislumbra uma Alice subliminar em movimento, quase se erguendo no ar, sem blusa, de tal modo que seu corpo possa ir ao encontro da chuva, o restante de sua ascensão se perde no escuro, até a próxima e breve palpitação de luz, quando elas se agarram a uma bétula com as mãos juntas, os dedos entrelaçados, dobram o corpo para trás e balançam a cabeça sob a chuva.

Rastejam juntas em delírio nas trevas. Não há lua. Há a margarida do campo em seu diminuto poder de exatidão, como uma bússola apontando para onde está a lua, e assim elas podem ladrar na direção de sua ausência.

* * *

Patrick se movimenta em silêncio pela casa no início da manhã. No alto da escada, olha para fora através de uma janelinha redonda, na direção dos campos. É uma precária casa de fazenda. Ele sentiu os ventos a sacudirem durante a noite. Agora há uma paz estranha, capim e árvores, vistos através da luz branca da manhã, as duas mulheres adormecidas. Ontem, elas estavam de pé ao raiar do dia jogando ruibarbo uma na outra pela sala — como Patrick descobriu, ao acordar com as risadas turbulentas. Deparou com elas no meio da batalha, Alice curvada de tanto rir, com lágrimas nos olhos, e Clara de repente encabulada ao vê-lo entrar na cozinha.

Agora não há barulho algum, salvo os rangidos de seus passos. No quarto, ele as encontra adormecidas nos braços uma da outra, inconscientes da luz do dia que invade o aposento. Toca o cotovelo de Alice Gull e sua carne recua. Ele coloca a mão na palma da mão de Alice e ela a aperta inconsciente, sem acordar inteiramente.

— Oi.

— Tenho de ir embora cedo — diz ele. — O trem.

— Hmmm. Preparamos um presente para você na noite passada.

— Ah, é?
— Ela vai explicar depois.

Alice se espreguiça com cuidado para não incomodar Clara.

— Me jogue uma blusa, vou tomar café da manhã com você.

Na cozinha, Patrick corta uma toranja e dá metade para Alice. Ela balança a cabeça. Fica sentada no banco, usando a sua comprida blusa cor-de-rosa, e observa Patrick se movimentar com eficiência na cozinha da casa dela. Patrick, Alice percebe, se move diante dos outros da maneira mais discreta possível. Ela aponta em silêncio para determinadas gavetas, quando ele pergunta onde estão as colheres ou a espátula.

Patrick em geral não conversa muito no café da manhã e após quinze minutos está pronto para sair. Alice segura o braço dele na porta de casa. Por acidente, ele a beija muito perto do olho.

— Dê um beijo nela por mim.
— Vou dar.
— Diga a Clara que vou vê-la no hotel esta noite.
— Está bem.

Alice fecha a porta com firmeza e olha para Patrick através da janela, enquanto ele caminha até a estação de trem, passando de um vidro no caixilho da janela para o outro, a cada passada larga.

Alice sobe de novo para a cama ao lado de Clara, põe seu braço em torno dela a fim de recuperar o calor que perdeu ao se levantar. Saúda a enseada sonolenta dessa manhã de segunda-feira.

A mente de Patrick permanece junto às duas mulheres, como a forma da mão dele estampada contra a carne adormecida de Alice e Clara, a fria janela do trem colada à sua face. Faminto de Clara, ele pensa em Alice como se não tivesse ainda dirigido seu pensamento para ela, como se Alice, ao ser tocada por Clara, tivesse crescido de uma forma mágica, plenamente constituída.

* * *

No Hotel Arlington, naquela noite, ele examina o grande desenho que Clara pregou com tachinhas na porta. Patrick ficou bem, Clara lhe diz, a alma é maleável. Ele não acredita nela. A menos que sua alma se expanda durante o sono, a menos que o sono de algum modo solde os componentes dispersos do seu caráter. Talvez o retrato ensine a ele. Patrick adora a proximidade entre as duas mulheres e aprecia o presente que lhe deram, sua natureza supostamente desprotegida.

— O que achou dela?
— Gostei.
— É uma grande atriz.
— No rádio?
— Não, no palco.
— Ela é melhor do que você?
— Mil vezes.
— Sim, gostei dela.

Mais tarde, Patrick vai refletir sobre os segundos em que estava prestes a adormecer e elas entraram trazendo velas. A chegada dos mágicos. Ele sente uma comunhão maior ao recordar isso do que qualquer outra coisa em sua vida. Patrick e as duas mulheres. Um esboço para o Novo Mundo. Judite e Holofernes. São Jerônimo e os leões. Patrick e as Duas Mulheres. Ele adora o quadro, muito embora, adormecido, ele não tenha presenciado a cerimônia.

Às vezes, quando está sozinho, Patrick põe uma venda nos olhos e anda por um aposento, primeiro devagar, depois mais depressa, até que se sente infalível e mágico ali dentro. Ele marcha, desvia de repente de um abajur, se curva sob plantas suspensas, chega a correr de um lado ao outro do aposento e, na sua escuridão, salta por cima de mesinhas.

Durante a noite inteira, Clara e Patrick conversaram, o nome de Ambrose como uma gota de água na sua conversa. Durante a noite inteira, conversaram sobre o plano de Clara ir se juntar a seu "amado", o som do nome dele como um veneno, como a palavra *nicotina*. Clara vai partir amanhã. Não vai contar a ele onde está Small. Exige que Patrick não tente segui-la depois que forem a Toronto e ele a puser no trem. Patrick tem a sensação de que não conhece nada da maior parte da vida de Clara. O tempo todo, ele encontra e perde pedaços dela, como se abrisse uma gaveta para descobrir ali mais uma máscara.

Ficam sentados na cama, seminus, na última manhã de Patrick. Conversaram a noite inteira e ele se sentiu confuso em face do poder do inimigo invisível, incapaz de pesuadir Clara a desistir dessa viagem para Ambrose. Patrick propõe executar seu truque para ela, puxa o comprido xale de seda de Clara pela manga de seu casaco, dobra o xale e o amarra em torno dos olhos.

Põe Clara na cama e diz para ela não se mexer. Em seguida, sai andando pelo quarto — a princípio, usando as mãos por segurança, depois ignorando as mãos, arremetendo com o corpo até uma polegada da janela, correndo a cabeça bem rente por baixo das prateleiras suspensas enquanto cruza depressa o quarto em linhas retas, em linhas curvas, como se ele possuísse o mecanismo de um morcego em seu sangue humano. Pula por cima da cama, encantado com o grito que Clara deixa escapar. Ele é magnífico. É perfeito, pensa ela.

Patrick murmura para Clara, enquanto se movimenta — "Olhe esta bandeja" — e então arremessa a bandeja para o alto e a apanha no ar. "E essa casca de ovo no tapete que vou esmigalhar como se fossem os ossos de Toco Jones. Você é tão linda, Clara, nunca vou ficar cego. Quero ir dormir fitando o seu rosto todas as noites. Não poderia me contentar em apenas tocar você, cheirar você." Patrick atira uma maçã no colo dela, rasga a data do calendário. "Eu treinava às vezes de noite enquanto você dormia." Ele se inclina para diante e morde a maçã, mastigando e falando.

Clara rejeita tudo isso e sai da cama, colocando-se no canto nordeste do tapete. Põe a palma das mãos contra as orelhas e pára de ouvir suas palavras de carinho, fica ali de pé com os cotovelos apontados para o lado. Ele se mexe, quase frenético, agora esbravejando o seu amor. Ela ainda consegue escutar a voz de Patrick, pressiona as mãos com mais força contra os lados da cabeça e fecha os olhos. Sente o assoalho estremecer embaixo dos pés, sente que está cercada, envolvida pelo turbilhão de Patrick. De repente, Clara é atingida com força, sua mão esquerda se choca contra seu crânio, e ela cai.

Clara se põe de joelhos, tonta, e olha em volta. Patrick agarra uma ponta do lençol e aperta contra o rosto. Ele está fungando, o sangue começa a sair pelo nariz e passar para o lençol. A venda desceu e está em volta do pescoço, como um colarinho. Patrick levanta os olhos para ela e, como se não conseguisse vê-la, volta a atenção para o lençol enquanto continua a sangrar.

> — Você saiu do lugar. Eu disse para não fazer isso. Você saiu do lugar.

Clara ainda não conseguia ficar de pé, devido à dor e à tontura. Sabe que, caso tente se levantar, vai cair outra vez. Então ela fica sentada onde está. Patrick se debruça para a frente, examinando o lençol nas mãos.

É o que dá confiar no elemento humano, ele pensa.

Patrick sempre viveu ao lado de romances e de suas histórias bem definidas. Os autores acompanhando os motivos bem explicados de seus heróis. Os fatos do mundo erguiam os personagens da pobreza. Os livros concluíam com todos os testamentos corrigidos e todos os amores resolvidos. Mesmo o amante desprezado admitia o fato de que o conflito havia terminado.

Depois que Clara vai embora, Patrick limpa o seu quarto na Queen Street de forma obsessiva. Cristais de sabão chiam em um balde, o esfregão arranca do chão a sujeira da semana. Depois ele senta no único canto seco onde anteriormente colocou os cigarros e fuma o Roxy, batendo a cinza no balde ao lado dele. O quarto cheira igual a um açougue limpo. A mobília — uma mesa, uma cadeira e a gaiola de um iguana — se encontra empilhada sobre a cama, na extremidade do quarto mais perto da rua.

Às vezes Patrick deixa um livro nesse canto. Ele já sentiu o cheiro das páginas, tocou as bordas denteadas do papel. Agora pode devorá-lo como uma fatia de pão, com as mãos nuas. Empurra para o lado a cinza do cigarro que caiu em seu braço e abre *Gansos selvagens*. "*Não era dito abertamente, mas a família estava à espera de Caleb Gare. Mesmo Lind Archer, o novo professor, que viera no final daquela tarde de Yellow Post junto com o carteiro indiano e portanto devia estar com fome, estava à espera dele.*" Clara esfregando a testa com seu lenço. "*A cadeira de balanço parecia dizer: 'Caleb! Caleb! Caleb!' Isso divertia mansamente o professor.*" A orelha de Clara encostada na pele que recobria o coração de Patrick.

Ele dá comida para o iguana, segurando a ervilhaca a dois centímetros da boca impassível. Só a pálpebra deslizando para baixo altera um pouco a expressão do animal. Uma criatura nascida em outro planeta. Ele bate na mandíbula com a flor. Através da janela, vê homens surgirem no céu azul de Toronto, avançando aos poucos pelo ar adentro, montando andaimes no ar. Pedaços de Clara flutuam em torno de Patrick.

Um beijo na Union Station, a boca de Clara entreaberta.

> — Desculpe ter de pedir isso a você, mas não posso levá-lo para o outro lado do país. Vai cuidar dele?
>
> — Mas o que é isso? Um prêmio de consolação?
>
> — Não fale assim, Patrick.
>
> — Solte o bicho, caramba.
>
> — Ele é cego!
>
> Fugir da discussão aos trambolhões.
>
> — Dê trevo e ervilhaca para ele comer, e água à beça. Dê umas batidinhas na gaiola na hora de pôr comida. Só para ele saber.

Assim, Patrick viu Clara embarcar no trem, muito chique, com cinto de fivela de prata. Ele voltou para casa com a gaiola batendo de encontro ao joelho, atirou para dentro um punhado de repolho e deixou o animal sozinho por uma semana. O iguana ouvia o praguejar de Patrick, as xícaras e os copos quebrados. O iguana conhecia Clara Dickens, esse conhecimento se abrigava no interior daquele corpo medieval. Patrick acreditava em palavras arcaicas como *advir* e *fadado*. O fado de Patrick Lewis. O fado de Ambrose Small. As palavras sugeriam sortilégios e visões, uma coreografia do destino. Muito tempo atrás, ele recebera ordens para não seguir Clara. Se Patrick fosse um herói, poderia cair sobre Small como uma flecha. Poderia guiar um iguana em uma correia de prata até a sua dona.

Querida Clara

Todas essas estranhas criaturas na penumbra. Rosedale como um aquário à noite. Árvores submersas. Você, com um longo vestido negro, caminhando descalça no vasto jardim de Ambrose enquanto a esposa dele dormia no andar de cima. Uivando para perturbar o sono dela. Os ricos gentis.

Ambrose tinha classe porque tinha você. Era isso que todos eles sabiam — aquelas pessoas malformadas porque nasceram com dinheiro e nada fizeram senão conservar o dinheiro como um termômetro enfiado no rabo. Os ricos ignóbeis. Os ricos gentis. Eu sei por que você partiu com Ambrose. Ele era o rato do porto. Um rato imigrante. Tinha de ganhar ou então perderia tudo. Os outros tinham apenas de mandar o filho mais velho para o Upper Canada College. O rodízio das safras. O único que podia pular o muro, saltar sobre o vidro quebrado, era Small. Mas não quero Small, quero você...

Querida Clara

A noite inteira, as nervosas e amargas conversas dos amantes depois de terem deixado o bar Greenwood do outro lado da rua, em frente a meu quarto. Fico sentado junto à janela para pegar a aragem de verão e, tarde da noite, supondo que ninguém os observa, os casais se seduzem, se acusam ou brigam. Não, eu não fiz isso. Me desculpe. Vá para o inferno! *Em sussurros. A bofetada, o estalo do amor escarnecido, as unhas de um correndo como um ancinho pelos olhos do outro. Essa disputa de território, Clara, propriedade e carência, a respiração entrecortada de um casal trepando, seres humanos ou gatos — gemidos sobrenaturais, conversas lunares —, as mãos da mulher sobre o rosto, tornando o homem menos impessoal, as costas do casaco dela pressionadas contra os tijolos.* Você estava dizendo alguma coisa para ele, o que você estava dizendo para ele? Não interessa! O que era? Nada!

Toda hora eu acordo ouvindo repentinas palavras íntimas. Certa vez escutei um estranho chiado lá embaixo e olhei para fora. Um homem com um tapete enrolado nos ombros acompanhado por um cão de pêlo vermelho. Era o ladrão do bairro, Caravaggio, de volta do trabalho. Ele passou calmamente embaixo de minha janela, distraído enquanto comia um sorvete siciliano...

Acordei ouvindo sua voz furiosa. Você sussurrava. Pensei, a princípio, que era um diálogo na rua, mas era você, e eu gelei no escuro — um possível sonho que eu não queria deixar escapar. Conheço suas hesitações, sua voz vacilante quando está mentindo ou ficando embriagada. São familiares para mim. Clara?, disse eu, no escuro, está tudo bem, tudo bem. Eu estava de pé em cima do colchão, no pé da cama. Eu podia tocar no teto com as duas mãos. Mas você não me escutava. Eu percebia o vento vindo da rua. Uma voz masculina riu a seu lado. Virei-me e vi o amarelo cremoso do mostrador do rádio aceso. Era a Hora do mistério, *a reprise de um programa de uns dois ou três anos antes. Eu dormira ao longo de horas de transmissão e só acordei quando irrompeu o tom agudo de sua voz. Você tinha um papel pequeno. Na trama, você havia ficado em apuros.*

Na Union Station, me recusei a deixar você. Seu rosto aborrecido contra a pedra calcária de Bedford, Vá embora, Patrick, me deixe em paz! *Seu cabelo esbarra na pedra quando você gesticula e se desvencilha de mim.*

No Portão 5, você pára, uma pausa em meio ao vapor, erguendo as mãos como um caubói que se rende. Uma trégua. Não, nós não subimos aquela escada, nossos dedos se enlaçaram como dentes de uma engrenagem. Você estava fugindo da claustrofobia que um amante obcecado provoca. Colocamos nossos braços nos ombros um do outro, arfando. Seu rosto deixou sua expressão vazar.

Querida Clara

Cheguei perto de você e pedi uma dança. O homem a seu lado me deu um murro na cara. Pedi a você outra vez e ele me deu um murro na cara. Enxuguei o sangue abaixo do meu olho. Cinco minutos depois, voltei à sua mesa e os homens dele me atacaram, me jogaram no beco dos fundos. Nesse sonho, eu não via você fazia muito tempo e adorei o vestido que estava usando. Era uma grande festa por algum motivo, você estava em companhia respeitável. Eu fiquei olhando para seu rosto e logo a mão de alguém me golpeou. Eu caí no chão. Fiquei ali estirado olhando para seu vestido, depois me arrastei para longe. Enfim, voltei e pedi que você dançasse comigo. Duas coisas aconteceram. Durante um breve momento, nós dançamos. Quis apertar você bem junto a mim mas não queria sujá-la de sangue e você disse: "Está tudo bem, Patrick", e então eu fiquei olhando seu rosto enquanto eles me arrastavam à força de volta para o beco. O sonho terminava enquanto eu fazia planos com os chineses para pôr fim àquela festa.

* * *

Ele abriu a porta para ela e deu um passo atrás, depressa, estupefato. Não esperava por ela.

Patrick andou pelos aposentos vazios, apontando para as coisas quebradas que tentava consertar, vidros e louças quebradas, coisas que ele havia atirado ao chão muito tempo atrás, depois que Clara tinha ido embora.

— O que são essas coisas?

— Vidros, um jogo de palavras-cruzadas... uma história.

Alice sorriu para ele. Afinal, o que ela sabia a respeito de Patrick ou de Clara?

— Estou tentando pôr minha vida em ordem — disse ele.

— Bem, já é um começo.

Ela circulou pelo aposento, sem tocar em nada, como se tudo na escassa sala de estar tivesse poder e fosse parte da cura de Patrick.

— Há quanto tempo ela foi embora? Um ano e meio? Dois anos?

— Mais tempo. Não o tempo suficiente.

Patrick falava aos arrancos. As frases precisavam de complementos, parênteses, a fim de tornar clara não a informação mas a situaçao de Patrick.

— Me dê um café, Patrick.

Havia mais de um metro e meio entre eles. Quando Alice se aproximou de um recorte de jornal pregado na parede, Patrick automaticamente recuou mais um pouco. Ele se sentia perigoso. Alice parecia mais velha, confiante. Tirou o casaco e o colocou no chão ao lado da porta. Patrick a seguiu até a cozinha, bombeou água para dentro da panela a fim de fazer o café, e acendeu o gás. Não havia cadeiras e assim ela se sentou na bancada da pia em frente, olhando para ele junto ao fogão. Alice estava a salvo ali.

— Você parece cansado — disse ela.

— Ah, estou bem. Fisicamente, estou bem, é só a minha cabeça. Tenho sorte: como quer que eu me sinta, meu corpo sabe se cuidar sozinho.

Era a sua fala mais longa desde muitos meses.

— Pois sou o oposto. O único jeito para eu saber se me encontro em um estado mental ruim é por meio do meu corpo.

— Bem, você é uma atriz, não é?

— É verdade.

Os olhos dele iam para todas direções, menos para ela, um mau sinal. Alice desceu da pia e chegou perto de Patrick, depois parou, a alguns centímetros. Os olhos dele a fitaram, se desviaram, e depois se fixaram a salvo na bochecha de Alice.

— O próximo passo, Patrick.

O primeiro sorriso dele em vários meses. Inclinou-se para a frente e a agarrou pelos braços para que ela não desaparecesse no ar. Alice era menor do que Patrick imaginava. Não era magra, nem muito pequena, mas ele imaginara que o corpo de Alice contra o seu seria de um tamanho diferente. Patrick podia ver o vermelho do cabelo dela junto às têmporas, os vincos embaixo dos olhos.

A água na panela estava fervendo e os dois não se mexeram. Ficaram juntos, de pé, sentindo com as mãos a espinha um do outro, o cabelo e a nuca um do outro. Relaxe, disse Alice, e Patrick teve vontade de desabar contra ela, ser levado por ela para países estrangeiros, oceano adentro, para a cama, qualquer parte. Ele ficara sozinho por um tempo longo demais. Essa era a hora em que ele, toda noite, ao voltar do trabalho para casa, se deixava afundar em cavernas de sonhos e assim, depois, não tinha certeza se haviam mesmo ocorrido. Tinha sido de repente, nada foi planejado com esse fim, nada se resolveu por terem ficado juntos, mas de algum modo o ajudou a continuar vivo. Ela viera naquele dia, refletiu Patrick mais tarde, não por paixão, mas para salvá-lo, para voltar sua mente para alguma coisa real. Se alguém sabia onde Clara estava, era ela.

Patrick havia quase esbarrado em Alice, na rua, na semana anterior, em frente ao Parrot Theatre. Ele não a via desde a casa de fazenda perto de Parris Plains, dois anos antes, e quase não conseguiu reconhecê-la. Mas Alice tinha gritado o seu nome.

— Você estava assistindo à peça?
— Não...

Patrick deu de ombros, aturdido. Seu rosto e seus olhos pareciam desvairados, não focalizavam coisa alguma na rua em redor. Suas roupas velhas, amarrotadas, o colarinho levantado.

— O que você anda fazendo? — perguntou ela.

Patrick se afastou do braço estendido de Alice.

— Estou trabalhando em uma madeireira.
— Venha ver a peça uma noite dessas. Depois me procure.
— Sim, pode deixar.

O "sim" foi dito de tal modo que ele pudesse ir embora em seguida. Patrick tivera vontade de sacudir Alice até fazê-la em pedaços, culpá-la por Clara ter partido. Parecia que tudo era uma brincadeira teatral que as duas tinham encenado contra ele. Uma educação de mulher, aniquilando a sagacidade de Patrick, até mesmo sua vingança. Ele deu as costas e se afastou de Alice.

Agora, pegando o dedo mindinho de Alice, Patrick caminhou a seu lado para fora da cozinha.

— Há quanto tempo mora aqui?
— Quase um ano.
— Tem só uma cama!
— Tem também um iguana.
— Ah, *você* ficou com ele.

Na cama, a natureza e a transparência dela deixaram Patrick atônito. Bem como o súbito rugido animal que ela emitiu nos ombros de Patrick, quando se deitou sobre ele. Ficaram os dois ali deitados no quarto deserto.

— Acho que a mãe sabe onde ela está, Patrick.
— Talvez.
— Você devia procurar por ela.
— Clara me pediu para não fazer isso.
— Você devia tirar a sombra dela de cima de você.
— Eu sei.
— E então, quando nos encontrarmos outra vez, poderemos conversar... poderemos dizer alô.

Alice falou isso de um jeito tão estranho que, mais tarde, Patrick recordaria de uma forma diferente — envolto em sarcasmo, ou em amor hesitante, ou em tristeza.

Ela perdera um brinco quando se levantou. Disse que não tinha importância, que era artificial.

* * *

Patrick foi ver a mãe de Clara em Paris e jantou com ela, tarde da noite.

— Quando se casou, ela fugiu com o noivo. Mas não durou muito tempo.
— Ela *se casou* com Toco Jones?
— E depois se divorciou. Afinal, muita gente ria do nome dele. Era uma coisa terrível viver com esse

nome e ele não queria mudar. Clara tinha só dezoito anos. Ele dizia que já estava acostumado com o nome.

— Como era ele?

— Toco era bonito e de pavio curto. Foram as risadinhas nos balcões dos hotéis que encheram a paciência de Clara. Patrick Lewis, puxa, *isso* sim é que é um nome. Ela me falava muito sobre você.

— O que ela dizia?

— Que você, na certa, era um bolchevique romântico da região sul de Ontario.

— Bem, sou do leste de Ontario, na verdade. Continue.

— Ela dizia que havia seduzido você.

— Ela disse *isso*... ela dizia *essas* coisas para a senhora?

— Sim.

— Ela chegou a manter contato com Toco depois do divórcio?

— Não acredito.

— A senhora tem uma foto deles?

A senhora Dickens se levantou do sofá e entrou na cozinha. Patrick pensou que ela estivesse zangada, que o tivesse achado rude, por isso a seguiu e começou a se desculpar.

— Esqueça Clara, Patrick. Já acabou tudo faz dois anos.

Ele riu.

Ela abriu a gaveta do guarda-louças e lhe entregou a fotografia da lua-de-mel. Os dois diante de umas pedras. Toco tinha boa aparência, mas foi o rosto de Clara que Patrick ficou olhando. Tão jovem, o cabelo quase louro na época, não escuro como era agora. Um rosto mais cheio, inocente.

— É um rosto tolo — disse ele, quase sem acreditar que fosse a mesma pessoa.

— Sim — respondeu a mãe. — Ela era tola na época.

— Onde está ela?

— Não gosto dele.

— Ninguém gosta. A senhora sabe onde ela está?

— Em um lugar que Small sabe que você nunca vai procurar... em um lugar para onde ele sabe que você nunca vai voltar.

— O que quer dizer?

Mas então Patrick entendeu. Sabia exatamente onde eles estavam. Ele fora o investigador que esquadrinhara mapas e examinara todos os nomes, menos aquele que era tão conhecido que permanecera, como sua infância, invisível para ele.

* * *

Patrick contempla a fina camada de luar sobre a parede. Seu corpo sente-se como a sombra de uma pessoa acorrentada. Certa vez, ele despertara ouvindo os sussurros de Clara no pé da cama nesse quarto de hotel em Paris. Ensopado de suor. Duas da madrugada. Ela deslizou os botões através das casas do seu vestido... e mais uma vez se esgueirou da cama a fim de esquentar as mãos junto ao radiador... Patrick se despe dos seus sonhos, recorda que ela o deixou. Sai da cama e anda até a parede ao lado do radiador junto ao qual Clara se havia inclinado.

Ele está de pé no antigo quarto dos dois, no Hotel Arlington. Sem acender nenhuma luz, ele se abaixa e põe o rosto colado na parede, na altura da barriga. Aqui eles se agarraram em delírio, loucura sexual. Patrick descobre na tinta branca a tênue impressão da espinha dorsal de Clara.

Ambrose Small segura um palito de fósforo acima da cabeça, o brilho cai sobre os ombros de sua camisa de pijama. Quatro horas da manhã. Acima dele, um saco de seda contém nafta. Ele ouviu ruídos. Sua outra mão segura uma alça de metal. Agora a chama e o gás se encontram e o quarto se abre em uma luz amarela. Patrick Lewis senta em uma poltrona, de sobretudo, olhando de frente para ele.

Small puxa uma cadeira. Uma agitação mútua, como se cada um estivesse olhando para um espelho.

— Por onde quer que eu comece? — pergunta Small. — Pela minha infância?

Patrick sorri.

— Não quero conversar sobre você, Small. Quero Clara. Alguma coisa nela me enfeitiça... Não sei o que é.

— É a natureza inacabada de Clara — responde Ambrose, com tranqüilidade.

— Talvez.

— Quem mais sabe que estou aqui?

— Ninguém. Vim só para falar com ela.

— Vou acordar Clara. Vá para o lado de fora, ela daqui a pouco irá até lá ouvir você.

Patrick penetra na noite escura e fica sentado em uma das duas cadeiras sobre a grama. Encontra-se entre árvores azuis, pode sentir o cheiro da resina entre os ramos. Pode ouvir o rio. Conhece esse lugar desde a infância, a casa grande pertencia à Rathbun Timber Company, onde ele havia ficado todos os dias nas temporadas em que se conduziam toras pela água do rio. Um último vestígio daquela era. Patrick caminha até a janela e olha para dentro. Já não há luz alguma. Ambrose deve ter levado o lampião para o quarto nos fundos da casa.

Água dos beirais goteja no casaco de Patrick, um pouco no seu pescoço, e ele recua, se espreguiçando no escuro. Mas não tinha havido chuva nenhuma. Ele percebe um cheiro de metal. Dirige os olhos para o parapeito da janela e no mesmo instante sabe que aquilo nada tem a ver com a chuva. Sente o cheiro e o toque do querosene a escorrer pelos ombros, ouve o riscar do fósforo que irá matá-lo na mão de Small, que avança rastejando no telhado. Patrick vê o fósforo cair na direção dos seus ombros como um título de Cavaleiro do Rei.

Sai correndo pela trilha de pedras na direção do rio, antes mesmo de ter certeza de que está realmente em chamas. A mão tira sua faca do bolso e a usa para abrir o casaco a força, enquanto corre. Patrick pára e começa a rir. Ele está bem. A seguir, vê luz nas árvores em volta e sabe que é um corcunda de fogo, e corre — passa pelo tonel onde o lixo é queimado, passa pelo bote na areia — e cai de barriga nos baixios do rio, espirrando água para a frente. O ar preso em seu casaco forma uma bolha de fogo queimando acima da água. Patrick se vira e cai agora de costas.

Permanece na água, só a cabeça visível, morrendo de medo de deixar os ombros fora da água. Não há dor nenhuma, exceto nas mãos, que ainda seguram a faca. Ele a finca no fundo do rio. Sente os cortes na palma da mão. Sente a coceira no peito, por ter rompido o casaco à força.

Olha para as mãos bem a tempo. Ambrose está de pé na margem. A garrafa com a mecha acesa enrolada no gargalo vem cortando o ar e a explosão, quando ela bate na água, faz o rio todo em volta de Patrick saltar como um cesto cheio de peixes, transforma a noite em prata. O olho esquerdo de Patrick fica branco feito linho e ele sabe que possivelmente está cego. Estende a mão para pegar a faca e sai do rio aos tropeções, esforçando-se para se ver livre da água. Ambrose não se mexeu. Não se mexe enquanto Patrick avança para ele e o fere no ombro.

Depois Patrick corre rumo ao velho hotel na aldeia de Bellrock, a um quilômetro e meio dali. Não confia em si mesmo para usar atalhos através dos campos, por isso segue a estrada, passa correndo pela casa onde nasceu, pela ponte onde pescou, e sobe a escada para o seu quarto no hotel.

Quando Patrick acordou, ainda não conseguia enxergar direito com um dos olhos. Suas roupas molhadas estavam amontoadas em cima de uma cadeira diante da pequena grade da lareira. De vez em quando ele levantava, enrolava a colcha fina em torno do peito e sentava ao lado da janela, olhando para o rio. O mesmo rio que, mais acima, passava pela casa de Small, o córrego Depot, com cicatrizes nos locais onde os condutores de toras arrebentavam as margens a fim de construir barragens. Alguns garotos pescavam com a água nos joelhos ao lado do cais. Patrick sentou-se na janela sentindo o ar vazar pela fresta do vidro. Suas mãos inertes no colo pareciam as mãos de outra pessoa que ele estivesse olhando em uma pintura. Ouviu a voz de Clara no outro lado da porta.

Viu o seu fantasma no espelho. Empurrou o ferrolho para trás usando o ombro, a colcha como um manto por cima dele.

— Vire a maçaneta, não posso fazer isso.

Quando ela entrou, Patrick escondeu as mãos, as patas de um lutador de boxe. Doía colocar as mãos ao lado do corpo.

— Ah, meu Deus, *é* você.
— Oi, Clara.

Ela ficou ali de pé, o casaco aberto, as mãos nos bolsos. Estava assimilando a aparência de Patrick. O rosto dele se achava molhado e Patrick compreendeu que seu olho ferido estava chorando, ele não era capaz de controlar o olho. Quando a gente não consegue enxergar, não consegue controlar nada, pensou Patrick. Ele havia imaginado Clara tantas vezes quando ela não vestia essas roupas. Patrick ergueu o braço esquerdo para enxugar o rosto com a colcha mas, quando o braço chegou na altura de seu ombro, começou a tremer. Ela se adiantou e afagou a face de Patrick com a mão espalmada, em seguida pôs a mão molhada de sal na própria boca.

— Não consigo enxergar você com este olho.

A mão de Clara tocou de novo o rosto dele, os dedos sentindo sua pele, a carne da sua face.

— Consegue sentir isso?
— Sim.

Os dedos dela correram pelo cabelo de Patrick. Ele não sabia onde colocar as mãos. Não conseguia se livrar delas.

— Qual é o problema?
— Minhas mãos.
— Coloque as mãos em volta de mim, nós já nos *tocamos* antes.
— Não quero que você pense...

Ele sorriu e seu rosto doeu. Ficaram de pé desse jeito ali no quarto. As mãos de Patrick dos dois lados do tecido áspero do casaco de Clara, os dedos dela dividindo o cabelo dele para sentir a pele do crânio.

— Tem sangue aqui. Que diabo vocês dois andaram fazendo?

Ela se afastou do abraço de Patrick e se desvencilhou do casaco.

— Conheço um médico na cidade, mas primeiro vou limpar você.

Patrick permaneceu de pé junto à janela olhando para fora. Clara veio por trás dele.

— Tenho imaginado nosso encontro em toda parte do mundo, Patrick, mas nunca pensei que nos encontraríamos aqui. Perto desse rio do qual você me falava.

Clara encostou a cabeça nele e os dois ficaram imóveis, como se tivessem adormecido. O dedo dela traçou uma linha delicada descendo pelo ombro de Patrick, paralela a um corte.

— Seria terrível se nos encontrássemos em condições perfeitas. Não acha?

Com uma tigela de água quente do lado, Clara limpava o sangue seco nos cabelos de Patrick. Ele estava cansado e lutava para permanecer desperto. Ela espremeu o pano para secar um pouco e passou a lavar seus cortes, o do peito, o do ombro, e enfim as mãos, fazendo com que Patrick movimentasse aos poucos os dedos enrijecidos.

— Está com seu equipamento de fazer a barba? Sim, deve estar.

Clara tocou o bastão de mentol em três cortes ao lado da orelha de Patrick, depois sugeriu que ela devia fazer sua barba. Enxaguou a navalha e sentou-se diante dele, montando na cadeira de pernas abertas.

— Como vai, Patrick?

Ele soltou o riso nervoso que ela adorava.

— Estou por um fio, como sempre.
— Pois fique sempre assim.

Patrick olhou para dentro dos olhos de Clara, mirando a si mesmo nela. A primeira vez que olhou para Clara de forma contínua. Não havia dor alguma no rosto dele, Clara percebeu, apenas sede.

— Fale comigo, Clara.
— Todas essas pequenas cicatrizes...

Ela secou a navalha na colcha. Patrick parecia mais velho. Mais frágil. Essa era a maneira de conhecer o rosto de alguém, pensou Clara. Devia ter barbeado Patrick antes. Devia ter compreendido sua natureza quebradiça mais cedo. Ele era uma criatura feita de hábitos, pertencia ao século passado. Ela queria pintar o rosto de Patrick, seguir com cores as linhas de sua face e de sua sobrancelha. Fazer dele um outro retrato do espírito. Agora Patrick estava menos neutro, sua pele semelhante à textura de uma caverna que transformaria qualquer coisa pintada sobre ela. Clara cobriu o rosto de Patrick de espuma, querendo esculpi-lo. Com a ponta do dedo, escreveu DICKENS 5 na testa dele. "Não quero que você se perca, Patrick. Não posso ter você mas não quero que se perca."

Ela saiu da cadeira com as pernas arqueadas e esticou o corpo para desfazer a cãibra, recuando até se encostar no papel de parede. Em seguida, andou até a janela. Viu Patrick olhando fixo para a frente, na direção do papel de parede, como se ela tivesse deixado seu corpo ali. Flores, parreiras, às vezes um faisão inglês em meio à folhagem, às vezes um rasgão provocado em outros tempos por um lenhador embriagado, tentando sair do quarto sem conseguir encontrar a porta. Patrick estava sentado, olhando para a paisagem à sua frente.

— Você sabia que Small tinha sido visto uma vez nessa região? Estava nos jornais de Toronto e eu sabia que não era uma coincidência. Ele tinha de estar vivendo na cidade de onde eu vim porque *você* estava com ele. Small interrogou você a fundo, assim como eu fiz. Não é verdade?

— Ele quis saber de onde você vinha. Não contei muita coisa. Ambrose não estava interessado em você, Patrick. Ele é um homem rico que escapou de uma enrascada de ricos. Quer se proteger. Ele nunca vai acreditar que você veio por minha causa.

Patrick virou a cabeça e observou o rosto de Clara no travesseiro, fitando o teto.

— De certo modo, eu sabia que ia me ferir quando visse você outra vez. Eu tinha sonhos em que ia dançar com você e acabava levando uma surra.

Clara se virou e tocou o peito dele.

— O médico fez um bom curativo.

— Small sabe que você está aqui comigo?

— Provavelmente, mas não fale sobre ele, Patrick. Vou voltar de manhã.

Quando Clara olhou para o rosto de Patrick um pouco depois, ele estava dormindo. O remédio o deixou sonolento a noite toda. Clara ficou cuidando dele um longo tempo. Por volta das três horas da manhã, ela sentiu o corpo de Patrick contra o seu. Os dois se tocaram, desviando-se com cuidado dos seus ferimentos, os dois inteiramente unidos como se tivessem encontrado um ao outro em um sonho. Mais tarde, Clara foi para o banheiro e voltou na forma de uma silhueta. Patrick sentia-se satisfeito e cansado.

— Boa noite, Clara.

— Boa noite, Patrick Lewis. Meu amigo.

Ele adormeceu segurando a mão dela.

Clara se vestiu no escuro e saiu sem o acordar. O sol subia por trás da ilha Goose, batendo no telhado de zinco da casa do senhor Moir enquanto Clara caminhava para casa, passando pela casa dos Grants e dos Meeks. Ela viu o jovem George Grant com seu irmão Russell voltando com as vacas e conversaram por alguns minutos. Clara continuou até a curva na estrada e desceu a trilha ondulada até a casa onde moravam e de onde, na certa, agora teriam de se mudar. Clara, por algum motivo, sentia-se delirantemente feliz entre os dois pontos de seu trajeto.

Quando chegou à casa, não entrou mas desceu até a praia na margem do rio e ficou olhando para a água, recostada no bote vermelho. Fazia frio mas ela estava de casaco e pensava. Sem saber o que estava acontecendo agora no hotel, sem saber que com a luz do sol Patrick tinha acordado para deparar com os lençóis empapados com o sangue que escorrera de seus curativos, por terem os dois se movido juntos no escuro, descobrindo até mesmo a mancha da mão de Clara estampada com perfeição no papel de parede, uma marca de sangue sobre as flores inglesas do seu quarto, no ponto em que ela se apoiara a fim de se equilibrar quando faziam amor, enquanto Patrick curvava o corpo por cima dela. Os curativos se desprenderam como uma costela branca e flácida, enquanto Ambrose descia da casa até o rio e via Clara ali sentada, pensando, olhando para o rio de Patrick.

II

Palácio da Purificação

No túnel sob o lago Ontario, dois homens apertam as mãos em um declive de lama. Ao lado deles, uma picareta e um lampião, seus rostos riscados de poeira girando para o lado a fim de olhar na direção da câmera. Por um momento, enquanto o filme recebe a imagem, tudo fica parado, os demais trabalhadores do túnel se mantêm em silêncio. Em seguida, Arthur Goss, o fotógrafo da cidade, embrulha seu tripé e suas placas de vidro, desengata a fieira de luzes que cria uma visão do túnel aberto atrás dos dois homens, percorre com seu equipamento os cinqüenta metros até a escada de mão e galga os degraus de volta para a luz do sol.

O trabalho prossegue. O ronco penetrando no barro duro. A pancada na lama. Homens queimando a rocha e fazendo a pedra em pedaços toda vez que cruzam com ela em seu caminho. Enchendo centenas de tonéis com lama líquida e os içando para fora do túnel. Na extremidade leste da cidade, um túnel está sendo construído sob o lago a fim de instalar canos para a nova central de distribuição de água.

É 1930. O talho da pá na argila é tudo o que Patrick vê enquanto cava na escorregadia escuridão marrom. Ele sente o continente inteiro à sua frente. Estão cavando por baixo de um dos maiores lagos da América do Norte, ao lado de um lampião que chia, apostando corrida com a velocidade de suas sombras. Cada pancada contra a parede de xisto é um choque que sobe da palma das mãos para os ombros, como se o corpo tivesse recebido o golpe. O esgotamento assola Patrick e os demais operários do túnel após vinte minutos, os braços formigantes, o peito seco. Depois, mais uma hora; depois, mais quatro horas até o almoço, quando eles têm trinta minutos para comer.

Durante os turnos de oito horas, ninguém fala. Patrick se mantém tão calado quanto os italianos e gregos diante dos capatazes *broncos*. Oito horas por dia o ar em torno deles despeja sua luz poeirenta. De alguma outra parte do túnel vem o ronco incessante de bombas hidráulicas tentando sugar a água, que constantemente chega na altura de seus calcanhares. A manhã inteira, eles escorregam na argila molhada sem conseguir se equilibrar direito em pé, mijando no mesmo lugar onde trabalham, comendo onde outra pessoa já cagou.

Enquanto os operários que removem os detritos da escavação avançam com suas pás e picaretas, uma outra equipe de trabalhadores borrifa uma mistura de concreto e areia sobre as paredes, que de outro modo acabariam se esfarelando após algumas horas de exposição ao ar. E se por acaso estiverem cavando de maneira errada — apenas um grau acima, escavando muito próximo do peso do lago Ontario, naquela louca aventura concebida pelo comissário Harris a fim de colher a água do lago a três mil e trezentos metros da margem? Todos eles já imaginaram a água jorrando em uma enxurrada túnel adentro, arrastando-os de roldão para uma morte rápida.

Toda vez que os operários deparam com paredões de rocha ou camadas de xisto, o capataz esvazia o túnel e as mulas de transporte são trazidas de volta. Então Patrick se destaca dos demais. Retira o cinto com fivela, apalpa suas roupas molhadas à cata de qualquer outro indício de metal e levanta o caixote de dinamite até o ombro. Com um lampião, ele caminha sozinho até a extremidade do túnel. Aqui não existe ruído algum — nenhum vento, nenhum barulho de trabalho. Ele só escuta o chapinhar dos pés na água, a própria respiração no escuro.

No fim do túnel, Patrick ergue o lampião contra o paredão escuro, tentando imaginar a estrutura da pedra à sua frente, o formato, suas possíveis fissuras. Põe a lanterna no chão e, com uma broca, abre buracos para as bananas de dinamite. Só nesses momentos seus olhos se encontram próximos daquilo que ele escava o dia inteiro. O ardor do lampião se derrama contra a terra molhada enquanto Patrick trabalha. Certa vez, ele pôs a nu a história pálida de um fóssil, um cefalópode em forma de cone, que Patrick desprendeu da rocha e jogou no bolso.

Embora dinamite as pedras a pedido do capataz, a maior parte do tempo Patrick trabalha com os operários que removem os detritos das galerias, em um trabalho braçal. Recebe um pagamento extra por cada carga de explosivos instalada. A não ser ele, ninguém quer saber da incerteza claustrofóbica do seu serviço, mas para Patrick essa parte representa o único alívio que encontra naquele lugar terrível, onde se sente banido do mundo. Traz consigo a antiga perícia que aprendeu com o pai — embora naquela época o trabalho fosse ao ar livre, em rios, as toras de madeira tropeçando lentamente umas sobre as outras em pleno ar.

Patrick retorce o pavio de pólvora, que vai arder um metro a cada dois minutos, e o acende. Levanta o lampião e começa sua caminhada de volta para os outros. Não tem pressa alguma, não há nenhuma outra luz no túnel salvo seu lampião e, enquanto ele anda, sua sombra se desloca como um gigante a seu lado. Quando chega aonde estão os outros trabalhadores, abrigados na boca do túnel, ouve com eles o som de desmoronamento quando o xisto se desloca e a rocha se rompe em lascas e estilhaços na remota escuridão sob o lago.

À medida que o dia avança, o calor aumenta no túnel. Os homens tiram as camisas e as prendem nas paredes duras com marteladas e cravos. Patrick consegue identificar outros operários do túnel a caminho de casa pelo buraco rasgado nas costas da camisa. É um código entre eles, como a marca familiar de uma bala de grosso calibre na omoplata esquerda. No final do dia, eles sobem do túnel rumo ao deserto de construções que fora o Victoria Park Forest, onde agora está sendo construída a nova central de distribuição de água. Eles vêem os corpos uns dos outros exalando vapor no ar.

Patrick abraça a derradeira luz do dia no trajeto até sua casa. No ar seco, a argila endurece e forma uma crosta, tinge de branco os braços e os cabelos de Patrick. Ele apanha uma faca e desprende a lama grudada entre a bota e a bainha da calça, esfrega a lâmina sobre os cadarços para afrouxá-los. Em seu quarto na Wyatt Avenue, Patrick larga todas as roupas num canto, dá de comer ao iguana e se arrasta para a cama. Apanha as roupas de novo às seis da manhã no dia seguinte, estão duras que nem uma armadura e Patrick bate com elas de encontro à parede da chaminé da lareira, até que se soltem e fiquem mais maleáveis, a poeira pairando no ar à sua volta. No Thompson Grill, faz o desjejum em dez minutos. Não lê jornal algum, apenas observa as mãos da garçonete quebrar os ovos. À medida que Patrick vai descendo no subsolo, a umidade retorna para as suas roupas, depressa como a chuva.

Levando três lampiões, a equipe de nove homens caminha na direção da extremidade do túnel. Já conseguem sentir o cheiro uns dos outros e o suor dos dias anteriores, o pavio do lampião bem alto para queimar também o cheiro. Podem ouvir as mulas e bestas de carga que vivem lá embaixo transportando a terra escavada e os tonéis de lama até a escada de mão. Quando essas criaturas foram baixadas por meio de cordas para o fundo da galeria, zurravam como loucas, achando que estavam sendo enterradas vivas. Patrick e os demais andam em silêncio, recordando com nitidez os dentes dos animais, aqueles gritos, as pernas amarradas para evitar que se cortassem ou se quebrassem na descida, baixadas doze metros no subsolo e permanecendo lá até que um dia morressem ou que o túnel atingisse o ponto determinado sob o lago. E quando isso aconteceria? O cérebro da mula nem mais nem menos consciente disso do que o corpo do homem que escavava a parede de argila diante dele.

Acima do solo, como o florescimento de uma árvore, as escavações e a obra também eram orquestradas. As gigantescas bombas hidráulicas centrífugas, mais valiosas do que a vida, foram transportadas até o seu devido lugar em pequenos vagões sobre trilhos, com seus propulsores em forma de concha que, no sonho do comissário Harris, iriam impelir a água para cima, na direção dos tanques de sedimentação. Gruas baixaram oitocentas toneladas de folhas de aço empilhadas e enroladas em Sault Ste. Marie. Caminhões transportavam os tijolos de Cocksville.

Desde o outro lado da província, os subempreiteiros empenhavam seus produtos e talentos a fim de construir um palácio para a água. Richie Cut Stone Company, Raymond Concret, Heather & Little Roofing and Sheet Metal, ferro ornamental da empresa Architectural Bronze and Iron Works, caixilhos de aço da empresa Canadian Metal Window and Steel Works. Elevadores da firma Otis-Fenson and Turnbull, vitrificação da firma Hobbs Glass, estucadores de Strauss & Scott, portas suspensas de Richard Wilcox Canadian Company. A firma Bavington Brothers enviou pintores, Bennett and Wright eram responsáveis pelo aquecimento e pela ventilação, o linóleo vinha da T. and Eaton Company, o piso de mástique vinha da empresa Vulcan Asphalt. Labirintos de fios elétricos foram instalados por Canadian Comstock, Alexander Murray elaborou o desenho do piso. Os azulejos e o mosaico para o piso vinham da empresa Italian Mosaic and Tile Company.

Harris tinha sonhado com as paredes de mármore, os telhados rodeados por uma cinta de bronze. Ele pôs abaixo o Victoria Park Forest e o templo fundamental se ergueu em seu lugar, construído na ladeira que ia dar no lago. O arquiteto Pomphrey concebeu sua entrada à maneira do portão de uma cidade bizantina, e a parte interna do prédio seria a imagem de um cidade ideal. As balaustradas de metal se alçavam em curva por três lances de escada, como uma fantasia perfeita. O súbito desenho afunilado da torre lhe conferia uma feição egípcia. Harris podia sentir o *cheiro* do prédio ainda antes de ele estar concluído, conhecia cada imagem do prédio tão bem quanto os próprios braços — a ala oeste, a ala leste. A Depressão e o clamor público atrasariam os trabalhos, porém, apesar disso tudo, metade da obra estaria pronta dentro de um ano. "A forma de uma cidade se modifica mais depressa do que o coração de um mortal", Harris gostava de recordar a seus críticos, citando Baudelaire. Ele proporcionava muitos empregos, assim como fizera na construção do viaduto da Bloor Street e do reservatório St. Blair, trabalhadores contratados por dia para nivelar a terra, capinar, retirar os tocos de árvore e reforçar com pedras as margens dos riachos. O comissário salientaria esses fatos ao máximo, os faria rolar pelos braços como laranjas aos pés dos jornalistas.

Mas Harris estava construindo aquilo para si mesmo. Em nome de um sonho desgarrado que ele sempre tivera a respeito da água, água que deveriam ter trazido pelo viaduto da Bloor Street como ele havia proposto. Nessa ocasião, ninguém mais estava interessado em água. Harris imaginou um palácio para ela. Queria o melhor ferro ornamental. Queria um elevador de metal que levasse do centro de distribuição para o centro de filtragem, onde se poderia caminhar pisando em mármore cor-de-rosa. O estilo neo-bizantino lhe permitiu fundir todos os elementos técnicos. Os frisos representavam propulsores estilizados. Harris queria azulejos com riscos imitando espinhas de peixe, importados de Siena, relógios e medidores das bombas em estilo *art déco*, janelas altas e recuadas voltadas para os tanques de filtragem com um metro e vinte de profundidade, lânguidos, meditativos como poços de jardins medievais.

Mas primeiro ele precisava terminar a galeria do túnel com mil e seiscentos metros de extensão por sob o lago, organizar as escavações feitas por homens, o transporte de tubulações executado por homens e mulas até lá embaixo a fim de captar a água. Esse era o outro tentáculo do seu sonho. O tentáculo que se espichava em sua direção e o cingia com força em um pesadelo, no qual rostos o espreitavam, trabalhando sob aquela permanente chuva de condensação.

Harris enviara Goss e seus fotógrafos lá para baixo, mas não havia ele mesmo entrado nos túneis. Era um homem que compreendia o funcionamento contínuo da cidade, o consumo diário de água, a velocidade da água fluindo em estado bruto através de um filtro, as jornadas do cloro e do anidrido sulfuroso até a usina de filtragem, as cento e dezenove inspeções anuais feitas a bordo de rebocadores nos vários pontos de escoamento de esgoto, o número aproximado de válvulas e caixas pneumáticas das estações de bombeamento da zona leste de Toronto, os três mil e duzentos metros anuais de construção de dutos de água — desde o reservatório St. Clair até a estação elevatória de bombeamento — e a construção do tanque de oscilação hidráulica da John Street...

Isso era coreografia em 1930.

Nessas fotos, a umidade no túnel aparece branca. Há a camisa branca de um capataz, a lixívia branca tingindo a pedra que devia ser dinamitada. E tudo o mais é trabalho e escuridão. Rostos cor de cinzas. Um mundo inacabado. Os homens trabalham sob uma luz equivalente a um toco de vela. Estão na parte dianteira do córtex, no pequeno mundo do sonho de Rowland Harris, enquanto ele se acha deitado em sua cama no Neville Park Boulevard.

Um sonho muito estranho para ele. O silêncio dos homens saindo de um buraco, cada um em um manto de vapor. Cavalos sob o lago Ontario. Engolindo a água a dois quilômetros de distância, trazendo-a de volta para o corpo dele e esguichando-a para fora, limpa.

* * *

Patrick fazia a maior parte das refeições no Thompson Grill, na River Street, onde a garçonete, após anos de prática, havia reduzido a um mínimo necessário de movimentos a ação de servir café ou fazer ovos mexidos. Patrick conseguia distinguir nos pulsos dela pontos queimados pelo óleo quente, a careta permanente em seus olhos por causa da fumaça.

Se ela olhasse para os que estavam comendo, era porque eles não estavam cientes disso. A garçonete parecia auto-suficiente, alguma coisa permanecia submersa sob a falsa luz amarela no salão apertado junto à rua, o vidro rachado criando sombras no ar. Havia algo de transitório em torno dela, embora estivesse ali havia vários anos. A maioria dos fregueses no Thompson Grill possuía essa mesma característica.

Patrick sentava em um canto pouco iluminado, de forma que pudesse observar os dedos da mão esquerda da garçonete segurando copos e xícaras enquanto a outra mão, os músculos em um movimento intrincado sob a pele, esfregava o balcão com um pano. Passaram muitos meses antes que Patrick descobrisse a tatuagem no alto do braço dela, vendo-a através de um rasgão na costura, onde o algodão estava puído.

Patrick chegou a acreditar que ela tinha os poderes de uma deusa capaz de condenar ou abençoar. A garçonete seria capaz de transformar aquele que ela tocasse, aquele cujo pulso ela agarrasse com sua mão robusta, os músculos enrijecendo em direção à cor negro-azulada da criatura semi-oculta que rodopiava na ponta de seu ombro. Os olhos de Patrick não queriam olhar para outra coisa que não ela.

Patrick pregou o bilhete, que dizia *Central de distribuição de água — domingo, oito horas da noite*, na parede acima de sua cama para o caso de ele esquecer, embora fosse o único convite que recebera em dois anos. "O queijo fica sozinho", ele cantava para si mesmo, enquanto comprava mantimentos na Eastern Avenue. Patrick adorava essa música. Ele se apanhava de repente murmurando "o fazendeiro leva o cachorro... o fazendeiro leva o cachorro", entre os macedônios, como se estivesse aprimorando uma senha. O setor sudeste da cidade, onde ele agora morava, era formado sobretudo por imigrantes, e Patrick andava para todo lado sem ouvir uma só língua que conhecesse, delirantemente alheio. As pessoas na rua, macedônios e búlgaros, eram o único espelho de Patrick. Ele trabalhava no túnel com essa gente.

Havia descoberto a palavra macedônia para iguana, *ghooster*, e enfim a empregava para explicar seus pedidos todo dia à noitinha na barraca de frutas, onde comprava trevo e ervilhaca. Foi uma brecha. A mulher olhava bem para ele, corrigia sua pronúnca e gritava o pedido para a barraca seguinte. Ela dava a volta pelos caixotes e esboçava com o dedo a forma de um lagarto. *Ghooster?* Quatro mulheres e dois homens paravam então em torno de Patrick, tentando desesperadamente saltar o código de línguas que os separava. A obsessão de Patrick com ervilhaca deixava todos intrigados. Ele havia chegado a um determinado ponto no centro da cidade, comprara um pouco de ervilhaca e voltara para os macedônios a fim de lhes mostrar o que queria. Na semana seguinte, um dono de armazém acenou para ele enquanto descia pela Eastern Avenue. Ervilhaca era *fee-ee*. Agora sim estavam falando de coisas sérias. Um ser vivo, um *ghooster*, fora traduzido. Patrick foi cercado. Eles queriam descobrir quantos ele possuía. Criar os animais seria por acaso uma de suas profissões? Eles sabiam onde Patrick morava, é claro, sabiam que vivia só, sabiam, até a última lata de pêssegos, tudo o que ele comia ao longo de uma semana. Pêssegos às sextas. Mandaram alguém para achar Emil, que falava melhor o inglês, e quando o menino chegou, disse: "Pêssegos às sextas, certo?".

Patrick sentiu-se envergonhado de que eles pudessem descobrir tão pouco a seu respeito. Havia se reduzido a quase nada. Caminhava para casa ao anoitecer, depois do trabalho no túnel sob o lago. Seu rádio ficava ligado até depois de meia-noite. Não fazia mais nada que pudesse lembrar. Eles aprovavam o seu terno finlandês. *Po modata eleganten!* Que queria dizer muito chique! muito chique! Deram a ele um bolo macedônio. E de repente Patrick se viu cercado de amizade, atenção, estava sorrindo, sentia as lágrimas descendo pelo rosto em direção a seu grave bigode ao estilo macedônio. Elena, a grande Elena que lhe vendera ervilhaca durante mais de um ano, soltou a echarpe branca em volta do pescoço e a entregou para Patrick. Ele ergueu os olhos e viu aqueles homens e mulheres que não podiam entender *por que* ele agora chorava entre aqueles estrangeiros, os quais no passado lhe pareciam cortinas escuras em sua rua, a rua deles, pois Patrick era um forasteiro para essa gente.

E então ele teve de memorizar nomes novos. Subitamente formal, começando com Elena. A mulher apertou a mão dele, os homens o abraçavam e beijavam, e ele sempre dizia Patrick. Patrick. Patrick. Ciente de que agora deveria recordar bem todas aquelas pessoas. E agora, como era meio-dia e a Banda de Metais da Missão Russa da King Street tocava a cinqüenta metros mais abaixo na rua, eles o convidaram para o almoço que foi servido em mesas ao lado das barracas e caixotes. Patrick era o convidado de honra. Elena ao lado dele, Emil do outro lado e uma mesa inteira de novos amigos.

Serviram um prato de charutos de repolho — *sarmi*, disse Elena, e de repente o terrível aroma sulfuroso que ele sentira durante o último ano, desde que se mudara para lá, estava explicado. Emil descrevia a técnica de encharcar as folhas de repolho em uma solução de água, sal e um pouco de vinagre, e deixá-las ali de molho por vários dias. Patrick comia tudo o que punham diante dele. Na hora do café, Kosta, o dono do restaurante Ohrida Lake, dirigiu uma pergunta para Patrick por intermédio de Emil. Emil indagou mais duas ou três pessoas para saber se era uma pergunta adequada. Depois virou-se para Patrick. "O que mais você sabe fazer?" A mesa ficou em silêncio. Elena pôs a mão sobre a mão de Patrick e acrescentou um comentário tranqüilizador por intermédio de Emil. "Não tem importância se você não faz outra coisa." Os outros na mesa fizeram que sim com a cabeça.

— Eu trabalhava como investigador. Sei trabalhar com dinamite.

A tradução de Emil produziu um silêncio ainda maior. Patrick conseguia ouvir todas as notas da Banda de Metais da Missão Russa, mais abaixo na rua. Em seguida, Kosta ergueu-se de um salto e gritou algo para Patrick. Seu rosto olhava para ele com furor, cheio de emoção. Emil virou-se para Patrick agora, tendo de gritar por causa do repentino tumulto na mesa. "Ele disse 'eu também, eu também.'" Kosta apanhou uma fatia redonda de pão, levantou-se do banco e chutou o pão na direção da Banda da Missão Russa, rua abaixo.

Depois, naquela mesma tarde, quando Patrick estava mostrando o iguana para a rua, o homem chamado Kosta disse: "A central de distribuição de água, às oito horas, na noite de domingo. Uma festa." Em seguida ele se foi, sem deixar que Patrick respondesse ou fizesse qualquer objeção ao convite.

Uma hora depois que o crepúsculo desaparecia na terra, as pessoas vinham em silêncio, em pequenas e grandes famílias, subindo a ladeira em direção à central de distribuição de água ainda inacabada. Emergindo das trevas, como mariposas, caminhando rumo ao estreito retângulo da porta sul do prédio. O movimento logo terminou, a onda de corpos havia parecido a sombra de uma nuvem subindo a encosta.

Dentro do prédio, eles se movimentavam em luzes e ruídos. Era uma reunião ilegal de várias nacionalidades e o barulho das máquinas camuflava sua atividade para quem quer que passasse na Queen Street, a cem metros dali. Muitas línguas eram faladas e Patrick acompanhava a multidão até as cadeiras que estavam dispostas em torno de um palco improvisado. Viu Kosta, que estava atarefado saudando e guiando as pessoas, e continuou olhando até que Kosta o notou. Patrick acenou e Kosta ergueu a mão, e depois prosseguiu o que estava fazendo. Patrick sentiu-se absolutamente só em meio a essa multidão risonha que trocava informações sem parar, segurando crianças pequenas no colo.

A banda de quatro instrumentos tocava ao lado do palco. Era uma festa e um comício político, tudo sem autorização, e as pessoas estavam agora à espera de discursos e diversão. Patrick achou uma cadeira e tomou um gole do seu frasco. Quase imediatamente, as luzes elétricas foram apagadas, deixando apenas o brilho dos lampiões a óleo na beirada do tablado.

As marionetes vieram ao palco em um tumulto, seus ossos de madeira chacoalhando. O semicírculo de lampiões a óleo lançava uma luz amarela nessa parte da estação de bombeamento — sobre os geradores, sobre as primeiras filas da platéia, os ladrilhos em mosaico, as balaustradas de metal. Patrick ergueu os olhos e viu a grade acima deles, no patamar de cima, quase imperceptível, onde os titereiros deviam estar deitados no escuro.

As quarenta marionetes moviam-se sob a luz, suas mãos gesticulando no ar. Os homens tinham bigodes e barbas, as mulheres tinham a cara pintada com ruge. Havia uma marionete em tamanho natural. Esse boneco gigante no meio dos demais era o principal personagem da história, seu rosto vivamente colorido: olhos verdes sombreados e uma faixa amarela igual à de um guaxinim em torno deles, de tal modo que pareciam alvos. Todas as marionetes pareciam espantadas. Os pés testavam o ar antes de cada passo exagerado nesse novo e perigoso país representado pelo palco. Suas roupas eram uma mistura de várias nações. Só após cinco minutos de dança, Patrick se deu conta de que o boneco grande era na verdade uma pessoa. E isso só porque o dançarino abandonou seus movimentos de marionete e começou a rodar com gestos impossíveis para a madeira.

A grande figura começou a se distinguir das demais. Tornou-se um herói não pelo tamanho, mas pelos movimentos e pelos detalhes do personagem. Talvez fosse uma extraordinária marionete feita de pano em vez de um extraordinário ser humano. Por trás do bigode torcido, estava nervoso e confuso — ambicioso, apavorado, às vezes ganancioso. Suas emoções variavam do temor ao desejo. As outras marionetes abrangiam uma mulher rica com cara de ameixa seca, um policial, um amigo dissimulado, a matriarca da família. O herói unia todos eles. Não havia barulho algum, nenhum tambor nem canção. Só o bater dos pés das marionetes, só as mãos de madeira batendo uma na outra com delicadeza, assim como batemos no vidro com a unha. As marionetes se espalhavam pelo palco inteiro ou se aglomeravam como um coro, advertindo o herói quanto à sua ambição, acenando para ele com as leis. A marionete humana, forasteira, ingênua e gregária, perturbava tudo. O rosto, apesar do bigode, era escuro e jovem. Vestia uma camisa finlandesa e calças sérvias.

Uma trama se desenvolveu. Rindo feito um tolo, ele foi apresentado às autoridades, incapaz de falar a língua local. Ficou ali de pé, agredido por insultos. Seu rosto estava congelado. Os outros começaram a esmurrá-lo, mas nem uma palavra era dita — apenas um olhar magoado em meio àqueles braços que o golpeavam. Ele tombou no chão suplicando com gestos. A cena era interminável. Patrick queria rasgar o rosto de pano pintado. A caricatura de uma cultura. Seus olhos não conseguiam se desviar daquele rosto.

A platéia em volta permanecia em silêncio. Os únicos ruídos no palco eram grunhidos de autoridade. Todos esperavam que a grande marionete falasse, mas ela não conseguia dizer nada. As sobrancelhas espessas, o nariz grande, o bigode torcido — tudo representando uma paródia deles — se tornaram coisas obsessivas. Quando a figura girou, o suor na camisa de brocado cor-de-rosa tornou-a cor de sangue ao longo da espinha e nos ombros. O personagem batia o pé no chão no esforço de falar alguma coisa. As demais marionetes oscilavam como bambus de um lado para o outro do palco. O herói se ajoelhou, uma das mãos batendo com força no chão de madeira como se estivesse implorando ajuda — um terrível estrondo que irrompia subitamente na encenação muda.

A platéia começou a bater palmas em uníssono com a mão do herói, o alto salão da central de distribuição de água fazendo eco. Patrick sentia-se incapaz de se mexer, os olhos fixos na figura agachada, a mão louca. Se ela não fosse interrompida, ia acabar quebrando. Era um absurdo. Patrick queria que o público ficasse em silêncio, queria que o terror do herói cessasse. Ele podia ver os olhos circundados por uma faixa amarela, a camisa ensangüentada pela mancha escura do suor, a máscara do rosto pintado olhando para cima que nem um cachorro. Patrick se levantou e avançou tropeçando nos pés dos outros até alcançar o corredor entre as cadeiras. Queria estar longe dali, longe desse prédio. Ele se viu soterrado pelos aplausos vigorosos que começaram a ficar mais rápidos. Cada passo seu parecia fazer explodir o terrível ruído. Ele estava entre os componentes da banda, a banda silenciosa que se mantinha ali sentada, esperando o próximo ato, no qual eles deveriam tocar. Patrick viu, no colo dos músicos, os enormes instrumentos que, em suas espirais e circunvoluções, pareciam órgãos do corpo congelados. Patrick subiu, no início escorregando um pouco, porque ainda não conseguia tirar os olhos do rosto do boneco e da mão que batia sem parar. Passou por cima de um lampião. A seguir, estava no palco e, assim que se aproximou do personagem exausto, viu de perto que o ator era muito menor, e viu que era uma mulher.

Patrick se ajoelhou e a segurou pelos ombros, seu braço nas costas úmidas da mulher. Ele se inclinou para a frente, segurou a mão que ainda tentava golpear o chão como uma máquina aprisionada ao hábito, um nadador incapaz de parar. Patrick desviou a mão do chão e a levou devagar até a coxa da mulher. Depois ele ergueu os olhos, através do halo de luz em meio ao silêncio repentino.

Havia uma multidão de pé também no patamar superior. Centenas de pessoas a mais do que ele tinha imaginado. Patrick olhou para a mulher, a roupa feita de seda falsa, um tecido barato e brilhoso trazido das ruas, encharcado de suor. Assim de perto, ele não conseguia reconhecer nada do personagem que antes vira em ação no palco. Parecia uma estátua lavada, exaurida. Uma lágrima de suor abriu uma trilha através da espessa maquiagem. Agora os olhos ocultos nos círculos de pintura se voltaram para ele, depois reagiram com um choque. A mulher curvou-se para a frente. Patrick sentiu a mão descer pelo suor da face dela. Tinha esquecido onde estava. A mulher se pôs de pé, com um salto, o braço apoiado no ombro de Patrick. Ela avançou para a boca de cena lentamente, rumo aos lampiões de querosene, abrindo as mãos bem espalmadas e depois batendo uma na outra. Um ritmo lento. Um. Dois. Três.

Em seguida, com os braços abertos, a multidão aclamando, ela ergueu sua mão inchada e agora todo mundo estava de pé, berrando para ela. A mulher trouxe os dedos até os lábios e a platéia de repente ficou quieta. Ela atirou no meio da platéia o nome do próximo ator, como o ressoar de um sino, e um homem caminhou na direção da luz, trazendo na mão um guarda-chuva. A multidão imediatamente se concentrou nele. Patrick começou a recuar em direção à cortina improvisada. Olhava para baixo constrangido e, quando ergueu os olhos outra vez, a mulher havia deixado o palco.

Nos bastidores, ele seria um intruso. Lembrou o toque daquela mão no seu ombro enquanto se levantava. E a voz ele havia reconhecido. Tentou recordar o rosto exausto, as feições por baixo da maquiagem. Atrás da cortina, só havia uns poucos atores na penumbra — um lampião de querosene no chão. Como Patrick deveria entrar em um aposento onde um gigante está tirando a cabeça? Onde um anão fica de pé na altura de uma pessoa normal. O prestidigitador macedônio que ele vira se apresentar meia hora antes com absoluto desembaraço estava embrulhando cuidadosamente as trinta laranjas de madeira em sua mala. Nenhum sofá, nem arcos de luzes, apenas atores arrumando as coisas. Um homem vestindo as meias. Alguém lendo *Notícias do Turfe*. Na extremidade da sala, viu um indiano fazendo uma marionete caminhar rumo a um corredor, como se estivesse acompanhando uma pessoa debilitada. Patrick foi atrás dele. O homem dobrou à direita no corredor dos medidores Venturi e desapareceu atrás de outra cortina. Aqui, entre tubulações e medidores de formatos estranhos, o ar era úmido. Um grande clamor de aplauso se ergueu na platéia. Quando o homem saiu, Patrick segurou-o pelo braço e perguntou onde estava o dançarino da marionete. O indiano virou a cabeça na direção da cortina e lhe deu uma lanterna.

Patrick caminhou em uma escuridão igual ao breu. Quando acendeu a lanterna, viu pés balançando no ar. Ergueu a luz passando pelo manto brocado — um rei estava pendurado ali, os cordões e o cabo de madeira presos a um cano. Três ou quatro canos no teto sustentavam todas as marionetes no ar. Patrick virava o facho de âmbar de um lado para outro e, para qualquer direção que se voltava, a luz colhia rostos e braços que já não pareciam mais marionetes mas sim seres humanos relaxados, um congresso nas sombras. Tratava-se da corte de um rei, todos mudos — indumentárias orientais. Toda vez que o gongo real soava, a corte do príncipe mongol Akbar permanecia congelada no que quer que estivessem fazendo naquele instante. Era o capricho de um monarca que desejava examinar as roupas e as atividades de seus criados e súditos, enquanto andava à vontade entre eles. O menor movimento significava execução. O príncipe entrava nas cozinhas, arsenais, quartos onde casais de amantes permaneciam imóveis, prestes a se tocar, passava pelas mesas de jantar onde a corte aguardava faminta ou entediada, olhando para a comida que esfriava, o príncipe entrava nas dependências dos falcoeiros, onde só os pássaros se mexiam e se agitavam em seus poleiros.

Desse mesmo modo Patrick andava no escuro, o olho da lanterna tragando as cores, o aposento ia rodando sob seu olhar como uma jóia. O que antes fora teatral parecia encerrado em uma metamorfose. Ele tinha vontade de levantar a mão e desabotoar uma blusa, tirar um sapato. Apressou o passo em direção a uma certa figura, mas era apenas uma rainha de pano sobre uma cadeira, sentada do mesmo modo que uma rainha se sentaria. Ouviu de novo os aplausos ressoando no salão.

Patrick apagou a luz e ficou ali de pé. Os olhos recordando o vermelho, o ondular da manga azul de uma camisa, os pés marrons, achatados e patéticos de um pavão, sob trajes tão pomposos. Uma mão de ocre quebrada. Um barulho de água. Ele virou para ver de onde vinha o som.

Avançou no escuro, a mão estendida à sua frente para afastar os corpos fantasiados, levantando bem alto os pés para não tropeçar. Pensou: estou andando que nem uma marionete. Tocou um braço no escuro sem se dar conta de que era humano. Uma mão veio de algum lugar e segurou seu pulso. "Oi, Patrick." Ele se virou e acendeu a luz da lanterna. Ela já estava esperando a luz, como uma boa atriz, pronta para se apresentar.

"Ninguém pode entrar aqui enquanto eu me lavo. Eu sabia que tinha de ser você..." Ela vestia uma camiseta e estivera se lavando com a água de uma tigela, as mãos agora torciam um pedaço de pano na bacia e limpavam o rosto, faixas de carne através da pintura. Uma linha de cor permanecia, que lhe dava a aparência de estar franzindo a cara. Atrás dela, uma marionete rodava no ar lentamente. Patrick podia sentir o cheiro da vela que a mulher devia ter apagado assim que o ouviu entrar. "Você podia me ajudar a tirar a pintura do pescoço."

Patrick não falou nada. A luz desceu pelo braço da mulher até a tigela, iluminou a mão que molhou o pano, torceu e o estendeu na direção de Patrick. Ela viu a mão direita dele se esticar para a frente a fim de pegar o pano. A mão de Patrick começou a limpar o pescoço da mulher. Ele removeu a tinta marrom, virou-a e, lentamente, limpou de sua boca a marca escarlate que dava ao rosto um ar contrariado, com a luz da lanterna bem perto da face.

Enxaguou novamente o pano e, segurando a testa da mulher com firmeza, removeu as marcas iguais a um alvo em torno dos olhos, o pano envolvendo um só dedo para aumentar a precisão da limpeza, a íris azul esquerda hesitando com a proximidade da mão... de tal modo que não se tratava de Alice Gull, mas sim de algo mais íntimo — um músculo ocular tendo de confiar na ponta de um dedo para remover aquele meio centímetro de pintura amarela brilhante em volta dos olhos.

Eles agora estavam ali já tarde da noite. No quarto dela na Verral Avenue. Patrick acabara de ver a criança que dormia.

— Eu não era casada — disse a mulher. — O pai dela morreu. Ele era como um *comitidjis*. Um *chetnik*. Sabe o que isso quer dizer?

Patrick balançou a cabeça, continuando a olhar para a chuva através da janela. Tinha a sensação de que no pequeno aposento de Alice só havia espaço quando ele olhava para o lado de fora.

— Abra a janela, Patrick. Se está chovendo, o gato vai querer entrar. Eles são os guerrilheiros nacionais. Ativistas políticos. Combatentes da liberdade na Bulgária, Turquia e Sérvia. Eram torturados, então alguns deles vieram para cá. Possuem um sentido de justiça muito elevado.

Alice sorriu, e depois continuou.

— São muito difíceis de se conviver.

— Acho que tenho um sentido passivo de justiça.

— Já percebi. Como a água, você pode ser facilmente subjugado, Patrick. Isso é perigoso.

— Não acho. Não acredito na linguagem da política, mas vou defender os amigos que eu tiver. É só o que posso fazer.

Alice sentou-se no colchão erguendo os olhos para ele, o gato ronronando no seu colo enquanto o enxugava com uma toalha.

— Isso não é o bastante, Patrick. Estamos no meio de uma tempestade.

— Está citando um dos seus panfletos?

— Não, é uma metáfora. A gente alcança as pessoas por meio de metáforas. Foi assim que atingi você hoje à noite, mais cedo, durante a encenação.

— Você despertou meu sentimento de compaixão.

— A compaixão perdoa coisas demais. A gente acaba perdoando os piores homens. A gente os perdoa e aí nada muda.

— É possível ensinar a eles, torná-los conscientes...

— Por que deixar o poder nas mãos deles?

Não houve resposta da parte de Patrick. Ele se afastou de Alice, de volta para a janela aberta e para a chuva.

— Você acredita na solidão, Patrick, no isolamento. Pode se dar ao luxo de ser romântico porque é auto-suficiente.

— Sim, tenho uns dez dólares para me sustentar.

— Eu não estou falando de dinheiro. Trabalhar nos túneis é terrível, eu sei disso. Mas você tem uma alternativa. E os outros que não têm?

— Como quem, por exemplo?

— Como esta criança. Como três quartos da população da Alta América. Eles não dispõem das mesmas alternativas que você, do seu *langor*.

— Eles podiam melhorar de vida. Olhe só o...

— Ora, Patrick, é claro que alguns conseguem. Alcançam isso tornando-se exatamente iguais àqueles que queriam suplantar. Como Ambrose. Olhe no que ele se transformou antes de desaparecer. Era um *predador*. Não permitia que nada se prendesse a ele, nem mesmo Clara. Sempre gostei de você porque você sabia disso. Porque você odiava isso em Ambrose.

— Eu o odiava porque queria o que ele tinha.

— Não acho. Você não quer poder. Você nasceu para ser o irmão caçula.

Alice se levantou e se pôs a andar lentamente pelo quarto. Precisava mexer os braços, mostrar-se mais vigorosa.

— De todo modo, não estamos mais interessados em Ambrose. Que ele vá para o inferno, o desgraçado.

O poder do pai da menina ainda estava nela. Patrick não sabia dizer o quanto havia ali de um personagem teatral. Alice agora falava devagar.

— Existe mais compaixão em meu desejo de verdade do que na sua "imagem" de compaixão. Você precisa identificar os inimigos.

— Mas e se ele for seu amigo?

— *Eu* sou sua amiga. Hana, que está ali dormindo, é sua amiga. As pessoas esta noite na platéia eram suas amigas. Elas também têm compaixão. Escute, eles são uns tremendos sentimentais. Adoram a porcaria do seu iguana. Quando a irmã deles se casa, ficam chorando o tempo todo. Choram quando a irmã conta que deu o primeiro beijo. Mas podem de repente dar as costas e ir matar animais no matadouro. E o cheiro dos curtumes penetra em seus narizes e pulmões e fica ali pelo resto da vida. Nunca sentem o cheiro dos seus corpos. Você conhece o cheiro? Pode apostar que os ricos não conhecem. Isso embrutece a pessoa. É como dormir com o inimigo. O cheiro ficava grudado no corpo do pai de Hana. Eles ficam com queimaduras na pele por causa da galvanização. Artrite, reumatismo. *Essa* é a verdade.

— E então o que vocês fazem?

— A gente identifica quem é o inimigo e destrói o seu poder. Começa com as coisas mais luxuosas, seus clubes seletos, suas mansões de veraneio.

Alice parou de andar, ergueu a mão até o declive no teto baixo e fez pressão contra ele.

— A grande causa, Patrick.

Ele sabe que nunca vai esquecer uma só palavra ou gesto de Alice nessa noite, nesse quartinho de casa de boneca. Fica sentado na cama com o rosto voltado para cima, para o espírito ardoroso de Alice.

— Toda vez alguém sai da platéia e vem me deter, Patrick. Dessa vez foi você. O meu velho camarada.

— Não acho que você vá me converter.

— Sim. Eu posso.

— Se em nome de alguma causa fosse importante que eu matasse uma pessoa, você ia querer que eu fizesse isso?

Alice levantou o gato nos braços outra vez.

— O pai da menina teria feito isso?

— Não creio que eu seja forte o bastante para pôr alguém numa situação em que precise ferir outra pessoa.

Tinha parado de chover. Eles subiram pela escada de incêndio, Alice levando nos braços a menina adormecida, o ar solto e leve após a tempestade. Ela sorria para a menina. Patrick tinha a sensação de que estava olhando para outra pessoa.

— Hana tem nove anos. Já é bem esperta. Não é mais tão criança, e isso é triste.

— Você ainda tem muito tempo para cuidar dela.

— Não. Tenho a sensação de que ela me foi emprestada. Estamos separadas por um véu de carne. É só isso.

Olharam para longe por cima das casas baixas da Queen Street, o metal da escada de incêndio molhado em torno deles, frio, um choque para seus braços nessa noite de verão. A chuva tinha libertado os cheiros da rua e os odores pairavam no ar. Patrick deitou-se de costas, como a criança, de vez em quando uma gota de chuva vinha tocar sua camisa como as batidas de um coração.

— *Não sei* — sussurrou Alice, perto dele.

Patrick estendeu o braço para o lugar onde ela estava e Alice pôs a mão sobre ele. O céu parecia estampado nas coordenadas de um mapa, visto por trás da grade da escada de incêndio. Acima e abaixo deles, alguns vizinhos saíam de suas casas para aquela estrutura frágil, rindo com alívio no ar mais fresco. De vez em quando eles acenavam, com formalidade, para Alice e seu companheiro. De repente, Patrick se deu conta de que tinha um papel a cumprir.

Uma garrafa de uísque de frutas pendurada na ponta de um barbante comprido oscilava de um lado para o outro diante deles. Alice pegou a garrafa e abriu. "À impaciência", disse ela. Bebeu, ofereceu um pouco para Patrick e depois, segurando o barbante, deixou a garrafa descer para outro andar. Nesse caminho, ela ia passando de um para outro.

Na direção sul, eles podiam ver as luzes dos moinhos Victory. Os macedônios, que não gostavam de sentir as gotas de chuva no cabelo, pediam às esposas que lhes dessem seus chapéus através da janela, e assim se sentiam mais seguros. Viram o homem de Alice, que trabalhava nos túneis. Eles estavam entre as demais famílias, olhando para o lago. O panorama era a Alta América, um Novo Mundo. A paisagem não se modificava em nada mas transmitia repouso, alterava a personalidade de uma forma tão gradual como a água batendo na pedra. Patrick deitou-se de costas de novo ao lado de Alice e da menina Hana.

— Você devia se sentar — disse ela, depois de um intervalo. — Vai ver uma coisa linda.

Um retângulo de luz surgiu abaixo deles. Depois outro. Os operários do turno da noite começavam a levantar. Podiam ser vistos com suas calças cinzentas e camisetas, se lavando na pia da cozinha. Os arredores em pouco tempo ficaram salpicados de luzes enquanto o resto da cidade dormia. Logo depois puderam ouvir as portas batendo na rua abaixo deles. Os vultos saíam em fila, macedônios e gregos, seguindo em direção aos matadouros, ferrovias e padarias.

— Eles não querem a sua revolução — disse Patrick para Alice.

— Não. Eles não vão se envolver. Só você. Você é um cão vira-lata, como eu. Não como a minha filha. Mas como eu.

— E então, o que você quer?

— Nada, a não ser o trovão.

* * *

Alice e Hana ainda se achavam na escada de incêndio, enroscadas uma na outra, quando Patrick foi embora. Fechou a porta silenciosamente, como um ladrão.

Tinha de voltar para seu quarto, levar as roupas para o beco e bater no pano até que a lama endurecida se desprendesse, e depois ir para o trabalho. Eram umas cinco da manhã, sua cabeça e seu corpo zumbiam, sobrecarregados com uma energia falsa. Mais tarde, Patrick sabia, se sentiria incapaz de erguer os braços acima da cabeça, iria cambalear sob o peso de uma picareta. Mas, por ora, a alvorada nele e o sol despertavam seu sangue.

Patrick lembrou-se de Clara no hotel de Paris contando como Alice ficara depois que o pai da criança havia morrido. “Hana ainda não tinha nascido. Mas Cato morreu e acho que Alice enlouqueceu, caiu em uma grande solidão. Cato foi morto no norte, quando ela estava grávida."

No Thompson Grill, o rádio do balcão já estava tocando canções que falavam do coração, canções sobre mulheres que deixaram seus homens irem embora de forma tão natural quanto a água de um rio escorrendo entre os dedos. A garçonete com a tatuagem serviu o café para Patrick. A música nessa manhã o impeliu através de eras. Tinha dezoito anos outra vez e caiu nos braços de uma menina, embriagado e repleto de espanto, durante sua primeira dança formal, a luz do luar pintada no teto, as luzes oscilantes brilhavam através de um linho fino, banhavam e deslocavam os casais. Patrick, bêbado e atrevido, havia avançado para o tablado de dança e de repente se viu perto o bastante para perceber o olhar perdido da menina, desnudado pelas cores, e ele também se sentiu perdido. Um camaleão entre as mentes das mulheres.

— *O que você achou da minha amiga?*
— Gostei dela.
— É uma grande atriz.
— Melhor do que você?
— Mil vezes, Patrick.
— *Sim, gostei dela.*

A mente de Patrick patina por conversas antigas. O passado vagueia no ar como um oásis e Patrick observa a si mesmo ali dentro. Os olhos da menina naquela noite, quando ele tinha dezoito anos, eram como túneis para dentro da bondade, da sensualidade e da determinação, olhos que Patrick adorou tanto quanto a barriga branca e o rosto ocre da moça. Patrick viu algo ali que jamais alcançaria plenamente — a maneira pela qual Clara se dissipou e desapareceu de repente diante dele, ou a maneira pela qual Alice se aproximou de Patrick, por trás de uma série de máscaras ou rostos pintados, essas duas mulheres, como o mar visto por trás de uma fileira de homens em primeiro plano.

Aqueles foram dias que pertenceram mesmo à lua.

Patrick sentia-se inquieto e dominado por Alice Gull. Quando o túnel da central de distribuição de água ficou pronto, Patrick arranjou um emprego no curtume Wickett and Craig. Sua carne endureceu naquele mundo novo e seco, sua viscosidade úmida se foi.

O dia inteiro, Patrick pensava nela enquanto cortava peles na fábrica de couro na Cypress Street. Os empregos ainda andavam escassos e foi apenas por intermédio dos amigos de Alice que ele foi empregado. O ombro de Patrick batia de leve no suporte, fazendo cair os rolos de couro no chão, e ele abria caminho a duras penas nas peles marrons, empunhando uma faca guia, cortando as peças de couro em linhas retas. Quando a tarefa estava pronta, Patrick se punha de pé, arfando no ar frio, até que viesse outra pessoa pelo corredor dos cortadores. Ele já não tinha consciência do cheiro dos pátios de tingimento. Só quando chovia, o odor tomava seu corpo de assalto.

Patrick era um dos três cortadores guias. Suas facas iam e vinham na cadência dos seus braços e eles trabalhavam descalços como se estivessem caminhando em um rio enlameado, retalhando o rio em afluentes. Era uma habilidade que requeria o equilíbrio de todas as partes do corpo. Alice sentia nele o cheiro do couro, mesmo depois de Patrick ter tomado banho no pátio, quando o trabalho terminava, a breve peliça de água e vapor em torno da fileira de homens, de pé, sobre o calçamento de pedras. Só eram permitidos dez segundos de água. Os homens que tingiam o couro ficavam mais tempo, mas o cheiro neles era terrível e nunca saía.

O trabalho de tingimento era feito nos pátios junto ao depósito. Poços circulares haviam sido abertos na pedra — onde os homens entravam até a cintura, em meio aos vermelhos, aos ocres e aos verdes, entravam com um salto, abraçando-se às peles de animais mortos pouco antes. Nos poços redondos de um metro e vinte de diâmetro, eles se mexiam para um lado e outro, a fim de garantir que a tintura penetrasse com firmeza nos poros da pele que fora parte de um animal vivo no dia anterior. E os homens saíam de lá pintados de várias cores até o pescoço, puxando para fora pedaços de couro encharcados, dando a impressão de que tinham tirado a pele do próprio corpo. Eles saltavam para dentro de várias cores, como se entrassem em vários países.

O que os tingidores mais queriam, quando se punham ali juntos, de pé, os representantes de diferentes nações, era um cigarro. Ficar de pé durante o intervalo de descanso de cinco minutos, vestidos de verde, conversar com um homem coberto de amarelo e *fumar*. Inalar a energia fresca do fumo e tragar bem fundo nos pulmões, deixar que a fumaça rolasse à vontade lá dentro para depois soltá-la, de modo que, com sorte, seria possível remover a textura acre já impregnada a fundo neles, aderida em todos cantos de sua carne. Um cigarro, o cintilar de uma estrela através da carne, seria o bastante para purificá-los.

Era assim que Patrick se lembraria deles mais tarde. Seus corpos ali de pé, fatigados, só as cabeças brancas. Se fosse um pintor, Patrick teria retratado aqueles homens, mas isso seria uma falsa celebração. Afinal, o que significava contemplar, esteticamente emplumado, esse dia de outubro no extremo leste da cidade, a quatrocentos e cinqüenta metros da Front Street? O que a pintura poderia dizer? Que os homens tinham entre vinte e trinta e cinco anos de idade, que eram em sua maioria macedônios, se bem que havia também alguns poucos poloneses e lituanos. Que, em média, eles sabiam três ou quatro frases em inglês, que jamais tinham lido o *Mail and*

Empire ou o *Saturday Night*. Que durante o dia eles comiam de pé. Que tinham absorvido o pior cheiro que o mundo já sentiu, estavam absorvendo esse cheiro agora, a morte da carne, o cheiro que repousa no vácuo entre a carne e a pele, e mesmo que eles nunca mais voltem a entrar nesse poço — depois de um ano, ainda vão estar arrotando esse mesmo odor. Que morreriam de tuberculose e que no presente não sabiam disso. Que no inverno esse pitoresco pátio de cores ficava ainda mais lindo, a fina camada de neve entre os poços vaporosos. A temperatura abaixo de zero e os homens quase nus se afundam nos tonéis ao som da mesma sirene, e mais tarde se envolvem com estopa, enquanto aguardam de pé.

A única virtude do inverno era a remoção do odor. Então, eles não queriam um cigarro, mal conseguiam respirar. As bocas exalavam penugem. Ficavam ali de pé, o vapor saindo através da estopa. E, quando paravam de emitir vapor, sabiam que estavam frios demais e tinham de entrar no poço de novo. Mas em outubro, enquanto Patrick os observava durante seu intervalo de repouso na sala onde cortava o couro, eles queriam fumar um cigarro. E nunca poderiam fumar — o ácido das soluções onde entravam e saíam era tão forte que teriam ardido em chamas se uma fagulha os tocasse.

Um homem verde em chamas.

Eram os tingidores. Ganhavam um dólar por dia. Ninguém conseguia ficar nesse emprego mais do que seis meses e só os mais desesperados o aceitavam. Havia outros empregos, como os rapazes da água e os trabalhadores da sala de peles. Nos pátios abertos, trabalhavam os operários que faziam lingüiça e fertilizantes. Aqui os homens ficavam de pé, enterrados no sal até as canelas, enchendo recipientes, espremendo excrementos e sujeira para fora dos intestinos dos animais. Nas salas mais adiante, ficavam os matadouros, onde os homens caminhavam entre o gado que berrava, onde os animais eram atordoados com golpes de marreta até caírem mortos, os olhos sem vida ainda cintilando enquanto suas peles eram retiradas. Nunca havia ventilação suficiente, e o sal grosso, como os ácidos no setor de tintura, iam deixando, de forma invisível, os homens com tuberculose, artrite e reumatismo. Todos esses operários chegavam na escuridão da manhã e trabalhavam até às seis da tarde, o contratante atribuindo a todos eles nomes ingleses. Charlie Johnson, Nick Parker. Eles memorizavam as estranhas sílabas estrangeiras como um número.

Para os tingidores, o único momento de superioridade ocorria nos chuveiros, ao final do dia de trabalho. Ficavam de pé sob os canos quentes, aparentemente sem se mover durante dois ou três minutos — como se, à maneira de uma atriz incapaz de retornar de um personagem para o mundo real, eles tivessem ficado para sempre encerrados nessa coloração lívida, apenas o cérebro livre daquilo. E então de repente o azul se soltava, a cor se despia do corpo, tombava a seus pés em uma peça única de roupa, e eles se afastavam do chuveiro, com o sentimento erótico de estarem livres.

O que permanecia na pele dos tingidores era um odor de que nenhuma mulher na cama desejaria se aproximar. Alice ficava deitada ao lado do corpo exausto de Patrick, a língua no pescoço dele, fazendo o reconhecimento do seu sabor, ciente de que as esposas dos tingidores nunca iriam cheirar nem provar o gosto dos maridos outra vez dessa maneira; mesmo se eles retirassem do corpo todo pigmento e todos os fragmentos de sal grosso, seus maridos ainda teriam o cheiro do anjo com que haviam lutado dentro do poço, dentro do tanque. Escarlate.

"Vou falar com você sobre os ricos", dizia Alice. "Os ricos estão sempre rindo. Vivem dizendo as mesmas coisas em seus barcos e gramados: *Isso é maravilhoso! Vivemos uma época formidável!* E, sempre que os ricos se embriagam e se tornam sentimentais acerca da humanidade, é preciso ficar ouvindo horas a fio. Mas eles mantêm você nos túneis e nos currais dos matadouros. Eles não se matam de trabalhar, não pegam no pesado. Lembre-se disso... compreenda o que eles nunca admitirão fazer. Existem cem cercas e gramados entre você e os ricos. Você precisa conhecer essas coisas, Patrick, antes de se aproximar deles — do mesmo jeito que um cão, antes de lutar com as vacas, rola o corpo na bosta do inimigo."

Na casa de Kosta, Patrick relaxa enquanto Alice fala com seus amigos, se desviando do inglês e caindo no finlandês ou no macedônio. Ela sabe que pode ficar despreocupada em relação à limitação lingüística de Patrick, ele está feliz. Alice se exprime cheia de energia no teatro daquela mesa de jantar, seu rosto aceso; uma cicatriz e uma verruga acabam sobressaindo de forma exagerada quando não estão camufladas pelo contentamento da conversa. Patrick, na verdade, se deleita com as próprias divagações interpretativas do que está sendo dito. Capta apenas os nomes das ruas, o nome do chefe de polícia Draper, que impôs normas contra os comícios públicos de estrangeiros. Portanto, se falarem desse modo em público, em *qualquer* língua que não o inglês, serão presos. Uma regra da cidade. Os *broncos* irão prendê-los, como muitos já foram presos em vários comícios em High Park ou no conflito com a polícia montada no Shapiro Drug Store no ano anterior.

Patrick observa cada um dos amigos dela e contempla a pequena pintura na parede, uma recordação da Europa — a paisagem definhada, a vila plantada à força sobre ela. Patrick se sente imensamente satisfeito nesse quarto. Recorda o pai que certa vez passou pelos lenhadores estrangeiros na First Lake Road e disse: "*Eles não sabem onde estão.*" E agora, nesse bairro carregado de história e cerimônia, Patrick sorri consigo mesmo diante da ironia das inversões. Antes da refeição, a esposa de Kosta veio até perto dele, apontou para um dos quadros e disse o nome da aldeia, depois apertou o flanco da barriga com as duas mãos, sensualmente, a fim de deixar claro que ia servir fígado.

Se ao menos fosse possível que na ocasião algo tivesse sido escrito — idéia ou emoção ou frase musical —, isso tornaria a situação conhecida para os outros daquela era. A rejeitada *Carmen* de 1875 transformando tantas pessoas em amantes da ópera. E Verdi, embaixo da chuvarada, imaginando que se estava transformando em um sapo — mesmo essa emoção foi compreendida por seus contemporâneos.

Patrick escuta agora enquanto Alice lê para ele um trecho que ela copiou das cartas de Joseph Conrad. Alice já lhe perguntou quem ele gosta de ler e Patrick citou Conrad. "Sim, mas", diz ela se levantando quando a criança chora, "você já leu as *cartas* dele?" No aposento ao lado, Alice consola a menina Hana, que teve um pesadelo.

"Espere", ela continua. "Tenho uma coisa para mostrar a você." Muito agitada, agora, como se temesse que Patrick fosse levantar e ir embora antes que ela pudesse lhe dar aquele presente. Alice também gosta de Conrad. Gosta de seu estilo teatral. Existem certos romancistas cuja obra os atores adoram, mas que não eram capazes de escrever uma simples cena para o palco. Eles escrevem as cenas com que os atores sonham, e Conrad era isso para Alice.

> — Escute: "Uma classe ociosa e egoísta adora ver o mal sendo praticado, mesmo quando cometido a expensas dela mesma."
>
> — *Ha* — ri Patrick.
>
> — Conrad está deplorando a posição do Partido Conservador a respeito das insurreições liberais na Espanha na década de 1830, organizadas a partir de Londres. "É claro que não defendo crimes políticos. É algo repulsivo para mim, por tradição, por sentimento, e mesmo por reflexão. Mas alguns desses homens lutavam por uma idéia, abertamente, à luz do dia, e sacrificaram a ela tudo aquilo que, para a maior parte dos homens, faz a vida valer a pena. Além do

mais, uma afirmação demasiado generalizadora é sempre um equívoco, pois os homens são infinitamente variados; e palavras severas são inúteis porque não podem combater idéias. E as idéias (que vivem) é que devem ser combatidas, não os homens que morrem."

Era uma carta que Conrad havia escrito para um jornal. Assim Patrick ouvia um contemporâneo.

— Como posso converter você? — perguntava Alice na escuridão do quarto.

— O problema com a ideologia, Alice, é que ela odeia a vida privada. Você precisa torná-la humana.

— Esta aqui é minha passagem favorita. Vou sussurrar as palavras. "Ensinei a você que o céu, em todos os seus quadrantes, é mortal... Permita que agora eu enfatize a extrema debilidade da estrutura de todas as coisas."

No escuro, ele só consegue enxergar a tênue aura dos cabelos de Alice.

— Repita.

* * *

Nas tardes de sábado, os tingidores e os cortadores, os homens dos matadouros, os que faziam lingüiça, os eletrocutores — todos oriundos desse abatedouro e curtume na Cypress Street — estavam livres. Após se lavar embaixo dos canos, eles caminhavam subindo pela Bathurst Street até Queen, os trinta homens aproximadamente sabendo pouco mais do que os nomes falsos uns dos outros, ou seus países verdadeiros. *Ei, Itália!* Andavam em pares ou trios, cada um imerso na própria língua, assim como os tingidores ficavam imersos em suas próprias cores. Depois de uma cerveja, eles prosseguiam pela Bathurst até os Banhos a Vapor Folha de Carvalho. Após pagar o ingresso, recebiam uma toalha cada um, além de um lençol, um cadeado e um saco de lona. Despiam-se, metiam a roupa e o salário no saco, trancavam o saco no armário e penduravam a chave em torno do pescoço. Havia uma sensação de relaxamento entre todos eles. *Ei, Canadá!* Um aceno para Patrick. Era sábado.

Nos aposentos caiados, eles ficavam sentados nus, envoltos pelo vapor, esfregando a casca de uma ferida, examinando uma cicatriz no ombro. Os olhos de um homem com quem Patrick nunca falara cruzaram com os dele e os dois estavam tão cansados que não conseguiram desviar os olhos, deixaram-se ficar olhando um para o outro, embotados. Patrick nada sabia a respeito dos homens à sua volta, salvo como andavam e riam — do lado de cá do idioma. Ele mesmo havia ocultado seu nome verdadeiro dos chefes, no pátio de cortar couro, nunca falava com eles nem lhes respondia. Alguém puxou uma corrente que fazia esguichar para dentro do aposento o vapor úmido, de tal modo que seus corpos se achavam separados por uma brancura que subia através da grade no chão, as tatuagens e os músculos rijos se dissipando em meio a fotografias ainda não nascidas. Eles se mexiam, ficavam de pé, alguém começava a cantar.

O calor úmido salientava a exaustão e, sob a ducha fria, a última tensão caía a seus pés. Passavam a última hora deitados em beliches verdes, um rádio no peitoril da janela transmitia a ópera da tarde de sábado, com um cartaz em três línguas acima do aparelho insistindo para que ninguém mudasse de estação.

Patrick ficava ali deitado, sem desejar tradução alguma, deixando que a emoção da música caísse sobre ele. Logo aquele braço seria o braço que Alice ia beijar. Estavam todos sendo libertados do trabalho semanal e começavam a se permitir o ócio, o claro mundo da paixão. A música de *La Bohème*, a morte de Mimi flutuando sobre seus corpos desprotegidos, as chaves penduradas nos cordões em torno dos pescoços.

* * *

Depois era a mão de Alice na soleira da porta tocando o coração de Patrick, contra as costelas, captando o cansaço dele através dos dedos. No quarto pequeno onde Patrick podia dar três passos e tocar a janela. Ali estavam Alice, Patrick e Hana. Se estivesse quente, eles iam comer na escada de incêndio. Ou então, se Alice estivesse trabalhando, ele e Hana caminhavam até o Balkan Café, onde sentavam em cadeiras de arame trançado e eram servidos por garçonetes de avental comprido. Pediam *bop* e *manja*, Hana lhe explicando com sua voz clara e exata o que aquelas palavras significavam. *Bop* era feijão. *Manja* era carne cozida. Enquanto olhava para Hana, o rosto dela se desviava para o rosto de Alice e depois voltava a ser o rosto de Hana outra vez, como se duas chapas fotográficas em negativo se fundissem e depois se separassem. Não eram tanto as feições mas sobretudo os maneirismos de Alice que Patrick descobria na filha dela.

Patrick sentia-se à vontade com a precisa Hana e seu jeito de se expressar com seriedade entre estrangeiros. Aquela voz sabia o que desejava e sabia o que era permitido. Ele tinha vontade de erguer Hana nos braços e abraraçá-la no meio da rua, mas sentia-se encabulado, embora em brincadeiras ou em um ônibus lotado o braço dela repousasse sobre ele, como se Hana precisasse de seu calor e de sua proximidade. Assim como Patrick precisava do calor e da proximidade de Hana.

Mas seu relacionamento com Alice tinha um horizonte. Ela se recusava a falar sobre o passado. Mesmo suas histórias sobre o pai de Hana, embora intrincadas, nada revelavam a respeito dela mesma. Alice nunca se colocava no centro de suas mitologias. Tratava de pôr de lado todo e qualquer elogio. Seu costume de sentar-se nua e pálida à mesa do café da manhã, cortar em três pedaços qualquer fruta que tivessem ou sentar-se diante dos ovos fritos levou Patrick certa vez a sussurrar para ela que estava linda. "Fico excelente com ovos", disparou Alice em resposta, com a boca cheia. Alice não se vestia. Planejava voltar para a cama assim que Patrick saísse para trabalhar no curtume e Hana fosse para a escola. Alice trabalhava de noite.

O relacionamento de Patrick com Hana era mais claro. Sempre havia algo cuidadoso em torno dela. Como se Hana já se tivesse escaldado uma vez e agora chegasse perto de toda água cautelosamente, com medo de que também estivesse fervendo. Com Hana, ocorriam breves conflitos, uma discussão, e depois tudo ficava resolvido. Ela não se deixava subjugar e era auto-suficiente. Hana não esperava ser perdoada.

Eles se sentavam às mesas redondas no Balkan Café, comendo uma farta refeição e, com sorvetes na mão, seguiam às dez horas para o Parrot Theatre a fim de pegar Alice. Tinham todo o tempo do mundo, Hana traduzindo as informações que recebia na rua, falando com um açougueiro que andava ao lado deles ao longo de cem metros, carregando a cabeça de um porco. Patrick observava os gestos que faziam para ele. Agora sabiam quem ele era. Um chapéu erguido de uma cabeça em câmara lenta, o cumprimento de uma mulher que balança a cabeça ao lado de seu ombro esquerdo.

Patrick vivia — em seu trabalho e durante esses passeios a pé — em silêncio, com o barulho e as conversas ressoando à sua volta. Para ser entendido, suas reações precisavam ser exageradas. O idiota da família. A vítima de um ataque. "Paderick", assim o chamavam os comerciantes quando ele lhes entregava o dinheiro e uma lista de alimentos que Hana escrevera em macedônio, aceitando tudo o que lhe davam em troca. Patrick sentia que se transformava em um inocente. Tudo de verdadeiro que aprendeu sobre o caráter, foi nesse tempo e nessa vida. Certa vez, quando estavam no Cinema Teck assistindo a um filme de Chaplin, ele se viu rindo bem alto, unindo-se aos outros no mesmo riso. E notou o olhar de alguém voltado para ele, o corpo inclinado para a frente a fim de vê-lo, alguém que teve a mesma impressão — que esse riso mútuo era uma conversa.

Patrick sempre se sentia satisfeito sob a atenção de outra pessoa, gostava que lhe ensinassem os costumes locais. Patrick queria a cidade que Hana construíra para si mesma — os lugares que ela reunira e mantinha enlaçados como se estivessem envoltos no fio de sua curiosidade. A Hoo's Trading Company, onde Alice comprava ervas para combater a febre, restaurantes iluminados a gás cujas janelas de aquário davam para a rua. Eles viam as danças loucas dos nenúfares no Sunnyside Park, viam os ginastas italianos no ginásio da Elm Street, ouviam o entoar dos refrões das aulas de inglês para grupos grandes na Central Neighbourhood House — uma voz inglesa pura proclamando *Meu nome é Ernest*, e em seguida uma barragem de vozes masculinas declarando que o nome deles era Ernest.

Mas o lugar mágico favorito de Hana era a Padaria Geranium e, em uma tarde de sábado, ela levou Patrick até lá a fim de conhecer seu amigo Nicholas. Hana guiou Patrick, entre os outros trabalhadores, sacos de farinha e roletes, até Nicholas Temelcoff, que se virou para ela e abriu os braços. Era uma brincadeira, ele estava coberto de farinha e na verdade não esperava ser abraçado. Apertou a mão de Patrick e começou a mostrar-lhes a padaria, enquanto Hana ia fisgando bocadinhos de massa crua com a ponta do dedo e comia. Temelcoff estava cuidadosamente vestido de paletó e gravata, mas não usava avental algum, desse modo a farinha continuou a se depositar sobre ele enquanto ia andando pela padaria. Nicholas puxou uma correntinha que pendia do teto a fim de começarem a mover os roletes no andar de cima. Tirou do bolso uma bonequinha e entregou para Hana — e dessa vez ela o abraçou de fato, a cabeça junto ao peito dele. Os dois homens não haviam dito um para o outro mais do que quatro frases de cortesia no momento em que Patrick saiu com a menina.

Certa noite, Hana puxou uma maleta debaixo da cama e mostrou para Patrick algumas recordações. Havia uma foto dela quando bebê — com seu primeiro apelido, Piko, rabiscado a lápis no retrato. Outras três fotografias: um grupo de homens trabalhando no viaduto da Bloor Street, uma foto de Alice em uma peça no Templo do Trabalho Finlandês, três homens de pé na neve em um acampamento de lenhadores. Um bracelete feito de sumagre. Um rosário. Esses objetos espalhados sobre a cama substituíam a ausência do pai.

Desse modo Patrick descobriu Cato por intermédio da filha. A menina ouvira tudo o que sabiam sobre ele, falou sobre sua simpatia, sua crueldade, seu egoísmo, seu heroísmo, a maneira como havia conhecido e seduzido Alice. "Você não conheceu Cato, conheceu?" "Não." "Bem, acham que ele era muito exaltado, muito cruel." "Não fale assim, Hana, você tem dez anos de idade e ele é o seu pai." "Ah, eu amo meu pai, mesmo que nunca o encontre. Essa é a pura verdade."

Ela era completamente diferente de Patrick, sempre prática. Quando ele voltou dos banhos de vapor no primeiro sábado, Hana perguntara a respeito do preço e ele a viu tentando avaliar se o custo valia a pena. "Eu pagaria qualquer coisa", Patrick murmurou, e notou que ela não conseguia compreender tamanha extravagância da parte dele. Hana o achava tolo. Do mesmo modo, o retrato que ela pintava do pai era destituído de qualquer sentimentalismo.

— Quem eram aquelas pessoas na fotografia da ponte, Hana?

— Ah, ela deve ter conhecido essa gente.

* * *

Alice estava sob o sol, na ladeira gramada que se estendia abaixo da central de distribuição de água, olhando para o lago, a mão protegendo os olhos do sol. "Tive de aprender que não podia confiar nele. Não que ele alguma vez tenha desejado minha confiança. Você precisa entender que Cato não era seu nome verdadeiro, era o nome de guerra. E quem podia saber com quem ele estava ou o que fazia em uma quarta-feira ou sexta-feira? Ele se virava sozinho. Trabalhava duro, não tinha papas na língua. Às quintas-feiras, aparecia brilhando na sua bicicleta, largava seus apetrechos no corredor como se fosse um pescador afobado, e dizia: *Vamos!*"

— Quanto tempo ficaram juntos?

— Até ele morrer. Vivíamos nos separando. Ele achava que essa vida era muito complicada. Passávamos a metade do nosso tempo discutindo um com o outro sobre isso. E então, nas noites de quarta-feira, eu sonhava com a tarde do dia seguinte, em nossas bicicletas, naquele trecho da estrada, sob as chuvaradas de abril ou na poeira do verão. Você podia vendar meus olhos agora, Patrick, e eu seria capaz de levar você lá, a cinqüenta metros da estrada, do outro lado do riacho... tem muita lama aqui, vire à direita... é aqui onde sempre molhávamos nossos pés, um pouco de resina de um pinheiro mais baixo grudava no meu cabelo quando eu saltava o riacho. Espadanas e samambaias que batiam no meu ombro, depois entrávamos na taba de cedros. Corvos de primavera nos galhos dos cedros! Uma camada de folhas sobre a terra com quinze centímetros de profundidade! Quando fazíamos amor ali, ele enterrava alguma coisa, uma garrafinha, um lápis, um lenço, uma meia. Cato deixava alguma coisa em todo lugar onde fazíamos amor. Uma arqueologia sexual. Havia um pedaço de madeira que parecia o telhado de uma casa de cachorro. Quando nos perdíamos, sempre tínhamos de procurar por isso... quando a neve modificava a forma das árvores ou o outono transformava tudo em esqueletos, ou então no verão quando tudo era um caos exuberante. Íamos até lá o ano inteiro, todas as estações, e estranhamente o inverno era mais tranqüilo do que o verão com seus besouros e mutucas.

Podíamos abrir buracos na neve, as árvores nos protegiam do vento. É importante ficar perto da superfície da terra.

"Ele começou a gostar, eu acho, do fato de não sermos amantes em quartos fechados. Mesmo assim, sempre brigávamos. Uma vez eu lhe disse que, se algum dia ele rompesse comigo e dissesse que éramos 'malucos' e que tínhamos de parar, eu ia meter uma faca nele."

— Você me disse a mesma coisa.

— Eu fico lisonjeada, Patrick, por ter conhecido Cato tão bem quanto conheço você.

— Fico com ciúmes. Não. Não fico com ciúmes.

— Não fica porque ele está morto? Você me escuta com tanta calma, todas essas coisas íntimas...

— Hana me mostrou as fotografias. Quem eram os homens na ponte?

— É o passado, Patrick, vamos deixar que repouse em paz. Em todo caso, você precisa fazer Hana conversar com você sobre Cato e as meias. É a história predileta dela.

"Eles estavam no bosque e correram para um campo a fim de se livrarem dos besouros. Era no verão. Tinha um monte de besouros, minha mãe dizia. Aí eles tiraram a roupa e foram nadar no rio. Quando voltaram, havia um monte de touros jovens no lugar onde tinham deixado as roupas. Uns cinco, formando um círculo em volta das roupas. Mas não estavam interessados nas roupas, só nas meias! Ficavam farejando as meias no ar e jogando os pés de meia para um lado e para o outro. Isso deixou Cato realmente confuso. Minha mãe me contou que ele não queria falar sobre isso com os outros. Eu adoro essa história... todos esses touros muito sérios jogando as meias dele para lá e para cá. Mamãe acha que os touros estavam muito excitados."

Patrick tinha no bolso a foto da maleta de Hana. Em livros que lera, mesmo aqueles romances que ele sorvia de um gole durante a infância, Patrick nunca acreditou que os personagens vivessem apenas na página. Eles se modificavam quando os olhos do autor estavam voltados para outra direção. Fora da trama, existia uma grande escuridão, mas tinha de haver, é claro, luz do dia em outra parte do mundo. Cada personagem possuía sua própria zona de tempo, seu próprio lampião, caso contrário seriam apenas homens de lugar nenhum.

Patrick estava na biblioteca de Riverdale à procura de alguma referência à construção do viaduto da Bloor Street. Ele reunia os jornais e revistas de que precisava e ia sentar na Sala das Crianças com suas vigas altas e janelas chumbadas por onde entravam oceanos de luz. Ele se divertia nessa sala, as mesas pequenas, o cheiro dos livros. Era como imaginava a sala de jantar de um submarino.

Lia as descrições da inauguração da ponte no dia 18 de outubro de 1918. Um jornal trazia a foto de um ciclista cruzando a ponte. Patrick leu a história de trás para diante. A construção da ponte tinha levado só dois anos. Antes disso, haviam levado muitos anos para resolver como a obra seria feita, a determinação do comissário Harris sempre impelindo o projeto adiante. Patrick olhou as várias fotografias: os arcabouços das estruturas de madeira onde o concreto era derramado, e depois a madeira era retirada, como curativos endurecidos, para revelar os pilares. Patrick leu tudo — discussões sobre as inspeções, os escândalos, as mortes dos operários mencionadas de passagem, a história da jovem freira que tinha caído da ponte, seu corpo que nunca fora encontrado.

Leu acerca do caudaloso rio Don que corria por baixo da ponte, os perigos do gelo, a resolução de empregar trabalhadores em turnos à noite e as mortes noturnas que se seguiram. Havia um artigo sobre operários intrépidos. Patrick ouviu a sineta da biblioteca. Virou a página para ver a fotografia dos intrépidos, pegou a foto que havia trazido de casa e colocou-a ao lado da do jornal. O terceiro da esquerda, dizia o jornal, era Nicholas Temelcoff.

Ao sair da biblioteca, Patrick atravessou a Broadway Avenue e começou a caminhar para o leste. Parou, subitamente imóvel, querendo voltar, mas a biblioteca agora estava fechada e isso seria inútil. Os jornais não iriam publicar a fotografia de uma freira. Uma freira morta ou desaparecida.

Ele deu um passo adiante. Agora andava devagar, aproximava-se de uma banda que tocava na rua e o estalar dos seus passos se adaptava inconscientemente à música que começava a rodeá-lo. O cornetim, o saxofone e o tambor corriam um atrás do outro ao longo dos solos e então, de repente, quando Patrick passou ao lado deles, se uniram e se alçaram em um mesmo refrão.

Patrick se viu contemplando espantado tantas histórias — ciente do amante de Alice chamado Cato e dos passeios de Hana até o mundo da padaria. Seguiu caminhando, deixando para trás o som dos músicos de rua, ciente outra vez do silêncio entre cada um de seus passos, sabendo agora que podia acrescentar música com o simples fio de um assobio. Via as interações, via como cada um deles era carregado pela força de algo além deles mesmos.

E se Alice tivesse sido uma freira...

A banda de rua havia retratado as pessoas de uma forma perfeita, com um final repleto de abraços após os solos, deixara todos mais fortes, mais bem delineados. A vida de

Patrick não era mais uma história isolada, mas parte de um mural, que vinha a ser uma associação de cúmplices. Patrick via uma assombrosa teia noturna — todos aqueles fragmentos de uma ordem humana, algo livre do governo da família na qual ele nascera ou das manchetes do dia. Uma freira em uma ponte, um operário intrépido que não conseguia dormir sem tomar uma bebida, um garoto olhando um incêndio de sua cama, de noite, uma atriz que fugiu com um milionário — os detritos e o caos da era estavam se recompondo.

* * *

Os artigos e as ilustrações que Patrick achou na biblioteca de Riverdale descreviam todos os detalhes a respeito do solo, das matas, do peso do concreto, tudo, exceto informações sobre aqueles que efetivamente construíram a ponte. Não havia fotógrafos como Lewis Hine, que nos Estados Unidos estava fotografando o trabalho infantil em toda parte — meninos em minas de carvão, meninas de sete anos em moinhos na Nova Inglaterra. *Localizar o mal e descobrir a pureza oculta.* Histórias oficiais e histórias novas eram sempre suaves na retórica, como a de um político fazendo um discurso depois da construção de uma ponte, um homem que sequer cortava a grama do próprio jardim. As fotos de Hine traem a história oficial e reúnem uma outra família. O homem com a broca pneumática no Empire State Building envolto na névoa de poeira, um casal em um cortiço, meninos com britadeiras nas minas. Suas fotos são quartos onde se pode entrar — prédios cavernosos onde um homem gira uma chave inglesa do tamanho de seu corpo, ou cavernas de ferro onde os rostos brancos dão às crianças que trabalham ali o aspecto terrível de fantasmas. Mas Patrick nunca veria as grandes fotografias de Hine, assim como nunca leria as cartas de Joseph Conrad. Histórias oficiais, novas histórias nos cercam todos os dias, mas as realizações da arte nos atingem tarde demais, viajam lentamente, como mensagens em uma garrafa.

Só a melhor arte consegue ordenar o caótico tumulto dos fatos. Só a melhor arte consegue realinhar o caos de modo a sugerir tanto o caos quanto a ordem em que ele há de se transformar.

Nos dois anos que se seguiram a 1066, começou o trabalho da tapeçaria de Bayeux, Constantino, o Africano, trouxe a medicina grega para o mundo ocidental. O caos e o tumulto dos fatos. A primeira frase de todos os romances devia ser: "Acredite-me, isso vai levar tempo, mas existe uma ordem aqui, muito tênue, muito humana." Siga em ziguezague, se quiser chegar a seu destino.

* * *

Ensinei a você que o céu, em todos os seus quadrantes, é mortal.

A frase favorita de Alice paira ao lado de Patrick quando ele acorda. No raiar do dia, Patrick já está no pavimento sem cor do curtume empunhando a faca guia de lâmina curva. Durante o dia todo, enquanto corta o couro, sua mente repassa os poucos detalhes que Alice lhe contou sobre sua vida. Mesmo na casa de fazenda em Paris Plains houvera um silêncio acerca de sua juventude, mesmo com Cato ela só usava seu nome de guerra. E se Alice Gull tivesse sido uma freira? Um rosário, um bracelete de sumagre...

Às seis da tarde, Patrick volta do trabalho e as mãos espalmadas de Alice apertam suas costelas. Ele ergue Alice nos braços e Hana pula nas costas da mãe. Desse jeito, os três se movem, cambaleantes, através do quartinho, e caem na cama. A brincadeira consiste em que Hana precisa fazer força para derrubá-los da cama, empurrando os pés contra a parede e os ombros contra os dois. Então eles caem no chão e Hana cai por cima. Em seguida Patrick e Hana tentam levantar Alice de volta para a cama.

Patrick sempre fica surpreso com o corpo de Alice. Ela parece fisicamente frágil, como se um choque pudesse parti-la, mas é ágil, uma dançarina tanto quanto uma atriz, movendo-se com desenvoltura pelos aposentos. Ela acha que a maior invenção do século vinte é a dança chamada *jitterbug*. Alice quase consegue perdoar o capitalismo por causa disso. Está apaixonada por Fatts Waller. Patrick a viu sentar-se ao piano no Balkan Café e cantar:

"Não precisava de estrela nenhuma
Não queria saber de lua
Sempre achei isso bobagem...
Então de repente
Você apareceu de um salto
Com amor."

Clara, diria Alice mais tarde, era a clássica, *ela* podia tocar piano como uma rainha que atravessa uma rua enlameada. Eu toco do jeito que bem entendo. E paixão arrebatadora é tudo o que eu quero da música.

Mas as palavras mais carinhosas de Alice com ele, quando estava sentada em cima da barriga de Patrick, olhando para baixo, diziam respeito à sua saudade de Clara. "Eu adoro Clara", dizia Alice para ele, o amante de Clara. "Sinto falta dela. Foi Clara que manteve minha mente sã por todos esses anos. Isso foi importante para o que sou hoje."

Ela podia se mover como... podia cantar baixo igual a... Por que estou agora tentando desvendar para mim mesmo todas as facetas da personalidade de Alice?

Patrick quer que tudo de Alice esteja com ele aqui neste quarto, como se ela não tivesse morrido. Como se ele pudesse receber essa dádiva, reviver aqueles dias em que Alice estava com ele e Hana, isso que na literatura constitui a vida real. Ele vira a página para trás. Mais uma vez, retorna a imagem deles se atracando e fazendo cócegas em Alice até que ela solte os dedos que seguram sua blusa e então a blusa se abre com um floreio no ar, e Hana salta com ela na mão, agita a blusa como uma bandeira rebelde no quartinho pintado de verde. Todos esses fragmentos de recordações... e assim podemos recuar da narrativa principal e tropeçar por acidente em um luxo, uma dessas piscinas subterrâneas onde podemos ficar sossegados. Aqueles momentos, aquelas poucas páginas de um livro que ficamos lendo e relendo sem parar.

* * *

Os dedos de Nicholas Temelcoff afundam em um bolo de massa fresca de pão e o separam em duas partes, em seguida junta os dois bocados outra vez e atira a massa com força contra a mesa. Ergue os olhos e vê Patrick entrar na Padaria Geranium, olha em volta encabulado, e depois se aproxima dele. Patrick pega a fotografia e a coloca diante de Temelcoff.

Atrás deles, as polias e os roletes movimentam centenas de pães dentro dos fornos, param um instante e depois continuam. Temelcoff, em suas roupas cinzentas, conversa sobre a ponte e a freira com Patrick — que lhe recorda a data precisa, já perdida na memória de Nicholas — e o prazer e o assombro o dominam. Fica de pé no meio da padaria pensando, jogando uma bolinha de massa para o alto e pegando quando cai de volta, sem notar por tanto tempo o que estava fazendo que Patrick, a um metro dele, não consegue alcançar seu pensamento. Temelcoff está em outra parte, os olhos aumentados atrás dos óculos, a bolinha de massa de pão caindo segura de volta em sua mão, o braço que apanhou a freira no ar e a puxou de volta para a vida. "*Fale, você precisa falar*", e assim, de brincadeira, ela assumiu um nome de papagaio. *Alicia.*

Nicholas Temelcoff nunca se volta para trás. Dirige a caminhonete da padaria através da ponte com sua esposa e as crianças e só de passagem menciona seu trabalho naquela obra. É um cidadão aqui, no presente, bem-sucedido com sua própria padaria. Seus pães, rolinhos, bolos e biscoitos alcançam as multidões pela cidade. É um homem que se sente satisfeito entre fornos, o cheiro de coisas crescendo, a metamorfose do alimento. Mas agora ele faz uma pausa, ao ser lembrado dos detalhes do incidente na ponte.

Fica de pé exatamente no lugar onde Patrick o deixou, pensando, como fariam aqueles que acreditam que para continuar um sonho bom é preciso deitar exatamente na mesma posição em que acordamos, no lugar exato onde o corpo se separou das imagens do sonho. Nicholas está ciente de si mesmo, de pé ali, envolto pelo prazer da recordação. É algo novo para ele. É isso que a história significa. Ele veio para este país como uma tocha acesa, tragava o ar enquanto atirava seus passos para a frente, e irradiava luz. O vigor jorrava através dele. Era só para isso que ele tinha tempo naquela época. Língua, costumes, família, salário. O presente de Patrick, aquela flecha disparada na direção do passado, mostra a Nicholas a prosperidade nele mesmo, o modo como ele foi costurado no tecido da história. Agora Nicholas vai começar a contar histórias. É um homem reservado, mesmo com sua família. Nessa noite, na cama, ele conta timidamente para a esposa a história da freira.

Cato sempre chegava tarde, Alice recorda, sua bicicleta guinchando na calçada diante da janela. Alice subia no guidão e os dois desciam em ziguezague até o lago, que se estendia como crinolina. Deitavam-se recostados na beirada do aterro da ferrovia, a poucos metros do lago Ontario. Os ramos das árvores no inverno ficavam revestidos de gelo e Alice inclinava a cabeça para trás, pondo a nu seu pescoço branco, pegava na boca raminhos e pingentes de gelo, e os partia com a pressão da língua.

Mas, em outras ocasiões, Alice sentia-se satisfeita por não morar com Cato em caráter permanente, por não ser puxada continuamente pelo planeta dele. Se você estivesse perto de Cato, tinha de ser um representante do mundo de Cato, seus amigos, seus planos para a semana. Estranhos, antigas amantes o cumprimentavam na rua, o abraçavam e *eles* tinham de se juntar ao grupo. Era impossível andar dois quarteirões de bicicleta com ele sem topar com alguém que precisava de ajuda para encontrar um amigo ou para carregar um armário. "*Só um dia, Cato*", dizia ela. "Pelo menos *quatro horas!*"

E assim ele virou o homem que era quinta-feira para Alice. Os dois sumiam nos desfiladeiros, nos bosques ao norte da cidade, ou em seu lugar favorito — recostados nas pedras grossas do aterro da ferrovia, o salgueiro debruçado por cima, recoberto de gelo, os dois se amando ao som do degelo da primavera. Beijando-se com pedrinhas na boca. A geada ainda recobrindo o lago March, Alice deitava de barriga para baixo, a mão de Cato embaixo da mão dela, o trepidar do trem que passava, os vagões de carga fechados vindos de Apalachicola, subindo da palma da mão de Alice até seu peito.

Assim, a quinta-feira saltava para fora da semana que nem uma cama de armar. Mas nunca havia cama nenhuma para eles. Na época em que Hana nasceu, Cato estava morto.

Patrick pousava a cabeça na barriga de Alice, observando o secreto sobressalto de sua pele a cada batida do coração. Conversando nas noites em que podiam dar-se ao luxo de ficar acordados até tarde. "Ele nasceu no norte, sabe, bem perto do lugar onde morreu." A mão de Alice alisava o peito de Patrick. "O pai de Cato veio da Finlândia para cá para trabalhar como lenhador. Aqui sua família já não precisava mais se curvar diante de padres ou dignitários e em pouco tempo se viram envolvidos com os sindicatos. Cato nasceu aqui. Seu pai patinou cinco quilômetros para chamar o médico na noite em que ele nasceu. Patinou pelo lago congelado segurando espadanas em chamas."

Patrick deteve a mão de Alice, que se movia.

— Quer dizer que eram *Finns*?
— Eram o quê?
— *Finns*. Finlandeses. Quando eu era menino...

Agora, aos trinta anos, ele afinal tinha um nome para esse grupo de homens que testemunhara quando criança.

Alice fitava Patrick, que sorria como se uma antiga charada tivesse sido solucionada, um borrão arrancado de seu cérebro. No quarto verde, a lua mostrava o rosto dela nitidamente. Uma lua que voltava do tempo em que Alice tinha onze anos. Patrick adorava o poder da coincidência, o prazer do surpreendente. *Oi, Finlândia!*

— Goze dentro de mim.

E quem era ela? E de onde ela vinha? As mãos dele nos ombros de Alice, os braços de Patrick erguidos, assim os dois torsos se achavam afastados, seus rostos separados. O cérebro e os olhos interpretando o prazer no outro, aquelas texturas que arranhavam e agarravam. Patrick revolveu o corpo nas mãos dela, roçando na barriga de Alice, movendo-se mais fundo, movendo-se para trás, e ficou parado. Nenhum movimento em seus olhos. Ele agora sabia que era a soma de tudo o que fora em sua vida, desde o tempo em que era aquele menino nos bosques nevados, as mãos de Alice sucumbindo no esforço de apertá-lo com mais força contra si. Unha na espinha de Patrick. Seu rosto contra os olhos azul-turquesa de Alice.

Patrick estava deitado na cama olhando a luz da lua nos ossos da escada de incêndio. A luz do relógio elétrico anunciando os cigarros Cabinet. Lá fora, o cinzento magnífico dos Moinhos Victory à meia-noite, suas curvas exatas sobre o lago. Qualquer década que vocês quisessem.

— Meu Deus, como adoro seu rosto...

Ela o fez nascer do nada. Essa mulher que pula em cima dele, rindo no ar, rosna no seu pescoço e o puxa para cima de seu corpo como uma roda.

Como pode Alice, que com sua arte fez em pedaços o coração de Patrick na central de distribuição de água, deitar-se agora como um ser humano nos braços dele? Ou ficar de pé, catatônica, diante das bananas na Eastern Avenue, resolvendo que cacho comprar. Isso a tornava mais mágica? Como se uma garça fabulosa em pleno vôo tivesse tombado morta a seus pés e Patrick então percebe a maravilha de sua construção minuciosa. Como alguém pôde conceber essa estrutura de ossos e penas, resolver qual o peso do bico e do crânio, e ainda por cima lhe dar a capacidade de voar?

O amor de Patrick pelo teatro era o de um amador. Colecionava boatos, recordações, folhetos. Amava a técnica, ir para os bastidores e ver Ofélia com a cara de louca e a maquiagem meio borrada. Isso era o traço humano do teatro, a cicatriz — o velho ator famoso por representar o papel de juízes excêntricos, que pegava o ônibus de Queen para o leste da cidade e jantava sozinho antes de ir ao encontro da esposa já adormecida. Patrick gostava disso. Queria ser iludido pela pessoa que ele sentia que não poderia iludi-lo, a pessoa que parava três metros depois de cruzar a cortina lateral e se transformava em outra pessoa.

Mas com Alice, após o episódio na central de distribuição de água e em outras apresentações, Patrick não consegue entender como ela salta do seu eu verdadeiro para outro eu verdadeiro. É um vôo a respeito do qual ele nada sabe. Patrick não consegue reunir as duas pessoas. Será que o ator — que a segura no palco, declama palavras deslumbrantes, sustém seu rosto maquiado a centímetros do rosto maquiado de Alice, beija sua orelha em cenas cômicas de sala de visitas — conhece a pessoa que ela deixou para trás a fim de estar ali?

Em meio a seu amor por Alice, até mesmo no meio do ato do amor, Patrick observa atento o rosto dela, esperando que Alice seja traduzida naquela noiva em tempo de guerra, ou naquela rainha, ou naquela vendedora de uma loja, mais ou menos à espera de uma metamorfose quando estão se beijando. Anunciação. O olho apagaria um instante e, quando Patrick retornasse, se encontraria em outro país, em outro século, seus braços em torno de uma mulher estranha.

Houvera um brinco perdido ao lado da cama ou na pia da cozinha. Patrick observara Alice andando pelo quarto seminua, se vestindo, se abaixando sobre um monte de roupas no quarto dele, sem mobília, muito tempo atrás, dizendo *Não consigo achar meu brinco, tem importância?* Como se uma outra mulher o fosse encontrar. Alice indo embora com uma orelha despida. *Se nos virmos de novo, podemos dizer alô, podemos dizer adeus.*

Querida Alice —

O único calor nesse pardieiro vem de um pequeno fogão em forma de barril. À noite, o ar é pegajoso, por causa das roupas úmidas penduradas nas vigas do teto acima do fogo e por causa da fumaça do tabaco. Para evitar que sufoquemos, os homens na parte de cima dos beliches retiram o limo que veda as fissuras entre as toras de madeira.

Patrick lê devagar, sabendo que só poderá ter a carta na mão uma vez, nessa noite de verão, sob a única lâmpada do aposento, longe do rigor do inverno. Hana está sentada na cama e olha para ele. Para quê? Patrick calcula, enquanto lê, o que o rosto dele devia expressar para a filha do autor da carta. Patrick segura o caderno de escola primária repleto de palavras. Hana tirou o caderno da maleta e entregou para ele. *Querida Alice*, rabiscado, a caligrafia grande e afobada, mas a informaçao minuciosa, como se Cato estivesse tentando se apossar de tudo o que via no campo de lenhadores perto do lago Onion, durante seus últimos dias.

Escrevo em uma mesa pregada no chão. Os beliches de toras são pregados nas paredes. O fogo se apaga de noite e os homens acordam com os cabelos congelados nos úmidos pingentes de gelo que descem pela parede. "No inverno cintilante — Ventos gelados emitiam gemidos — A terra estava dura como ferro — E a água, como a pedra." Esse foi o primeiro hino que aprendi em inglês, escrito por alguém em uma aldeia inglesa. E ele descreve este lugar melhor do que qualquer outra coisa.

Patrick vê Cato escrevendo sob uma vela de sebo... selando a carta, entregando o pacote para alguém que ia partir do acampamento na manhã seguinte. Quando Alice abre o pacote cinco semanas depois, traz o caderno de exercícios para perto do rosto e tenta sentir o menor cheiro de Cato que possa haver ali, pois ele morreu um mês atrás. Alice sente o cheiro da cera de vela, imagina o odor do barracão, o lápis frio que Cato apontou antes de começar a escrever suas cartas sem assinatura a respeito das condições do acampamento e das condições para uma greve. Cato está sentado bem no centro, na mesa de refeições, a fumaça do cachimbo se movimenta viva e cinzenta em torno dele. Seu cabelo tem o aroma do cachimbo, o cheiro entrou fundo na sua camisa e no seu suéter, adere na barba por fazer.

Nenhum dos chefes do acampamento sabe quem é ele nem conhece sua ligação com a greve planejada. Mas logo o descobrem. Cato foge do acampamento de lenhadores a pé e sai para os campos nevados. A cidade mais próxima é Port Arthur, a mais de duzentos quilômetros, e ele segue para lá.

Quatro homens a cavalo tentam capturar Cato na semana seguinte. Mas Cato tem experiência com campos nevados; nasceu num deles. Cato consegue, ao que parece, desaparecer sob a superfície da neve. Evita os caminhos mais conhecidos, dorme em árvores, se arrisca a andar de gatinhas sobre o gelo fino de lagos congelados — ouvindo a superfície estalar e ranger embaixo dele. De vez em quando avista o clarão do fogo de seus perseguidores. Em cada acampamento, escreve em um caderno, amassa o caderno dentro de uma lata e a enterra bem fundo na neve, ou a amarra em um galho alto. Enquanto isso seu pacote de cartas segue viajando, passa de mão em mão antes de se alojar em um saco, perto de uma serra sueca enrolada, nas costas de um lenhador na última parada da viagem.

Enquanto Cato está cortando um buraco no gelo do lago Onion, vê os homens. Eles surgem a cavalo vindo de trás das árvores e o executam. Não encontram com ele mensagens nem identificação alguma. Tentam queimar o corpo mas ele não pega fogo. Houve sindicalistas antes dele e haverá sindicalistas depois dele. O homem com a serra sueca remete seu fardo de cartas em Algoma, sem saber que seu autor está morto, fuzilado, enterrado no gelo de um rio raso.

> *Eles perdem dois dias por mês por causa do tempo úmido. Viajar consome dez dólares por temporada; luvas, seis dólares; sapatos e meias, vinte e cinco dólares; roupas de trabalho, trinta e cinco dólares. Ser obrigado a comprar suprimentos no acampamento significa pagar trinta por cento mais caro do que na cidade...*

Patrick lê, ciente de que o cheiro de fumaça já não se encontra mais no papel poroso. As palavras na página formam uma runa — duras como pedra, sem emoção, em meio ao inferno da situação em que Cato estava.

E quem é ele para tocar na amante desse homem, para fazer refeições ao lado de sua filha, para ficar de pé aturdido sob uma lâmpada e ler sua última carta?

Patrick continua de pé sozinho no quarto de onde Hana agora saiu. Hana ficou olhando para Patrick hipnotizado, como se a carta estivesse olhando de volta para ele. Patrick se dá conta do que está fazendo, que se transformou mais uma vez em um investigador com essa família. Como se ele se tivesse inclinado para a mulher que havia acabado de conhecer em Paris Plains e dito: Quem é seu amante? Conte-me a coisa mais dolorosa que já aconteceu com você. Pois ele, ao longo dos anos, ficou sabendo as respostas. Patrick tem na mão agora os últimos dez minutos de comunicação de Cato. Em sua mente, ele vê Alice pegar o pacote que a morte tornou impossível — após o assassinato, a descoberta do cadáver no gelo, seu enterro e a absolvição dos patrões no inquérito.

Patrick aderiu como musgo aos estranhos, nos recantos e nas fissuras de suas circunstâncias. Ele sempre foi um estranho, o terceiro homem no retrato. É o único que nasceu neste país e não sabe nada sobre o lugar. Os finlandeses de sua infância usavam o rio, o conheciam até mesmo de noite, os homens com ramos em chamas, exultantes no escuro. Isso ele nunca fizera. Patrick era um observador, um revisor. Não seria capaz de patinar em um rio no escuro assim como não poderia ser o herói de uma dessas histórias. Alice, certa vez, lhe descreveu uma peça na qual várias atrizes partilhavam o papel da heroína. Após meia hora, a poderosa matriarca tirava seu volumoso casaco, do qual peles de animais pendiam oscilantes, e o entregava, juntamente com o seu poder, para um dos personagens secundários. Desse modo, mesmo uma filha calada podia vestir o manto, conseguia então romper sua crisálida e se punha a falar. Cada pessoa tinha seu grande momento quando assumia as peles dos animais selvagens, quando tomava nos ombros a responsabilidade da trama.

Clara, Ambrose, Alice, Temelcoff e Cato — esse aglomerado punha em cena um drama sem Patrick. E ele mesmo nada era senão um prisma que refratava as vidas deles. Patrick procurava pelas coisas, reunia as coisas. Era um homem encabulado, uma herança do pai. Nascido na cidade de Encabulado, Ontario. O que a palavra significava? Alguma coisa que sugeria existir nele um horizonte terrível, para além do qual Patrick não podia saltar. Algo oco, e assim, quando estava sozinho, quando não se achava lado a lado com outras pessoas — fossem elas Ambrose, Clara ou Alice —, Patrick podia ouvir o chocalhar interior que sugeria um espaço aberto entre ele e a comunidade. Um abismo de amor.

Ele vivera neste país a vida toda. Mas só agora ficara sabendo das batalhas sindicais no extremo norte onde Cato foi assassinado em algum dia do inverno de 1921, e foi encontrado sob o gelo de um riacho raso perto do lago Onion uma semana depois de ter escrito sua última carta. Os fatos da história haviam rodeado Hana desde seu nascimento, eram uma parte dela. E Patrick, durante toda a vida, ignorara tudo isso, um investigador fitando a escuridão do próprio país, um cego vestindo a indumentária da heroína.

Todo domingo eles ainda se reuniam na central de distribuição de água. Caminhavam sobre grades embaixo das quais a espuma se precipitava, abriam portas para cascatas. O prédio, agora com três quartas partes já prontas, desdobrava sua pompa sobre a elevação ao sul da Queen Street, que dava para o lago. Em virtude da estrutura, a principal estação de bombeamento podia ficar repleta de lampiões e nenhuma luz se trairia para os olhos do mundo exterior. O barulho das bombas se revolvendo afogava o ruído dos comícios.

Aos domingos, quando a escuridão baixava, os diversos grupos subiam andando até o prédio, vindo da beirada do lago, onde não podiam ser vistos. Havia comida, diversão, discursos políticos. Um homem que imitava o rei da Inglaterra se apresentava com um monólogo resumindo as notícias da semana anterior. Numerosas comunidades e nacionalidades falavam e se manifestavam em suas próprias línguas. Quando terminavam, os salões eram limpos, os pisos, varridos.

Patrick e Alice caminhavam para casa pela Queen Street. A menina estava adormecida nos braços de Patrick e assim, a certa altura, cansado do peso dela, os dois se sentaram em um banco e colocaram Hana deitada, a cabeça apoiada no colo de Alice. Ele adorava essa parte da cidade, as ruas à noite eram uma extensão de seus membros.

— Quero cuidar de Hana.

— Você já faz isso.

— De uma maneira mais formal. Se isso for ajudar.

— Ela sabe que você a ama.

Uma noite de julho. Em que noite de verão Alice falou sobre Clara e sobre a saudade que sentia dela? Todos esses incidentes e emoções para serem abrangidos e a história como uma criança cansada nos puxando para a frente, impedindo que conversemos sossegados, dormindo no nosso ombro de tal modo que fica difícil abraçar a pessoa que amamos. Patrick amava Alice. Inclinou-se para junto dela e pôde sentir seu cabelo ainda molhado do suor de sua representação no palco.

— Você vai pegar um resfriado.

— Vou sim.

* * *

Agora Patrick sente pesar pela pequenez de Alice, pela sua complexidade — ele precisa pensar duas vezes toda vez que pensa nela. No meio de um campo, ela tira a blusa. Visões de seus seios. *Trompe l'oeil.* Um artista apanhou um lápis, fez uma delicada sombra hachurada e assim seus seios vieram ao mundo. Patrick se senta e a observa farejando o vento em torno de um campo. A mulher a quem não prestava atenção quando estava apaixonado por Clara. O eclipse de Clara. A expressão, como uma flor ou um fato, batizada no decorrer do século passado.

No enterro de Cato, quando Alice estava grávida de Hana, houve um eclipse. Os acompanhantes do funeral ficaram parados, de pé, enquanto a Banda de Metais Finlandesa tocava a *Marcha fúnebre* de Chopin no escurecer iminente e ao longo dos dezessete minutos do eclipse total. A música era a corda salva-vidas que ligava um momento de luz ao outro.

Agora Patrick sente pesar por ela, por aqueles dias que pertenciam à lua. Ficavam sentados lado a lado em um restaurante chinês, vazio a não ser por eles dois. Desejosos de olharem de frente um para o outro, mas também desejosos de se abraçarem e tendo de resolver entre um prazer e outro. As complexas escolhas do desejo.

Não creio que eu seja forte o bastante para colocar alguém em uma posição em que tenha de ferir outra pessoa. Foi isso que você disse, Alice, que me fez ter mais amor por você. Me fez confiar mais em você. Ninguém mais se preocuparia com isso, ninguém mais poderia dizer isso e me fazer acreditar, naquela primeira noite em seu quarto. Todos os pássaros e insetos congelaram no ar naquele momento em que a frase deslizou, palpável, pela sua boca. Você, sem saber que expressava uma ternura, supondo que estava se mostrando crítica acerca de si mesma.

E uma outra atitude sua, em um baile. Eu dançava com alguém e podia ver você, morrendo de vontade de dançar, e você se aproximou de um homem, bateu delicadamente com a mão no ombro dele, uma expressão tímida mas decidida no rosto.

Sentam-se em um campo. Sentam-se na decoração vermelha, amarela e dourada do restaurante, vazio no final da tarde, a não ser por eles. A fome e o desejo o instigando a cruzar a cidade, um bonde após o outro, a fim de alcançar o braço de Alice, seu pescoço, esse restaurante chinês, esse café macedônio, esse campo em que ele está agora, bem no centro, com ela. Há casas de campo na periferia, assim eles caminharam até o centro, o ponto distante, para ficarem sozinhos.

Patrick vai se virar enquanto estiver andando e verá a fragilidade de seus seios — o efeito de um sombreado feito a lápis.

Ela cai em seus braços, é segura com um gesto grave, como se fosse uma carteira escolar. Depois ele caminha, dança com o trigo nas mãos. Quando tinha doze anos, ele sempre virava as páginas em busca das ilustrações e via os heróis levando as mulheres para a outra margem dos rios da Columbia Britânica, ao pé das cascatas. E agora a mão dela acima dos olhos barrando a luz do sol. A blusa de Alice no colo. Patrick topou com uma história de amor. Isto não é mais do que uma história de amor. Ele não deseja uma trama com todas as suas conseqüências. Deixe-me ficar neste campo com Alice Gull...

Remorso

Ele sempre desejou conhecê-la quando fosse velha. Patrick senta-se no quarto verde de Alice, diante de folhas e bagas na velha garrafa trazida do rio — um buquê de ervas silvestres apanhadas por Alice um dia antes de morrer. Sumagre e capim do vale que ela colheu embaixo do viaduto. Quando a noite chega, Patrick acende o lampião de querosene que lança a sombra dessa natureza-morta contra a parede, de modo que ela cintila, ora escura, ora viva.

Permita que agora eu enfatize a extrema debilidade da estrutura de todas as coisas. Sussurrou para ele certa vez.

Patrick tira a roupa e vai para a cama, onde há o cheiro dela, onde ele não consegue dormir. Fica no quarto de Alice, acompanha suas últimas flores em seu caminho para a morte e para o mundo após a morte, até depois que qualquer espírito que porventura houvesse nas flores tenha evaporado de sua coloração marrom. Ele sabe que não tem muito tempo antes de perder a recordação exata do rosto de Alice. Sua mente se move para mais perto da pele ao lado do nariz de Alice, onde repousa a cicatriz. Alice sempre se mostrou muito contrafeita com a cicatriz, um traço que ela acreditava desequilibrar seu rosto. Como poderia Patrick evocá-la sem essa linha fina?

Ele sempre desejou conhecê-la quando fosse velha. No almoço, ela discutia suas idéias com Patrick, com o copo erguido na mão. "À impaciência! Ao ser humano que evolui!" Enquanto Patrick prestava atenção ao ombro dela, sentindo-se romântico diante da luz ofuscante dos cabelos de Alice. O sorriso de Alice estava sempre ali quando Patrick falava sobre envelhecer com ela — como se Alice tivesse feito um outro pacto, como se houvesse uma outra flecha de aliança. Patrick mal podia esperar para conhecê-la quando, no futuro, eles seriam solventes, mais serenos sexualmente, menos parecidos com a vida selvagem. Havia sempre, pensava ele, esse prazer à sua frente, um ás de alegria oculto na manga, de modo que ele podia dizer vocês podem fazer o que quiserem comigo, podem levar tudo, me colocar na prisão, mas eu vou conhecer Alice Gull quando formos velhos. Mesmo que não possamos ser amantes, vou vir todas as tardes, vou vir como se a estivesse cortejando, e depois do almoço vamos compartilhar nossos pensamentos, rindo, e assim essa conversa será amor.

Ele sempre desejou isso. E o que ela havia desejado?

> — Eu era mais feliz quando estava grávida. Quando eu *florescia*.
>
> — Não entendo por que você gosta de mim.
>
> — Sinto-me bem comigo mesma desde que encontrei você. Desde os tempos com Clara, quando você não conseguia enxergar mais nada a não ser ela, e eu ficava observando você. Eu não tinha ciúmes. Não estava apaixonada por você. Na época, eu estava aprendendo coisas maravilhosas com Clara. Há experiências que eu e você jamais poderemos dividir, Patrick. Uma mulher precisa de uma mulher para rirem juntas de certas coisas. Clara e eu nos sentíamos como um planeta! Mas houve um tempo depois disso em que fiquei arrasada. E você me deu uma energia nova. Uma confiança.

Agora existe em torno de Alice um rio profundo que Patrick nunca irá atravessar outra vez. Ele não vai sequer baixar suas mãos em concha para beber a água do rio. Como se, tendo viajado toda aquela distância para entrar no castelo a fim de assimilar a sabedoria pelo bem da grande causa, ele agora desse as costas e fosse embora.

* * *

Patrick deixa para trás o apartamento da Verral Avenue. Entra na estação ferroviária Union Station e, quando já está viajando, a paisagem se desmancha na escuridão. Seus olhos focalizam até trinta metros depois da janela do trem e então sua mente se fecha, pensando em nada, nem mesmo na morte de Alice. A seus pés está uma mala preta de papelão. Só consegue pensar agora em objetos. Qualquer coisa viva, um simples passarinho cinzento em um galho de árvore, vai partir seu coração.

O trem noturno viajando rumo ao norte, para Huntsville, leva uma multidão que vai participar de uma regata — homens com chapéu de palha e lenços de seda no pescoço, exultantes em torno dele. Avançam cambaleantes para os vagões-dormitórios, passam por Patrick, que fica de pé no corredor, seus corpos embriagados esbarrando nele. Patrick olha fixo através do próprio reflexo no vidro, hipnotizado pelo desfile alucinado de céu, pedra, árvore e lua. Nenhuma decisão, nenhuma hesitação. *Alice*... Ele murmura um nome morto. Só um nome morto é permanente.

Retângulos de luz varrem a terra. Patrick anda até o fim do corredor, abre a porta e fica de pé na terra de ninguém entre os vagões, segurando-se nas paredes semelhantes à sanfona de um acordeão, dentro do violento chacoalhar do trem.

Alice tinha uma idéia, uma causa brilhava em seus olhos, sobre a riqueza e o poder, para sempre. E no final, quando ela se virou para ele na rua, ao ouvir seu nome ser chamado em voz alta, surpesa por Patrick estar perto, nada havia sido terminado ou alcançado. E Patrick não conseguia pensar em nada senão nos olhos à procura dele, acima da terrível ferida que de repente se pôs à mostra, assim que Alice virou o corpo.

Chegaram em Huntsville às três da manhã. Patrick observa um cabineiro percorrer o corredor dos leitos, etiquetando os sapatos deixados de fora para serem engraxados, e volta alguns minutos depois com um saco, no qual joga os sapatos. Os passageiros não serão despertados senão às sete horas.

Os camareiros sentam-se na escadinha do trem dando lustro nos sapatos. Conversam calmamente, fumando cigarros. Patrick vê os dois sob o borrifo amarelo da luz da estação. Segue até o final da plataforma onde está escuro. Um abrigo. Ele se sente transparente, minúsculo. A civilização agora, nessa noite de agosto, são dois homens limpando sapatos, sentados na escadinha de um trem. Do escuro, Patrick olha para eles. Caminhou através das poças de luz que pendem do alto da plataforma e a luz não aderiu a ele. Caminhar através da chuva deixaria Patrick molhado. Mas a luz, ou um homem dando lustro num sapato cor de bronze às quatro horas da manhã, é apenas uma idéia. E isso não vai converter Patrick, cuja perda sofrida produz veneno. Em ocasiões como essa, ele podia pôr a mão embaixo da roda de um trem para magoar o maquinista. Podia pegar um porco-espinho e jogálo contra a cerca sem se importar com quantos espinhos ficariam cravados nas suas mãos ou no seu pescoço, em represália.

Às oito horas da manhã, os passageiros saem do trem, sonolentos, confusos com o próprio movimento, rumo ao cais da empresa Huntsville and Lake-of-Bays Navigation Company. Patrick leva sua frágil mala de papelão e embarca no vapor O *Algonquino*.

A maior parte da multidão que veio participar da regata vai se hospedar na Estalagem Bigwin ou no Hotel Muskoka. Patrick observa o cenário enquanto o navio passa pelas ilhas de vegetação espessa. De vez em quando surge uma clareira formada por um terreno gramado que irrompe na paisagem. O ambiente parece estranhamente espartano para atrair tanta gente rica, para ser o parque de recreação dos ricos. Patrick encontra uma cadeira reclinável no tombadilho e dorme, e mesmo dormindo sua mão segura com força a mala. Ele acorda a cada ressoar do apito, enquanto o navio vai abrindo seu caminho sinuoso através da North Portage. Quando passam pela ilha Bigwin, são saudados pela Banda Anglo-Canadense, que toca no alto do promontório rochoso — trombones, trompetes, violinos e vários outros instrumentos. Patrick acena em resposta, junto com os outros. Ele não vai voltar por esse caminho. Pode muito bem se despedir agora.

No Jardim dos Cegos, na ilha Page, um querubim de pedra estende a mão de onde a água salta para o ar. Uma árvore repleta de pássaros se desdobra no alto sobre a parte sul do gramado. Há um tombar de ruídos — pios de aves como gotas de água — em cima da mulher cega sentada ali. Sementes descem flutuando sobre as beiradas do caminho de cascalho, uma trilha sonora para aqueles que caminham sem poder enxergar. Em um dos bancos, sob a árvore, Patrick está sentado, lendo o jornal.

Se fecha os olhos, esses ruídos o dominam, da mesma maneira que ele imagina que o querubim aceita aquela água que salta da palma de sua mão para o ar e depois cai de volta em seu rosto. Patrick observa o vôo veloz de um pássaro. A mulher à sua direita ouve o farfalhar do jornal e percebe que ele é um forasteiro ali.

Patrick está a uma ilha de distância do incêndio da noite passada, agora oculto nesse jardim, invisível entre os cegos, até o cair da noite.

Ele tinha afrouxado a tampinha da vasilha de parafina e a fechou borbulhante dentro da mala preta de papelão. A seguir começou a caminhada pelo mezanino do vazio Hotel Muskoka. Havia esperado até que os hóspedes e os funcionários estivessem do lado de fora, nos gramados, ocupados com o jantar da regata. Inclinou-se sobre a balaustrada a fim de olhar para as cabeças empalhadas de animais abaixo dele, o líquido escorrendo, depois seguiu em frente, a mala inocente na mão direita, descendo a escada até o saguão. O cheiro agora era óbvio. *Fogo!* ele gritou. Acendeu um fósforo, soltou-o, e o fogo correu para o andar de cima, rodou por toda extensão do mezanino circular. Seu braço estava em chamas. Mergulhou a manga do casaco em um aquário. A mala ao pé da escada explodiu. Patrick atravessou sozinho o saguão do Hotel Muskoka, as cabeças de cervos em chamas acima dele.

Patrick saiu do fogo em direção à água. Enquanto corria para o bote a remos, verificou o explosivo oculto sob o cais. Todo mundo no gramado na noite azul olhava para as chamas, todos estupefatos. Alguns homens o viram desamarrar o bote e apontaram os dedos para lá. Patrick ficou de pé no bote e acenou com a mão. Eles acenaram em resposta, hesitantes, e então começaram a correr para o cais, imaginando que Patrick talvez fosse um amigo, depois saltaram para o cais e se puseram a correr na direção dele.

Patrick acendeu o estopim, que disparou na direção dos dois homens, e então começou a correr para longe do cais. O estopim, como uma criança encapetada, zumbiu e correu por baixo dos pés dos homens. Eles pararam e se viraram. Então compreenderam o que era. O mais velho pulou na água e o outro, com as mãos nas cadeiras, se deteve quando o chiado azul disparou para provocar a pequena explosão que separou o cais da margem.

O que ele começa a testemunhar agora, no Jardim dos Cegos, não é som mas cheiro — as plantas escolhidas com cuidado, de modo que os visitantes possam passar de uma fragrância a outra com antenas precisas. À sua esquerda, ele pode sentir uma imitação do aroma de laranja. Debruça-se sobre o canteiro suspenso — a noventa centímetros do chão — e inala o odor profundamente.

Patrick ouve passos e uma mão toca suas costas. A mulher cega que ouvia o farfalhar do jornal agora volta sua atenção para ele.

— Você pode enxergar — diz ela.
— Posso.

Ela sorri.

— Você tem um nariz barulhento.

O nome dela é Elizabeth e se oferece para lhe mostrar o jardim. Comenta que sua irmã é melhor para identificar as flores e as ervas porque não bebe. "Eu bebo feito uma gambá, mas só a partir da tarde. Um caso amoroso trágico quando tinha os meus trinta anos." Caminham juntos e Patrick observa como o relaxado corpo de Elizabeth desliza nesse mundo, movendo-se com segurança rumo ao manjericão e ao pé de fumo cor de canela. Elizabeth abaixa as mãos ao passar, a fim de roçar a seda suave da folhagem chamada capim de coelho. Seu jardim é um salão de baile e ela apresenta Patrick às peculiaridades do endro e da alcaravia, essas duas irmãs tímidas; a cega pede que ele se abaixe e esmague nos dedos determinadas folhas que são sutis demais para que Patrick as aprecie sem tocar.

"Para concentrar seu poder de olfato, você precisa esquecer os sons. Os sons dos pássaros aqui são encantadores mas às vezes venho para cá bêbada ou de ressaca e o nariz fica horrível. Aí tenho vontade de derramar clorofórmio no meu lenço, subir nos galhos e pôr os pássaros para dormir à força." No centro do jardim, ao norte do chafariz do querubim, encontram uma outra árvore onde não há pássaro algum. "Você deve estar diante da canforeira... os pássaros reconhecem a morte melhor do que nós. As plantas têm genealogias complicadas. Para um pássaro, um fruto suculento precisa primeiro ser julgado por sua linhagem. Você pode gostar de castanha de caju ou manga, pode achar o sumagre soberbo, mas um pássaro sabe que todos eles, por estranho que pareça, são membros da família da hera venenosa."

Elizabeth o conduz até as plantas exóticas importadas —

caquizeiros sem frutos e a *pimpernella*, que vem a ser o anis. Ela está curiosa a respeito de Patrick, mas ele não vai dizer muita coisa, embora se mostre cordial e goste dela. Patrick terá de ficar ali até de noite para então tentar ir a nado da ilha até um barco. Junto aos canteiros na ala leste do jardim, há estragão, lavanda e cardamomo. Elizabeth ergue as mãos tateantes na altura do rosto de Patrick e procura por ele. Acha um machucado junto à orelha.

— Ponha benjoim nisto aqui. É um bálsamo.
— Sou procurado pela polícia.
— Por quê?
— Por destruição intencional de propriedade.

Ela ri.

— Não tenha mágoa de sua vida.

Eles são um friso, uma estátua nesse jardim, uma mulher com as macias palmas das mãos cobrindo o rosto do homem alto, cegando-o.

Quando Elizabeth retira as mãos dos olhos dele, sente o soluço no rosto do homem, que não é de choque nem de desgosto, mas de alguma outra coisa.

— O que é?

Os olhos verdes de Elizabeth despertam um eco em algum ponto no interior de Patrick. *Aetias Luna* — e seu nome canadense, *papillon lune*. Mariposa lunar. Mariposa da lua. O outro olho de Elizabeth simplesmente não está ali, a carne velha e flácida da pálpebra recobrindo o nada. Mas esse olho é verde da cor da floresta, verde mariposa, voando em disparada em todas as direções, como se quisesse capturar o olhar de Patrick, movendo-se com alegria por sobre seus ombros, pousando na sua orelha, no seu nariz. Ele adorava a mariposa lunar, o fulgor de sua asa inferior semelhante a uma assinatura, um objeto com a textura de um papiro cujo pequeno corpo peludo Patrick costumava ver palpitando em um ramo ou em uma pedra, na luz de seu lampião. A mulher movimenta o espelho verde e aquoso de seu olho na tentativa de refletir tudo em redor.

— O que é?

Patrick permite que Elizabeth o conduza de volta para o banco. Sentam-se e ela segura sua mão, sem deixar que ele se vá. Patrick sente que Elizabeth acolhe todas as características dele, nesse jardim imóvel, com ruídos estridentes. As veias azuladas se mostram estreitas e claras na pele esticada das mãos dela. Patrick se sente incapaz de falar, ainda que tudo que ele dissesse ficasse escondido dentro da cegueira de Elizabeth. Alice Gull, ele poderia dizer, que em outros tempos apoiava as mãos em um teto em declive e falava sobre uma grande causa, que pulava nos braços de Patrick como uma marionete viva, e que depois morreu em uma calçada coberta de sangue, destroçada, em seus braços.

Ninguém mais entra no jardim enquanto os dois estão ali sentados. Ao lado do banco de madeira, tem hortelã e alecrim. No canteiro de flores à direita de onde estão sentados, a *artemisia advacumculas*, cujo nome humano ela diz que não sabe. Os músculos na mão da mulher enfim se afrouxam e Patrick se volta para fitar seu rosto. Elizabeth agora está descansando, recostada para trás, cochilando docemente. Ele solta sua mão dos dedos dela e a deixa.

Agora ele é parte da água da noite, o reflexo das luzes do cais rolando sobre ele. Seis estrelas e uma lua. As notícias do incêndio deixaram os Muskokas em rebuliço e Patrick luta para se livrar da corrente da ilha Page, a fim de nadar na direção daquele barco. O barco arrastou-se sobre o negror do lago na velocidade de um caracol e agora se encontra a quatrocentos e cinqüenta metros da margem. Um cruzeiro noturno com baile — Patrick consegue escutar a música enquanto nada, vozes e pandeiro tombando na água como um vidro envolto em panos. Uma meia-lua, poucas estrelas, um arco de luzes no cais.

Em algum ponto de seu passado, Patrick sonhou com esse momento: um criminoso nadando no escuro na direção de um barco iluminado. Ele se sente retirado de todo e qualquer contexto do mundo, desejoso de dormir nesse momento, desejoso de nadar de volta para a corrente da qual acabou de escapar, voltar para o Jardim dos Cegos, e dormir. Mas está magnetizado pelo vapor sem nome.

Uma tora submersa esbarra em suas costelas, passa por baixo dele, e Patrick escuta a si mesmo soltar o ganido de um animal. Os sonhos que ele havia tido de nadar até um navio continham ventos tropicais e crocodilos. Patrick se remexe na água a fim de descobrir o que esbarrou nele, mas a coisa já se foi. "Era uma tora de madeira", diz consigo mesmo, em voz alta agora, determinada, o medo subitamente se convertendo em uma energia dentro dele. Tocado por essa tora submersa, Patrick se tornou vivaz, ferino, impetuoso. Recorda o momento em que deixou o mundo para trás, saindo às pressas do alpendre do Hotel Muskoka, as chamas ardendo atrás dele. Agora Patrick será um elemento da noite. Imagina seu semblante para sempre imerso nas sombras. Fora da história.

Continua a nadar, sentindo o leve aroma de fumaça de nogueira amarga que vinha das fogueiras de acampamentos na ilha. Patrick se sente delirante de fome. A música do barco. "*Cuidado com as poças congeladas, louras oxigenadas, apólices e ações...*" a voz da cantora sobre uma orquestra abafada. E o que farão quando o virem galgar uma corda para se juntar a eles, algas do lago enroscadas no ombro, o sangue da pancada de raspão da tora em suas costelas?

Patrick está ao lado do barco, na sombra do luar, olhando para cima. O *Cherokee*. As vidraças das janelas do camarote e do saguão derramam luz que cai na água. Mais acima fica o tombadilho aberto, os casais dançando, a orquestra. Ele iça o corpo apoiando-se nas tiras verticais de borracha que protegem as laterais do navio quando encosta no cais. Patrick sente o cheiro de comida no tombadilho, sobe ligeiro, entra de cabeça por uma janela e cai em cima de uma mesa. Está na cozinha.

Um cozinheiro se volta com o estrondo para ver Patrick estirado de costas, rodeado pelo brilho de diamante dos copos espatifados. Patrick põe o dedo nos lábios, mantém o dedo ali até que o homem faz que sim com a cabeça e vai para perto da porta. Patrick desce da mesa, muitos cacos de vidro em redor. No tombadilho, a pausa nas conversas é substituída por risadas, brindes à bandeja que caiu ou o que quer que tenha sido a causa do barulho. O cozinheiro se aproxima com uma vassoura e varre, enquanto Patrick se põe de pé e tira as roupas molhadas. Há um corte perto das costelas e na coxa. Então o cozinheiro indica por meio de gestos que vai dormir e, como um fantasma, se retira. Patrick caminha até o interruptor e apaga a luz da cozinha.

Deve ser por volta da meia-noite. O barulho no tombadilho é incessante, com a orquestra abrindo seu caminho sinuoso em meio aos passos do amor suspeito, do amor hesitante. A música tênue se infiltra nessa grande cozinha, mais abaixo, de que Patrick parece ser o dono. Sabe que será apanhado, na certa preso, mas por ora se deixa empolgar com essa breve liberdade.

Torce as roupas molhadas, acende o grande fogão, abre bem a camisa e estende a calça sobre a chapa, alisa as roupas com uma espátula de padeiro. A seguir, procura comida. Há algumas batatas cozidas. Tira um naco de carne crua da geladeira e passa de gatinhas por baixo do balcão. Come apenas a batata, com decoro. Corta a carne em tiras com uma faca afiada e come, lambendo o caldo que escorre pelo braço. De vez em quando levanta para beber água na bica e para dar uma olhada em suas roupas que cozinham em fogo brando no fogão.

III

Caravaggio

Havia um telhado azul, de folha-de-flandres, na prisão. Estavam pintando de azul o telhado da Penitenciária de Kensington, como o céu, e assim, depois de certo tempo, os três homens que estavam trabalhando na pintura começaram a se sentir inseguros a respeito das fronteiras entre uma coisa e outra. Como se pudessem subir mais alto ainda, para além das folhas-de-flandres, naquele oceano acima do telhado.

Ao meio-dia, após quatro horas de trabalho, tinham a sensação de que podiam caminhar no ar azul. Os presos Buck, Lewis e Caravaggio sabiam que era uma ilusão, uma humilhação dos sentidos. Por que, de propósito, um telhado azul? Não podiam se mover sem ter de pensar duas vezes onde a superfície terminava. Havia momentos em que Patrick Lewis, com o pincel fornecido pelo governo em sua mão, gelava. Ao dar um passo aparentemente inocente, podia despencar no vazio e morrer. Estavam a quarenta e cinco metros do chão. Os baldes de tinta estavam presos por uma corda — um de cada lado do declive —, assim dois homens podiam se mover simetricamente pela superfície do telhado comprido. Sentavam-se na crista do telhado em seus intervalos de descanso para comer sanduíches, sem descer ao chão o dia inteiro. Apoiavam os punhos na tinta fresca enquanto trabalhavam. Coçavam o nariz e se davam conta de que se haviam tornado parcialmente invisíveis. Se pintassem durante um tempo longo o bastante, acabariam sendo erradicados, pássaros azuis em um céu azul. Patrick Lewis percebeu isso, ao pintar um besouro que depois não conseguiu mais se desprender do metal azul.

Demarcação, disse o preso Caravaggio. *Isso é tudo o que precisamos lembrar.*

E foi assim que ele fugiu — um comprido cinto duplo amarrado sob os ombros, prendendo-o à cúpula, de modo que podia ficar pendurado com os braços livres, pernas e braços abertos, enquanto Buck e Patrick o pintavam, cobrindo de azul mãos, botas e cabelo. Recobriram de tinta suas roupas e depois, colocando um lenço esticado por cima dos olhos, pintaram de azul o resto de sua cara, e aí ele tinha sumido — para os guardas, que olhavam para cima e nada viam lá.

Quando as buscas terminaram e o apito para apagar as luzes já tinha parado de soar, Caravaggio continuou na mesma posição em que estava, incapaz de ver o que ele sabia ser uma lasca da lua nova, que emitia pouca luz. Uma lua de ladrão. Podia ouvir o lago Ontario nesse silêncio novo depois que o vento tinha morrido. O leve balanço dos barcos a vela. O rumor de uma garra de coruja no telhado de folha-de-flandres. Ele começou a se mover em seu casulo de tinta seca — a princípio, sem conseguir libertar-se da rigidez que o encerrava, sentindo as roupas estalarem quando curvou o braço a fim de tirar o lenço. Não viu nada senão a luz. Desprendeu o cinto. Desenrolando a corda oculta em torno da cúpula, fez o corpo descer do telhado.

Atravessou correndo o distrito de Bath com o retângulo branco acima dos olhos, em busca de uma loja de ferragens que pudesse arrombar. Era uma criatura exótica que precisava fugir dessa pele azul antes do amanhecer. Mas não havia loja de ferragens nem de tintas. Arrombou uma loja de roupas e, no escuro, se despiu, revirou os cabides e vestiu qualquer coisa que coubesse nele. Nos quartos acima da loja, ele podia ouvir o rádio tocando jazz, a música marcando os compassos de seus movimentos. As mãos apalparam um espelho mas não podia acender a luz. Pegou luvas. Pulou para um vagão em movimento de um vagaroso trem de leite e subiu para o telhado. Estava chovendo. Tirou o cinto, amarrou-se bem seguro e dormiu.

Em Trenton, se desamarrou e rolou o corpo pela beirada do aterro dos trilhos, na hora exata em que o trem recomeçava a andar. Ainda estava azul, incapaz de ver qual a sua aparência. Tirou as roupas e estendeu sobre a grama para vê-las à luz do dia, em uma forma humana. Nada sabia a respeito da cidade de Trenton, salvo que ficava a três horas de trem de Toronto. Dormiu de novo. No final da tarde, caminhando no bosque que circundava o setor industrial, viu a FÁBRICA DE PORTAS E JANELAS REDICK. Arrumou-se o melhor possível e saiu do meio das árvores — um suéter verde, uma calça preta, botas azuis e uma cabeça azul.

Tinha um garoto sentado em um monte de lenha atrás do depósito que o viu no instante em que entrava na clareira. O menino não se mexeu, apenas ficou olhando para ele enquanto andava, tentando parecer natural, os compridos vinte e cinco metros até o depósito. Caravaggio agachou-se diante do menino.

— Qual o seu nome?

— Alfred.

— Pois você vai entrar aí, Alfred, e ver se me arranja um pouco de aguarrás.

— Você é da companhia de cinema?

— Cinema? — Fez que sim com a cabeça.

O garoto correu e voltou alguns minutos depois, ainda sozinho. Isso era bom.

— Seu pai é o dono disso?

— Não, é que eu gosto de ficar aqui. Todas as portas empilhadas do lado de fora, onde não é o lugar de uma porta... as coisas onde não deviam estar.

Enquanto o garoto falava, Caravaggio rasgou a beirada da camisa.

— Tem outro lugar na cidade onde a gente pode ver motores de popa e motores de carro pendurados em galhos.

— Ah, é? Al, será que você podia me ajudar a tirar isso da cara e do cabelo?

— Claro.

Ficaram sentados junto às portas sob o sol do final da tarde, o menino mergulhando a ponta da camisa na lata e depois retirando a cor do rosto de Caravaggio. Os dois conversavam tranqüilamente sobre o outro lugar, onde os motores pendiam das árvores. Quando Caravaggio desabotoou a camisa, o menino viu as terríveis cicatrizes que iam até seu pescoço, e tomou um susto. Tinha a impressão de que alguma espécie de pássaro gigante deixara marcas das garras quando tentava erguer do solo a cabeça daquele homem. Caravaggio lhe disse para esquecer o cinema, não era um ator, vinha da prisão. "Sou Caravaggio — o pintor", ele riu. O garoto prometeu não contar nada a ninguém.

Resolveram que o seu cabelo devia ser cortado, assim o menino entrou de novo no depósito e voltou de lá rindo e meneando os ombros, trazendo uma tesoura de jardim. Num instante Caravaggio quase ficou careca, sem dúvida irreconhecível. Quando o dono da Fábrica de Portas Redick foi se ocupar com outra coisa, Caravaggio usou o banheiro, ensaboou e lavou a aguarrás do rosto. Viu o pescoço pela primeira vez em um espelho, a cicatriz da agressão sofrida na prisão três meses antes.

No pátio, o garoto escreveu seu nome em um pedaço de papel. Do bolso, tirou uma velha bica usada para retirar a seiva do bordo sacarino, com a data de 1882 inscrita, e a embrulhou com o papel. Quando o homem voltou, limpo, o garoto entregou o embrulho para ele. O homem disse, "Não tenho nada para lhe dar." O menino sorriu, muito contente. "Eu sei", disse ele. "Lembre o meu nome."

Ele estava correndo, suas botas desapareciam nos arbustos verdes. Para longe do lago Ontario, viajando para o norte onde sabia que poderia encontrar alguma casa de campo vazia para se esconder sossegado durante alguns dias. A paisagem para Caravaggio nunca era serena. Uma árvore se curvando com dificuldade, uma flor arrebatada pelo vento, uma nuvem se tornando preta, uma pinha caindo — tudo se mexia com aflição, em velocidades distintas. Quando Caravaggio corria, via tudo isso. O olho se cindindo em quinze sentinelas, atento a tudo o que se aproximava.

Corria com o sistema de canais de Trent à sua direita, passando pelas comportas vermelhas e suas plataformas de concreto sobre a água. A intervalos de poucos quilômetros, ele parava e observava as águas transparentes se tornarem caóticas do outro lado da eclusa, depois recomeçava a correr. Em dois dias, havia avançado tanto rumo ao norte que chegara a Bobcaygeon. Dormiu naquela noite entre as toras da Serraria Boyd e, na noite seguinte, estava correndo por uma estrada. Anoitecia. Estava livre havia três noites. Os últimos vestígios de tinta azul no seu pulso.

As primeiras casas de campo demonstravam muitos sinais de vida, as canoas já arrastadas para a margem. Ele batia em retirada, correndo pela entrada para carros. Topou com uma casa de campo com uma varanda envidraçada e venezianas verdes, frontões pintados e telhado de dois lances. Caso os donos chegassem, ele poderia saltar da janela do segundo andar e caminhar pelo telhado. Caravaggio observava a arquitetura com uma percepção comum aos ladrões, que olhavam um guarda-louça e sabiam se tinha o fundo fraco, reconheciam se uma cerca era mais fácil de atravessar ou de pular.

Parou arfante na penumbra, erguendo os olhos na direção da casa de campo, cansado de correr, tendo comido apenas uns pedaços de chocolate que o garoto lhe dera. *Al.* Atrás dele, a paisagem ia escurecendo depressa. Em dez segundos ele estava dentro da casa de campo.

Percorreu os cômodos, excitado, a mão deslizando pelo encosto do sofá, reparou nas revistas empilhadas na estante. Virou para a esquerda, entrou na cozinha e usou uma faca para abrir uma lata. Escuridão. Não queria luzes acesas nessa noite. Enterrou a faca na lata e engoliu os feijões, faminto e cansado demais para usar uma colher. Depois foi para o andar de cima, arrancou duas colchas de uma cama e as estendeu no corredor do andar de cima, ao lado da janela que dava para o telhado.

Detestava as horas de sono. Era um homem que trabalhava com desenvoltura na luz que houvesse disponível. De noite, sua esposa dormia em seus braços mas o quarto em volta dele continuava vivo, seu corpo poroso para todos os sons, seu olhar pintando a escuridão. Caravaggio dormia tão inquieto como qualquer ladrão, motivo pelo qual todos eles vivem sempre cansados.

* * *

Ele sobe por dentro da água negra. Uma temperatura de sangue. Não vê nem sente qualquer horizonte, nenhuma margem para o líquido em que se encontra. O ar da noite é forense. Um animal desliza por dentro da água.

Esse rio não é profundo, ele pode atravessá-lo a pé. Suas botas, os cadarços amarrados um ao outro, pendem em torno do pescoço. Não quer que elas fiquem molhadas mas vai mais fundo e sente que as botas estão enchendo, o peso extra da água agora dentro delas. O fundo do rio parece firme. Lama. Galhos. Uma ponte a cem metros ao sul de onde ele está, feita de concreto e madeira. Um puxão na bota ao lado da clavícula.

Enquanto Caravaggio dorme, a cabeça jogada para trás, testemunhando um pesadelo já conhecido, três homens entram em silêncio em sua cela da prisão. Os homens entram e Patrick, na cela em frente no andar de cima, os observa e todas as palavras morrem. Quando eles erguem as mãos sobre Caravaggio, Patrick emite um grito de dança de quadrilha — "*Allemande, todo mundo sai do seu canto*" —, berrando de forma absurda, como uma advertência atirada à escuridão cerrada. Os três homens se voltam para o som repentino e Caravaggio está de pé, lutando para sair de seu pesadelo.

Os homens torcem o lençol verde de Caravaggio até formar uma corda e o enrolam em torno de seus olhos e de seu nariz. Ele só consegue respirar, só consegue escutar os golpes contra o lado da sua cabeça, como se fosse com um atraso. Os homens o sacodem amarrado no lençol até que ele é seguro nos braços de um outro homem. Então um outro soco. A voz de Patrick continua a gritar, as outras celas despertam e também fazem um alarido. "*Passarinho sai e corvo entra, corvo sai e dá um giro no passarinho.*" O sotaque do pai emergindo de algum lugar do passado de Patrick, dessa vez a trilha sonora para um assassinato.

O animal do pesadelo arreganha os dentes. Caravaggio se esquiva e a boca do animal rasga a bota no lado direito de seu pescoço. A água escorre para fora. Ele sente que vai ficando mais leve. Sacudido de um lado para outro, sem visão, sem olfato, tem dez anos de idade e balança furiosamente, pendurado em uma árvore. Uma parede ou um braço bate nele. "Carcamano desgraçado! Italiano desgraçado!" "*Cumprimente o parceiro, mergulhe e afunde.*" Suas mãos estão voltadas para cima, brigando com essa criatura das águas — sacrificando as mãos para proteger o corpo. O interior de seu coração parece sem sangue. Ele engole ar seco. Precisa, mais do que qualquer outra coisa, ficar de joelhos e lamber a água de um pires, como um cachorro.

Três homens que se tornaram petulantes e sem raízes desferem golpes. "Oi, carcamano." E o chute do homem na sua barriga liberta outra vez o cantor, como se um piano mecânico levasse um forte cutucão, tonalidades firmes e uniformes tecendo uma dança de dois tempos, enquanto os homens passam a espancar Caravaggio, que tem os olhos vendados.

O único aliado de Caravaggio é o cantor, a não ser por isso sua mente continua afundada na água. Então, os homens o soltam.

Caravaggio fica de pé ainda de olhos vendados, as mãos levantadas. O cantor na cela vizinha emudece, ciente de que Caravaggio precisa prestar atenção ao silêncio, em busca de qualquer sinal que indique onde os homens estão. São feras estúpidas. Ele poderia roubar os dentes de dentro de suas bocas. Todo mundo observa, exceto ele, olhos cobertos, mãos erguidas.

A navalha, limada para que a lâmina fique com dentes, descreve um arco na direção de sua garganta, à direita da bota arrebentada. Ele salta para trás, de encontro à parede de pedra calcária. A outra bota de couro, cheia até a borda, pula para fora da água como um pulmão que não conseguisse mais prender o fôlego. Um vácuo de silêncio.

Caravaggio se dá conta de que os homens se foram. A testemunha, o cantor do andar de cima, começa a falar calmamente com ele. "Cortaram seu pescoço. Está entendendo? Cortaram o seu pescoço. Você tem de estancar o sangue com alguma coisa até que venha alguém." Então Patrick grita na escuridão das paredes de pedra pedindo socorro.

Caravaggio acha a cama. Fica de joelhos no colchão — cabeça e cotovelos mantendo erguido o corpo machucado, de modo que nada toque na dor. O sangue escorre pelo queixo para dentro da boca. Tem a sensação de que comeu o animal que o atacou e cospe tudo o que pode, saliva velha, sangue, cospe sem parar. Tudo está fugindo. A mão esquerda toca o pescoço e ele não está ali.

* * *

Na manhã seguinte, Caravaggio explorou em uma canoa a margem em volta da casa de campo. Estava no lago quando surgiu na enseada uma mulher em outra canoa e o saudou. Cabelo vermelho. A pele clara e leitosa de uma bruxa.

Usava um chapéu amarrado com um lenço e acenou para ele absolutamente segura de que, se o homem estava em uma canoa nesse lago, era uma pessoa respeitável e decente, muito embora todas as peças de roupa que ele usava fossem roubadas da cômoda azul da casa de campo. A camisa cor de alfazema, a calça branca de brim, os tênis. Ele parou de remar. Após complicados golpes de remos, a mulher pôs sua canoa ao lado dele.

— Você está na casa dos Neals.
— Como sabe?

Ela apontou para a canoa. Aqui as pessoas reconheciam as canoas.

— Eles vêm em agosto?
— Acho que sim. Ainda não sabem direito.
— Nunca sabem. Sou Anne, uma vizinha.

Ela apontou para a propriedade vizinha. Vestia um traje de banho, uma saia leve e estava descalça, o remo apoiado no ombro.

— Sou David.

Gotas de água escorriam pela madeira marrom e desciam pela pele de Anne. Ele olhava para o rosto da moça, espantosamente sem poros, que de vez em quando se mostrava fora da linha de sombra do chapéu de palha. Caravaggio resolveu ser direto acerca de sua condição incerta ali.

— Vim para cá a fim de pôr minha cabeça em ordem.
— Este é um lugar muito *bom* para isso.

Ele olhou de novo para Anne, agora de um jeito diferente, para o seu rosto branco leitoso e seus braços nus.

— Por que você pensa assim?

A mão dela erguida para barrar a luz do sol. Um olhar indagativo.

— Isso que você acabou de dizer...
— Só quis dizer que adoro este lugar. A gente pode se curar se ficar um tempo aqui sozinha. Você é pintor?
— O quê?
— Tem tinta verde-mar no seu pescoço.

Ele sorriu. Passara tanto tempo chamando aquilo de azul.

— Preciso ir — disse ele.

Anne levantou o remo para a frente, de modo que ficou atravessado sobre seus joelhos, fez que sim com a cabeça para si mesma, entendendo que um muro se havia erguido entre eles. As canoas bateram uma na outra e ela remou para trás. Caravaggio nunca ouvira ninguém falar de forma tão generosa como essa moça, nessa única frase. *Este é um lugar muito bom.*

— Obrigado.

Ela se virou, surpresa.

— Por me apontar a mancha verde-mar.
— Bem... aproveite o lago.
— Pode deixar.

Anne percebeu o recuo dele. Sozinha, sem ver ninguém por várias semanas, ela chegara perto demais, falara muito alto. Caravaggio observou a fragilidade das costas de Anne enquanto ela remava para longe.

Caravaggio contemplava agora o corpo da água como se fosse humano, uma criatura em cujas costas ele se movia. Não pensava em aproximações ou saídas; de repente, só podia existir queda ou companhia.

* * *

A primeira vez que Caravaggio percebeu Patrick Lewis olhando para baixo, da cela em frente, limitou-se a acenar e olhar para outro lado. A maior parte do tempo de Caravaggio na prisão foi consumida em um sono que não trazia repouso. A luz noturna nas celas e o barulho constante deixavam Caravaggio nervoso. O prisioneiro em frente, que tentara incendiar o Hotel Muskoka, era pior. Ficava o tempo todo sentado na cama, de costas eretas, observando o movimento abaixo dele. Quando Caravaggio voltou do hospital, sua garganta costurada depois da agressão, Patrick estava à sua espera. E quando Caravaggio acordou de repente cheio de dor na tarde seguinte, virou-se para deparar com o olhar do homem voltado em sua direção, tranqüilizando-o. Patrick estava sentado ali, fumando com movimentos precisos, a mão e o cigarro bem afastados do rosto quando soprava a fumaça.

— Você tem um cachorro vermelho? — perguntou para Caravaggio alguns dias depois.

— Ruivo — respondeu ele com um sussurro.

— Você é o ladrão, certo?

— O melhor que existe; é por isso que estou aqui, como pode ver.

— Alguém denunciou você, imagino.

— Foi. O cachorro vermelho.

Ele havia treinado para ser ladrão em aposentos escuros, desmontando as pernas de uma mesa de cozinha, desaparafusando a parte de trás de aparelhos de rádio e os botões de torradeiras. Fechava as cortinas para bloquear o menor traço da luz da rua, esvaziava os guarda-louças da cozinha e depois colocava tudo de volta no lugar, tendo de lembrar, enquanto trabalhava, onde cada objeto se encontrava no chão. Um exercício de concentração. Enquanto a esposa dormia, Caravaggio retirava os móveis do quarto dela e trazia para lá o sofá, mudava os quadros da parede, trocava o pano rendado da mesinha-de-cabeceira.

À luz do dia, ele se movimentava devagar como se quisesse conservar sobras de energia — um morcego no seu vôo pós-coito. Entrava em uma loja de tapetes e cortinas para apanhar uma encomenda da mulher e estudava a mobília, deslocando mentalmente as cadeiras através da janela, a mesa através da porta, inclinada em um ângulo de trinta graus para a direita.

Como um ladrão, ele tinha uma percepção do mundo circunscrita ao que existia em um raio de seis metros a seu redor.

Durante seu primeiro roubo, Caravaggio se feriu ao pular de uma janela do segundo andar. Deitou de costas com o tornozelo partido no gramado da casa dos Whitevale, um desenho de Jeffreys nos braços. Ficou ali deitado enquanto as pessoas da família entravam na casa e soltavam berros ao ver o cão narcotizado com clorofórmio. Todas as luzes da varanda se acenderam, a sombra de uma árvore felizmente caiu sobre ele.

Duas horas depois, Caravaggio capengava junto a uma série de celeiros compridos, sem saber o que eram até ser colhido pelo cheiro. Uma fábrica de cogumelos. Só os corredores e os escritórios estavam acesos, os compridos alojamentos onde os cogumelos cresciam ficavam em escuridão permanente. Um domingo. Ele tinha um dia sem ninguém para perturbá-lo. Mais tarde, à luz do sol, cortou a bota e a meia. Fez uma tala e prendeu com fita isolante. Pior que a dor era a fome. Olhava para o desenho roubado, à luz do sol, as linhas limpas, a assinatura trêmula.

Por volta do anoitecer, atravessou a estrada mancando na direção de uma horta, arrancou algumas cenouras e as atirou para dentro da camisa. Tentou pegar uma galinha mas ela corria mais depressa do que ele, e logo o deixou para trás, capengando. Voltou para a luz mínima dos corredores da fábrica de cogumelos. Leu o cartão de ponto dos funcionários. *Salvatorelli, Moscardelli, Daquila, Pereira, DeFrancesca.* Na maioria, italianos, alguns portugueses. Turno de trabalho das oito às quatro. Sentiu-se mais seguro. No escritório, vasculhou as gavetas e armários.

Conhecia gente que pegava bobagens nas escrivaninhas toda vez que invadia um prédio de escritórios, mas Caravaggio não estava entre eles. Tratava-se, lhe explicaram, de um ato formal. A maior parte dos ladrões amadores não conseguia se conter. Com toda a disciplina concentrada na idéia do roubo, não restava nada para governar o corpo. O ato sugeria uma vulgaridade, mas o ladrão profissional se esquivava desse gesto em troca de uma clarividência médica em seu exame do aposento. Fórmulas minuciosas guardadas na memória, páginas cruciais cortadas com navalha. No centro do esquema simétrico, se alojava esse falso ato de loucura.

Quando Caravaggio se associou a ladrões, ficou surpreso, em primeiro lugar, com a cortesia deles. Mesmo os ladrões de bugigangas de pouco valor pareciam refinados e usavam óculos em formato de meia-lua; poderiam cheirar rapé, se isso não fosse destruir o seu olfato. Os cafés na extremidade oeste de Toronto viviam cheios desses homens que não tinham nenhum trabalho a fazer à tarde, acordavam ao meio-dia e, depois de fazer a barba, iam almoçar com os amigos. Caravaggio foi bem recebido entre eles e instruído com grande cautela na arte de roubar. Alguns eram "carregadores", outros roubavam animais, outros raptavam esposas e cães, outros lidavam apenas com derivados de carne ou então com documentos e informações. Protegiam seu estilo e sua área de interesse. Todos tentaram persuadir o jovem de que o que *eles* faziam era o mais interessante, mas ao mesmo tempo não queriam estimular muita competição.

Caravaggio era novo. Ficou assombrado com os ladrões, queria ser todos eles em seus momentos mais críticos. Andava à roda deles não tanto para aprender seu ofício mas para estudar o modo como viviam quando voltavam para o mundo da ordem. Ainda faltava aprender isso. Tinha vinte e dois anos no Blue Cellar Café e sentia-se fascinado apenas pela personalidade. Era um jovem adentrando uma mansão e sentindo-se dominado pela generosidade da inveja. Deslizava a mão pela borda lisa de uma balaustrada e sua palma e seus dedos se deliciavam. Os rebuscados interruptores de luz! Os tapetes em que os pés se derretiam! Caravaggio fazia assim com a personalidade deles — se afastava levando na mente os maneirismos desses homens, os nomes falsos, o ritmo e o tom distraído de seus devaneios.

Mais tarde, acompanhou cada um deles durante uma semana a fim de observar seu trabalho. Alguns entravam em casas, passavam três horas lá dentro e saíam com objetos tão pequenos que cabiam em um bolsinho lateral. Outros retiravam todos os objetos móveis de um andar em meia hora.

E agora, no meio de seu primeiro roubo, Caravaggio lia os papéis da contabilidade da fábrica de cogumelos quando deu por acaso com uma gaveta de dinheiro. Nunca roube o lugar onde você dorme. Aquela busca toda era só por causa do tédio. Queria um livro, queria carne. Se ele tinha de ficar fechado em uma toca por alguns dias, queria galinha e queria literatura. Caravaggio acendeu a luz fixada ao capacete do capataz e entrou em um dos alojamentos dos cogumelos que ele havia escolhido de antemão para ser seu abrigo. Estantes de várias alturas corriam nas paredes laterais do comprido aposento. Havia vasos nas prateleiras, com adubo, terra e cogumelos jovens que começavam a crescer.

Agora Caravaggio estava em uma prisão escura, com milhões de cogumelos. Aninhou-se num espaço sob a prateleira de baixo, no fundo do alojamento, o mais longe possível da porta, o desenho de Jeffreys a seu lado. Apagou a luz do capacete, respirou o espesso ar vegetal. Estava sem dormir havia um dia e meio, tinha narcotizado com clorofórmio seu primeiro cão, pulado pela janela, tentado correr atrás de uma galinha...

Alguma coisa resvalou em seu rosto. Sem abrir os olhos, ele recuou. Antes, já acordara com fragmentos de luz brilhando acima dele, como vultos debruçados sobre os vasos para escolher cogumelos. Os cogumelos cresciam em diferentes estágios, com intervalo de algumas semanas, assim sempre havia uma seção pronta. Caravaggio voltara a dormir em meio ao ruído de macacões roçando nas estantes. Dessa vez o pano que esbarrou em seu rosto o assustou. Uma mulher à sua direita estava de pé, hesitante, apoiada em uma das pernas. Ela brigava com um sapato, as costas apoiadas na parede recoberta com emboço, vestindo uma anágua, a parte de cima do corpo nua. O capacete da mulher equilibrado na prateleira de cima estava voltado para ela e assim a mulher podia ver o que estava fazendo enquanto se vestia. Sua sombra negra se movia paralela à sua brancura.

Caravaggio ficou parado. Cabelo cor de corvo e um rosto magro, o corpo se esticando para cima a fim de pegar uma blusa em um gancho, agora mais firme, com os dois sapatos calçados.

— Psiu.

Ela olhou séria para a escuridão, pegou seu capacete e dirigiu a luz para o outro lado do aposento, percorrendo as estantes.

— Angelica? É você? — perguntou ela.

A mulher vestiu a saia segurando o capacete com uma das mãos, parou, pôs o capacete na cabeça e fechou os botões. Começou a cantar para si mesma. Caravaggio tinha de chamar sua atenção sem deixá-la apavorada. Pôs-se a cantar de leve, com os lábios fechados, junto com ela. A luz do capacete da mulher apontou de repente para onde estava Caravaggio e ela deu um salto para trás, acertando um chute na sua cara. Depois de um grito de dor, ele começou a rir.

— Por favor, amanhã me traga alguma coisa para comer.

— *Perchè?*

— Sou um ladrão. Quebrei o tornozelo.

Ela se abaixou e estendeu a mão para a frente.

— *Tartufi?* O que você roubou? Cogumelos?

As mãos da mulher tocaram o pé de Caravaggio, sentiram o tornozelo envolto com fita adesiva e ela acreditou em tudo, já sabendo que ele era manso por causa do riso.

— Quebrei o tornozelo a dois ou três quilômetros daqui. Estou com muita fome. Por favor, traga um pouco de galinha para eu comer amanhã.

Caravaggio não conseguia enxergar de modo algum o rosto dela, só a bainha da saia na altura dos joelhos, onde a luz bateu de repente quando ela se agachou. Agora, tudo o que Caravaggio podia conhecer da mulher era uma voz, confiante, que ria junto com ele.

— *Come si chiama?*

— Giannetta.

— Sou Caravaggio.

— Um ladrão.

— *Sicuro.*

— Vou trazer um pouco de galinha para você amanhã. E uma Bíblia.

— Deixe ver o seu rosto.

— *Basta! Ha visto abbastanza.*

Ela bateu com o pé no chão.

— Precisa de mais alguma coisa?

— Pergunte o que eu devo fazer com o meu tornozelo.

De novo houve escuridão e ele ansiava por luz. O débil facho de luz do capacete da mulher, as costelas delicadas quando ela erguia os braços para pegar a blusa, a sombra da mulher dominava a memória de Caravaggio de tal modo que ele tinha necessidade de começar a cena toda de novo, um pequeno embaraço no filme, sete ou oito segundos, até que ela estendia a mão para a lâmpada e se punha na escuridão. Caravaggio repetia aquilo várias vezes e depois voltava a atenção para a voz dela. É estranho como ele queria comer galinha mais do que qualquer outra coisa. Era aquela caçada vã no quintal do outro lado da rua que espicaçava sua memória.

Na manhã seguinte, ela chegou e lhe pediu para virar a cabeça enquanto trocava de roupa. Contou para Caravaggio que cada funcionário escolhia um aposento ou um canto para vestir ou despir seu macacão. Giannetta desembrulhou um pano grande e lhe entregou a comida. Galinha, um pouco de salada, leite e bolo de banana. Era o pior bolo de banana que ele já tinha comido na vida toda.

— *Devo partire. Ritornerò.*

De tarde, Giannetta e três outras funcionárias vieram dar uma olhada nele. Vieram as piadas previsíveis, mas ele gostou da companhia depois de tanto tempo de solidão. Quando as outras saíram, ruidosamente, Giannetta estendeu a mão para ele. Tocou sua boca com delicadeza. Depois pegou bandagens e enfaixou de novo seu tornozelo.

— *Così va meglio.*
— Quando vou poder sair daqui?
— Planejamos uma coisa para você.
— *Bene*. Deixe-me ver seu rosto.

O lampião dela permanecia ainda junto aos pés de Caravaggio. Por isso ele pegou de volta seu capacete de capataz e acendeu a luz na direção da mulher. Giannetta continuou olhando para baixo. Caravaggio se deu conta de que sua mão direita ainda estava segurando o tornozelo da moça, desde o momento em que Giannetta retirara a fita isolante de sua perna, com muita dor.

— Obrigado por me ajudar.

— Desculpe por eu ter chutado você com tanta força.

No dia seguinte, Giannetta se agachou ao lado dele, sorrindo.

— Temos de raspar seu bigode. Aqui só trabalham mulheres.

— *Mannaggia!*

— Temos de fazer você sair como se fosse uma mulher.

Caravaggio estendeu o braço para a frente e pôs a mão nos cabelos dela, no escuro.

— Giannetta.

— Você tem de abaixar o braço.

A mão dela pousou no ombro de Caravaggio, segurando a navalha. Ele não podia deixar que Giannetta fosse embora.

Seus rostos escureceram quando os dois se curvaram para a frente, a luz dela brilhando de passagem sobre o rosto de Caravaggio. Ele podia sentir o cheiro da pele de Giannetta.

— Lá vai o primeiro beijo — sussurrou ela.

Entregou a ele o vestido.

— *Non guardare*, por favor. Não olhe.

Ele entendeu que ela estava de pé exatamente no mesmo lugar onde estivera alguns dias antes. Caravaggio acendeu a luz de seu capacete de modo que o facho batesse sobre ela, em seguida começou a tirar a camisa, fez uma pausa, mas Giannetta continuava a olhar para ele. Caravaggio viu a própria sombra na parede. Ela se adiantou, sorrindo, aplacando a falta de equilíbrio de Caravaggio, que se apoiava apenas no pé bom.

— Olhe, vou ensinar como se veste um vestido. Primeiro, desabotoe.

Ela segurou o pano embolado por cima do corpo nu de Caravaggio.

— Ahh, Caravaggio, será que devemos contar a nossos filhos como foi que nos conhecemos?

* * *

Dessa vez ele não pegou a canoa. Já havia percorrido a margem do lago a pé antes do anoitecer, gravando na memória os trechos pantanosos. Agora, com roupas pretas, seguia no rumo do condomínio da mulher da canoa — o prédio principal, os chalés ao redor, uma casa para os barcos, um depósito de gelo. Caravaggio não tinha a menor idéia do nome do lago. Quando viera correndo, passara por uma placa indicando que a região se chamava Featherstone Point. Foi então que viu os fios de telefone que ele sabia provirem do conjunto de casas.

Passou pelas últimas árvores, entrou no terreno aberto e tudo estava escuro, como se os proprietários tivessem feito as malas e ido embora. Ele esperava ver retângulos de luz. Agora Caravaggio havia perdido todo senso de perspectiva e não sabia até que ponto teria de virar o corpo a fim de tomar o rumo de volta para sua casa de campo. Precisava de algum contexto humano. Um cachorro preso em uma corrente, uma janela, um ruído. Virou-se mais uma vez e viu a luz do luar sobre o lago. Mas não havia lua alguma. Compreendeu que tinha de ser uma luz na casa de barcos. A paisagem, a arquitetura do condomínio reemergiram de um salto em sua mente. Ele caminhou na direção da água, sabendo onde estavam os arbustos baixos, a cerca de pedra, a topiaria que ele não podia ver. Esgueirou-se para dentro da casa de barcos e tentou ouvir ruídos que indicassem alguma atividade. Nada. Com uma corrente e uma roldana usadas para içar motores de barco, Caravaggio guindou-se para o primeiro telhado, que era como uma saia em torno do aposento de cima. Galgou pelo aclive do telhado. A mulher chamada Anne estava sentada lá dentro, junto a uma mesa.

Luz de um lampião. Ela estava com o rosto voltado para a água, sua janela para a noite, e escrevia debruçada na mesa, sem a menor noção de qualquer outra coisa no quarto. Uma saia de verão, uma camisa velha do marido, mangas arregaçadas. Anne ergueu os olhos do papel e mirou o querosene do lampião. A mente por trás do olhar não sabia onde estava o querosene. Caravaggio nunca antes testemunhara alguém escrevendo. Viu-a baixar a caneta-tinteiro e depois pegá-la de volta, experimentar a ponta e constatar que a pena estava seca, levantou a beirada da camisa para retirar a tinta seca da pena, limpando o sulco, como se a interrupção fosse provocada não pela hesitação de sua mente mas pela atrofia da caneta. Agora ela se curvou para a frente com gravidade, um meio sorriso, a língua se mexendo dentro da boca.

Se tivesse virado o rosto para a direita, teria visto a cabeça de Caravaggio em um dos pequenos vidros da janela, a luz do lampião conseguindo chegar até ele. Caravaggio pensou nesse possível relance e recuou. Pensou em todas aquelas bibliotecas onde havia entrado nas casas de Toronto, os amplos panoramas ocupados por estantes de livros que iam até o teto, livros encadernados com couro de porco e de outros animais, livros que caíam em seus braços enquanto galgava as prateleiras à procura de quaisquer objetos de valor que imaginava estarem guardados ali, suas botas empurrando os livros para trás a fim de poder apoiar a ponta dos pés. E depois, lá de cima, a cabeça perto do teto, olhando para o retângulo da sala embaixo, ouvindo o sonoro latido de alerta do cão, sem se mexer. A porta abrindo embaixo dele — um homem entrando para pegar o telefone e discar, enquanto Caravaggio se mantinha pendurado no alto, nas estantes de livros, agora sabendo que deveria se mover rapidamente assim que fosse visto lá em cima, com sua calça e camiseta escuras, imóvel como uma gárgula, junto a Trollope e H. G. Wells. Poderia aterrissar no sofá de couro e se atirar sobre o corpo do homem antes que ele dissesse uma palavra no telefone. Em seguida atravessar as portas de vidro sem as abrir, o corpo recurvado enquanto rompia o vidro e a madeira fina, depois um pulo às cegas da sacada para o jardim, onde rogaria pragas ao cachorro pelo seu aviso tardio, e iria embora dali.

Mas essa casa de barcos não tinha nenhum luxo. Os pés descalços da mulher repousavam um sobre o outro no piso de madeira manchada. Um lampião na escrivaninha, um colchão no assoalho. Nessa claridade, e com todos os pequenos vidros nas janelas em torno dela, Anne estava dentro de um diamante, como uma mariposa na orla do querosene que ardia, apanhada no centro de todas as facetas da jóia. Caravaggio sabia que estava diante de alguma coisa tão íntima que nem mesmo um marido poderia chegar mais perto do que ele, um ladrão que via essa mulher rica tentando descobrir o que ela era ou o que era capaz de fazer.

Caravaggio pôs as mãos sobre o rosto e sentiu o cheiro. Óleo e ferrugem. Estavam com o cheiro da corrente da roldana. Era sempre assim com os ladrões, ficavam com o cheiro das coisas em que se esfregavam. Tinta, cogumelos, máquinas impressoras, mas nunca ficavam com o cheiro dos ricos. Caravaggio gostava de gente que tinha o cheiro de seu ofício — carpinteiros que trabalhavam no cedro, caçadores de cães sem dono, impregnados com o cheiro dos animais molhados, que brigavam com eles. E como havia de cheirar essa mulher? Nesse quarto amarelo cor de pinho, após a meia-noite, ela fitava um pequeno reservatório de querosene, como se estivesse olhando através do crânio de um amante.

Ele era um anônimo, e nunca tinha experimentado uma tranqüilidade como a dessa mulher. Estava de pé no telhado do lado de fora, o esboço de um urso no subconsciente de Anne, e ela vasculhou essa imagem em busca de outro segredo, um segredo seu, articulado em preto e branco sobre a página. As casas em Toronto que Caravaggio ajudara a construir, pintar ou arrombar não tinham marcas. Ele nunca deixaria seu nome em um lugar onde sua perícia tivesse tocado. Era um desses homens que sentem fúria ou tristeza simplesmente por se verem apontados por outras pessoas. Asfaltador de estradas, pedreiro, pintor, ladrão — mesmo assim, era invisível para todos à sua volta.

Caravaggio pulou no escuro para o capim de verão e depois caminhou para o prédio principal. Sem acender as luzes, achou o telefone na cozinha e ligou para a esposa em Toronto.

— Pois é, eu saí.

— *Lo so.*

— Como soube?

— A polícia veio aqui. *Scomparso*. Não disseram que você fugiu, mas que desapareceu.

— Quando estiveram aí?

— Semana passada. Dois dias depois de você fugir.

— Como vai August?

— Está comigo. Tem saudades dos passeios noturnos.

Ela passou a falar da casa do cunhado, para onde ela havia se mudado. Dessa vez, através de uma zona escura que era a distância.

— Vou voltar quando puder, Giannetta.
— Tome cuidado.

Ela estava de pé no centro da sala, no escuro, quando Caravaggio se afastou do telefone. O ouvido dele estava concentrado na voz de Giannetta, nada mais. Sua cabeça a imaginava — o rosto de alabastro, o cabelo de corvo.

— *Non riuscivo a trovarti.*
— Fale em inglês.
— Não consegui encontrar você para pedir.
— Você achou o chalé, achou o telefone, podia ter me encontrado também.
— Podia. É um hábito... em geral, não peço.
— Vou acender um lampião.
— Sim, é sempre mais seguro.

Anne levantou a manga de vidro e segurou o fósforo aceso junto ao pavio. Iluminou a saia, a camisa e seu cabelo vermelho. Ela se afastou do lampião e apoiou-se nas costas do sofá.

— Para onde estava ligando?
— Toronto. Minha esposa.
— Sei.
— Vou pagar a ligação.

Ela acenou com a mão para ele esquecer o assunto.

— Essa camisa é do seu marido?
— Não. Mas as camisas do meu marido estão aqui. Quer para você?

Caravaggio balançou a cabeça, olhando em torno da sala. Uma lareira, uma escada reta, quartos no andar de cima.

— O que você quer? É um ladrão, não é isso?
— Em casas de campo, tudo que se pode roubar

é o espaço ou as pessoas. Eu precisava usar seu telefone.

— Vou comer alguma coisa. Quer comer?

— Obrigado.

Ele a seguiu até a cozinha sentindo-se relaxado em sua companhia — como se fosse uma continuação de sua conversa com Giannetta no telefone.

— Me diga...

— David.

— David, por que será que não estou com medo de você?

— Por que você está voltando de um certo lugar... Você conseguiu alguma coisa lá. Senão ainda estaria lá.

— Do que você está falando?

— Eu estava no telhado da casa de barcos. Na verdade, achei você.

— Pensei que tinha um urso andando por aqui esta noite.

Anne senta-se diante dele, rindo da história da fuga, sem acreditar inteiramente nela. Um conto de fadas. Põe a mão em concha sobre a manga de vidro e, com um sopro, apaga o lampião. Duas da manhã. Quando os dois ingressam na escuridão, a mente de Caravaggio se fixa na imagem da fragilidade da mulher, a pele sem poros, o cabelo luzidio se inclinando na luz. As cores espantosas da estranha beleza de Anne.

— Não posso mais suportar luz nenhuma — diz ela.

— Sim, *é* noite. Deixe entrar a escuridão.

— Uma vez, eu tive de ficar em um quarto escuro... com sarampo.

A voz dela é exata, cristal claro. Caravaggio tem os olhos fechados, ouvindo Anne.

— Era menina. Meu tio, ele é um médico famoso, veio me ver. Em meu quarto, todas as persianas estavam abaixadas, as luzes amortecidas. Eu não podia fazer nada. Não me deixavam ler. Ele disse: eu lhe trouxe uns brincos. São brincos especiais. Apanhou umas cerejas. Duas, unidas pelos talos, ele pendurou as cerejas em uma orelha, pegou outro par e pendurou na outra orelha. Isso me manteve animada durante dias. Eu não podia deitar a cabeça para dormir de noite sem tirar os brincos com todo cuidado e pôr na mesinha-de-cabeceira.

— Você tem filhos?

— Um filho. Vem para cá com meu marido daqui a um ou dois dias. Tenho um irmão que não fala. Esta camisa é dele. Ele não fala há vários anos.

Caravaggio deita no tapete. Antes, quando havia luz, ele ficara observando o encaixe de macho e fêmea das tábuas no chão, teorizando como seria possível remover um assoalho desse tipo. Anne continua a falar.

— Em poucos dias, todos os maridos vêm para o lago. Um costume estranho. Estive tão feliz nessas últimas três semanas. Escute só... nenhum barulho. Na casa de barcos se ouve sempre o ruído do lago. Eu me sinto desolada quando o lago fica parado, mudo.

Agora, há um silêncio na sala. Ele se põe de pé.

— Tenho de ir embora.

— Pode dormir no sofá.

— Não. Tenho de ir.

— Pode dormir aqui. Vou para a cama.

— Sou um *ladrão*, Anne, *un ladro*.

— É verdade. Você fugiu da cadeia.

Caravaggio vê Anne nitidamente do lado de lá do lampião apagado, o queixo apoiado no punho cerrado.

— Eu me apaixonei literalmente pelo lago. Morro de medo do dia em que vou ter de deixá-lo. Esta noite eu estava escrevendo o primeiro poema de amor que fiz em muitos anos e o amado era o ruído da água do lago.

— Sempre tive medo das criaturas da água.

— Mas a água é benigna...

— Sim, eu sei. Adeus, Anne.

* * *

Após o casamento com Giannetta, Caravaggio ainda teve de passar por um sério aperto antes que sua carreira de ladrão se tornasse um êxito — de repente, ele se viu dominado pela inibição. Arrombava as casas e sentia uma repentina certeza de que haviam forjado uma intriga a fim de apanhá-lo em uma armadilha. Giannetta não tolerava isso. Não queria viver com um ladrão bem treinado que tinha medo de ir para a rua.

— Arranje um parceiro!

— Não consigo trabalhar com outra pessoa, você sabe disso!

— Então arranje um cachorro!

Ele roubou um *fox terrier* vermelho escuro e lhe deu o nome de August. Um roubo de verão. O cão foi a sua salvação. Tinha um latido curto, como uma exclamação — um aviso, pegue ou largue —, uma séria advertência para o dono, ao menos no que dizia respeito ao cão.

Em um serviço, comportavam-se os dois como estranhos — Caravaggio vagando sozinho em um lado da rua e August, à toa, do outro lado. Quando ele entrava numa casa, o cão se sentava no gramado. Se os donos voltassem mais cedo, o cão se levantava e soltava um latido bem claro. Instantes depois, um vulto pulava de uma janela com um tapete ou uma mala nos braços.

* * *

Agora Caravaggio põe leite no copo alto e bebe enquanto caminha pela casa do cunhado, a frieza do leite se alastrando por dentro dele nessa noite quente de Toronto. Está sentado na escada, de frente para a porta. Ouve o nítido latido curto do cachorro e a risada da mulher quando ela se aproxima da porta da frente.

Na ante-sala escura, a brancura do leite desaparece dentro de seu corpo. Os ombros da mulher se aninham nas mãos de Caravaggio. A casa dos outros. Ao tocá-la, uma umidade passou do lábio de Giannetta para ele, suas mãos no cabelo escuro da mulher. Ela se move dentro da sombra do ombro de Caravaggio.

Giannetta entra na penumbra da cozinha e seus braços nus irradiam luz. Ele capta a cintilação de seus brincos. Ao retirar um dos brincos, ela o deixa cair no chão. Suas mãos sobem na direção do outro brinco — desatarraxando o segundo pino de ouro. O riso de Giannetta, com o seio na boca de Caravaggio.

Ele rompe o colar e as pérolas tombam ao redor dela. Caravaggio sente o cheiro de sabonete no cabelo de Giannetta. O punho dela sobe pelo braço de Caravaggio, viajando no suor. A bochecha de Giannetta apoiada no ladrilho quente. Sua outra mão, tateando em volta, toca na jóia extraviada.

Giannetta sente a cicatriz na garganta dele. O beijo suave de Giannetta sobre a cicatriz. Caravaggio a carrega nos braços, ainda dentro dela, segurando as duas coxas, os olhos dela muito abertos, a louça às costas de Giannetta se espatifando de uma prateleira para a outra, quando ela esbarra no guarda-louça de canto. Pratos azuis pulam, atravessam as prateleiras de vidro como se fossem água e se espatifam no chão.

A cada passo, o pé descalço de Giannetta toca uma pérola ou um caco de prato. Ela abre a porta da geladeira. Sob essa luz, levanta o pé na altura da barriga e o examina, esfrega para longe alguma coisa que estava grudada na sola. Caravaggio se deita de costas e ela se senta sobre ele, sorvendo o vinho gelado. Ele traça com a mão, no corpo de Giannetta, o caminho da bebida, na velocidade que imagina descer um líquido.

O queixo da mulher no joelho de Caravaggio. Colocando a planta do pé no ombro dele, Giannetta deixa uma marca de sangue ao movê-lo. Quando ela abre bem os olhos, Caravaggio vê vidro, louça e pratos de porcelana fina despencando de uma prateleira para outra, perdendo sua ordem, suas sombras azuis e vermelhas se fundindo, os dedos dela na sua cicatriz, os dedos de Giannetta na veia latejante de sua testa. É uma mulher risonha, que ri enquanto fazem amor, não fica circunspecta como uma equilibrista na corda bamba.

O riso baixo de Giannetta quando os dois param, exaustos.

A respiração de Caravaggio agora é quase um sussurro, quase um idioma. Giannetta se vira, uma pérola engastada na carne. Um violino com estrelas caminhando dentro dessa casa. Luz da geladeira luz da pia luz da rua. Na pia, ela atira água no rosto e nos ombros. Deita ao lado dele. O sabor do outro. Uma feira de músculos e paladares. Ela esfrega o sêmen de Caravaggio nos cabelos pretos dele. Os ombros de Giannetta esbarram com força no guarda-louça com manchas azuis. Uma cozinha sendo devastada. Uma travessia sexual. O corpo de Giannetta desengata a forquilha que armara sobre ele.

Giannetta sente o cheiro de Caravaggio, o animal do deserto, que veio para casa aos tropeções, de volta para o oásis. O cabelo negro de Giannetta se esparrama como uma poça sobre os ladrilhos. Ela espeta no músculo do braço de Caravaggio o brinco com que seus dedos toparam no chão por acaso, começando ali uma tatuagem de sangue.

Há jóias de todas as cores, que ele roubou para Giannetta no passado, nas gavetas secretas do quarto novo dela, gavetas que Caravaggio pode encontrar rompendo o fundo das cômodas. Fotos de seus parentes em antigas molduras de prata. Um relógio revestido de vidro que vira sua barriga dourada para um lado e outro, para os cantos opostos do quarto. Um anel de casamento que ele consegue retirar do dedo de Giannetta com os dentes.

Não tira nada. Só a camisa, que ela mesma tira como se fosse a pele. Caravaggio não leva nada, senão a jóia espetada em seu braço, uma pegada de sangue no ombro. A pluma do lábio de Giannetta na sua boca.

Um último prato escorrega para a prateleira seguinte. Caravaggio espera que o olhos dela se abram. Lá vai o primeiro beijo.

Tudo que ela consegue ver quando entra na ante-sala escura é a brancura do leite, uma pedra sagrada nas mãos de Caravaggio, desaparecendo dentro de seu corpo.

Ele ergue a esposa sobre os ombros, de modo que os braços de Giannetta elevam-se por dentro do candelabro.

Teatro Marítimo

Em 1938, quando Patrick Lewis foi solto da prisão, as pessoas se aglomeravam em grandes prédios escuros por toda a América do Norte a fim de ver Garbo no papel de Anna Karenina. Todo mundo tentava tocar o órgão Hammond. "Esquadrões Vermelhos" interceptavam as cartas, atiravam bombas de gás lacrimogêneo nos comícios políticos. Nessa altura, mais de dez mil trabalhadores nascidos no exterior haviam sido deportados. Todo mundo cantava *Just One of Those Things*. A ponte mais comprida do mundo estava sendo construída sobre o baixo Zambesi e a grande central de distribuição de água na extremidade leste de Toronto estava quase pronta.

No Kew Park, um cavalo branco mergulhava de hora em hora no lago Ontario, de uma grande altura. *Assassinato na catedral*, de T. S. Eliot, estreou na Inglaterra e poucas semanas depois o Dr. Carl Weiss — que sempre admirara a poesia do americano expatriado — assassinou Huey Long no prédio da assembléia dos deputados na Louisiana. Coisas que acontecem.

Solto da prisão em janeiro, Patrick pegou o trem de Kingston para a Union Station em Toronto. *Ten Story Gang, Weird Tales, Click, Judge Sheard's Best Jokes* e *Look* estavam nas bancas de jornal. Patrick sentou no banco liso de concreto de frente para a rampa que descia para os portões da estação. Esse ambiente semelhante a uma catedral representava o nó de sua vida. Tinha vinte e um anos quando chegou a essa cidade. Aqui viu Clara deixá-lo, passando por aquela tabuleta à esquerda da rampa, que dizia HORIZONTE. *Olhe ali em cima*, disse Clara quando deixou Patrick para ir ao encontro de Ambrose, *você sabe o que é essa pedra?* Patrick sentia-se perdido na situação em que eles estavam, não se importava com nada. *É ardósia do Missouri. Lembre-se disso. O piso é mármore do Tennessee.* Ele ergueu os olhos. Sentado agora nesse banco, Patrick de repente não tinha a menor idéia do ano em que estava.

De uma só vez, trouxe o rosto de Clara de volta à memória — como se fosse um sorriso zombeteiro no cartaz de um anúncio de chapéus para estrangeiros. Mas o rosto de Alice, com sua mutabilidade, Patrick não conseguia evocar. Um grupo de carregadores estava de pé junto a três grandes jaulas repletas de cães, todos latindo como aristocratas jurando que foram presos por engano. Ele se aproximou das jaulas. Os cães estavam nervosos com o barulho. Patrick viera de um lugar onde uma caneca de lata batendo na grade de ferro constituía a única forma de protesto. Chegou mais perto das jaulas, fitou os olhos que não viam nada, o mesmo aspecto que tinha seu rosto na prisão, refletido em um espelho de metal.

Ainda estava agachado quando os carregadores empurraram as jaulas em carrinhos pela rampa abaixo. De joelhos na Union Station. Sentia-se como o peso na ponta de um prumo pendurado bem no centro da grande cúpula, o foco absoluto do prédio. Lentamente sua visão começou a girar. Voltou a cabeça para a esquerda para a direita para a esquerda, descobrindo o horizonte.

Circulou hesitante pela cidade, parando de pé diante de estranhos, observando as novidades. Sentia-se invisível. Fora da Union Station, as ruas estavam cobertas por uma funda camada de neve. Patrick caminhou na direção leste, pela Eastern Avenue, até por fim chegar à Padaria Geranium e entrar no espaço amplo e quente onde o sol de inverno perfurava a névoa de farinha que pairava no ar. Passou pelas máquinas limpíssimas à procura de Nicholas. Pãezinhos passavam nos roletes até serem despejados no pequeno lago de manteiga chiante. Afinal Patrick o viu em sua roupa coberta de pó branco no fundo da padaria, coreografando o movimento da comida. Nicholas Temelcoff veio em sua direção e o abraçou. Um aperto de urso. O aperto do mundo.

— Bem-vindo ao lar, meu amigo.

— Ela está aqui?

Nicholas fez que sim com a cabeça.

— Ela fez as malas.

Patrick foi para o elevador de serviço e puxou a corda a seu lado, que o faria subir até os aposentos de Nicholas no andar de cima. Entrou e bateu na porta do quarto pequeno.

Hana estava sentada na cama, com a roupa de trabalho, as mãos no colo. O rosto voltado para baixo, depois lentamente levantando, o mesmo jeito de Alice erguer o olhar, os olhos se movendo antes do rosto. Tão parecido com Alice que tinha um efeito terrível para Patrick. Ele desviou os olhos e observou o quarto muito arrumado da menina, a mala pronta, a luz acesa na mesinha-de-cabeceira em plena luz do dia.

Hana olhou para ele, compreendendo que tipo de amor havia por trás de seu olhar. A bochecha de Patrick estava encostada na moldura da porta, o colarinho do paletó novo embolado contra o queixo. Cinco anos atrás, antes de Patrick ter tomado o trem para Muskokas, eles tinham vindo juntos à Padaria Geranium. E Nicholas se ofereceu para tomar conta dela. Hana seria bem-vinda na sua família. Ele havia sugerido isso naturalmente e sem a menor hesitação, sentado em seu escritório, embaixo do relógio que Hana adorava, onde cada hora era indicada por um tipo diferente de biscoito. *"Agora cada um de nós vai cuidar de si sozinho, por um tempo"*, Patrick dissera. *"Eu sei."* Hana tinha então onze anos de idade.

Ela levantou da cama. "Ei, Patrick, olhe só como fiquei alta!" Andando na direção de Patrick e o abraçando em silêncio, os braços de Hana inteiros em volta dele, o topo de sua cabeça mal alcançando o queixo de Patrick.

No Balkan Café, sentaram-se e pediram *sujuk*, as lingüiças com alho-poró, carne de porco e alho que Patrick não comia fazia muito tempo.

— Você está bem de saúde?

— Ah, sim. Que nem um cavalo.

— Que bom.

— Mas vou ter de me acostumar com as coisas de novo.

— Tudo bem, Patrick... e ter ficado na prisão também não tem importância. Mas não fique muito convencido por isso.

— Não.

Patrick sentia-se contente ali, brincando com Hana, no centro da perspectiva dela. Na prisão, quando imaginava a liberdade, era sempre como um solitário. Nada para levar, ninguém em cujos braços ele pudesse cair. Essa era a imagem com que se deleitava, desperto a noite inteira, observando os outros presos se virando como grandes peixes cinzentos em suas celas. Na prisão, Patrick se protegera com o silêncio — como se toda frase representasse um território perigoso, como se dizer sequer uma palavra bastasse para começar um vazamento de Alice para fora de seu corpo. O segredo conservava a força de Patrick. Ao recusar a comunicação, ele podia manter Alice dentro de si, em seus braços. Mas, na noite em que Caravaggio foi agredido, a canção neutra de seu pai deslizou como um aviso. E Patrick desviou-se de si mesmo.

— Você fez amigos na prisão? — perguntou Hana.

— Fiz um amigo. Ele fugiu.

— Que pena. O que *ele* fez?

— Era um ladrão. Alguns sujeitos tentaram cortar a garganta dele na prisão.

— Então foi sorte dele ter fugido.

— Era espertíssimo.

Ambrose Small, na condição de milionário, sempre mantivera separadas as várias faces de seu mundo, muros altos entre elas. Amantes, compatriotas, homens de negócios eram todos desconhecidos uns dos outros. Até onde sabiam, não havia outras pessoas além deles mesmos, ou então supunham que os outros vivessem em países distantes.

Quando se uniu a Ambrose Small depois que ele desapareceu do mundo do poder financeiro, Clara Dickens achou que poderia enfim ter uma visão ampla da natureza de Ambrose. Mas, durante os anos em que morou com Ambrose, Clara só o conheceu do jeito que ele desejava ser conhecido por ela. Não havia outra estrada para chegar a ele. Agora Clara estava perto demais de Ambrose — de suas novas obsessões cotidianas, de seu encantamento temporário. Ela queria pelo menos uma vez subir até o topo de Ambrose e olhar para baixo, ver o horizonte que o mantinha coeso.

O que ela descobriu, no final — quando ele estava sentado no chão do quarto vazio em Marmora, nada à sua volta senão Clara, as paredes, o assoalho de madeira e as janelas sem cortinas, de modo que Ambrose podia dormir de noite confortavelmente dentro do caixão de luar —, era muito pior.

Nos dias anteriores à sua morte, a mente de Small derramou se livre de seus compartimentos como se o que houvesse mantido todos os seus vários mundos separados tivesse sido retirado de dentro dele feito um espinho. Assim, enquanto falava e sussurrava para Clara, os acontecimentos caíam uns sobre os outros — uma noite com uma amante, uma negociação na Grand Opera House. Estranhos e cadáveres de seu passado chegavam àquele quarto acanhado com uma lâmpada acesa o dia inteiro, assim as sombras eram como marés em volta.

As palavras tombavam da boca de Ambrose e sufocavam Clara com o emaranhado das muitas mulheres que ele conhecera, com as vastas profundezas do mar financeiro. Clara ouviu os vários retratos que Ambrose pintou dela, que ficaram anos sem serem ditos, seus sentimentos, paixões, irritações e reveses, seu doce espanto diante da aguda percepção de cores que Clara tinha com certas flores e uma recordação de Clara de pé em uma sala, anos atrás, cheirando as axilas quando pensou que estivesse sozinha.

Clara agachou-se diante de Ambrose e ele não a podia ver. Ambrose estava sentado na posição de lótus, de peito nu, as mãos se movendo sensualmente sobre o próprio rosto, esfregando a frente do crânio, enquanto revelava os espelhos de si mesmo, a voz diminuindo a velocidade quando os dedos descobriram a orelha direita. Em seguida, ele se curvou para a frente, mantendo-se sentado, de modo que sua cabeça foi tocar o chão, em um esforço elegante para formar um arco longo, ascético. Uma garça esticando a cabeça para debaixo da água, os olhos abertos dentro da corrente fria, abertos para os peixes que poderiam então ser erguidos no ar e lançados, ainda em movimento, para dentro do túnel da garganta azul da garça.

Clara estava sentada no chão, a três metros de Ambrose, a luz ao lado dela, assaltada pela sucessão de momentos descontínuos do passado dele. Quem eram essas mulheres? Para onde foram aqueles inimigos destruídos? Ambrose falava devagar, as palavras desatentas provinham de seu vulto escuro, seminu, como se tudo isso fosse apenas um afobado esvaziar de baldes para se livrar de um lastro. Os teatros, a esposa, as irmãs, as mulheres, inimigos, Briffa, mesmo Patrick, se derramavam livremente.

A única coisa clara para ele, agora, era aquele quarto onde Clara lhe trazia comida. Ele havia implodido, se transformara em uma criança gótica, de repente repleto de um discurso que não se dirigia a parte alguma, apenas saía de seu corpo. Carne mordida, manicures, cães de caça, sexo, combinações de cofre e informações sobre suicidas. Clara via o mundo dele como se estivesse amarrada a um cavalo em disparada, captava relances de rostos e discussões, e não havia horizonte algum. Após todos aqueles anos, ela não teria seu desejo satisfeito, não conheceria Ambrose. Ela recuou.

Agora o rosto dele sereno. Agora seu torso curvou-se para a frente, comprido e atlético, e a boca da garça tocou o assoalho azul de madeira e sua cabeça submergiu na água, rodopiou e viu na luz humana que expirava um fulgor que era a lua.

A menina o estava balançando de um lado para o outro enquanto ele dormia na cadeira da cozinha, no apartamento da Albany Street. Fragmentos de lagosta estavam espalhados por toda a mesa.

— Patrick! Patrick! Você tem de acordar.

— O que...

— É urgente. Não sei como fui esquecer, mas esqueci. Acorde, Patrick, por favor. Ela ia esperar. Não sei como esqueci.

— O que é?

— Uma mulher chamada Clara Dickens. Ela está no telefone.

— O que é isso? Onde estou?

— É importante, Patrick.

— Tenho certeza de que é.

— Pode atender o telefone?

— Claro. Vá para a cama.

Ele pôs o rosto embaixo da torneira da pia. Clara Dickens. Depois de cem anos.

Patrick ficou de pé ali, arfante. Caminhou para o quarto escuro, a cara ainda molhada, e ficou de joelhos. Um braço estava engessado e ele estendeu a outra mão para a frente, tateando em busca do telefone. "Não desligue. Não desligue", ele gritava, na esperança de que ela pudesse ouvi-lo até que encontrasse o telefone.

— É o Patrick.

— Sei quem é.

Ele ouviu o riso curto de Clara do outro lado.

— Quem foi que atendeu o telefone?
— Uma amiga. Você não a conhece.
— Isso é bom.
— Tem dezesseis anos, Clara, estou cuidando dela.
— Estou em Marmora. Você vem aqui me pegar? Ambrose morreu.

Patrick ficou calado, deitado de costas em um quarto escuro. Conhecia esse quarto muito bem, mesmo no escuro. Já estivera ali muitas vezes.

— Você pega a Auto-Estrada 7... está ouvindo? Preciso de ajuda, Patrick.

Ele podia ver as espirais desenhadas no teto.

— Já estive em Marmora?
— Fica a quatro horas de Toronto. É considerada a capital dos cães de trenó de Ontario. Estou ligando de um restaurante. Estou aqui há quatro horas.
— Quatro horas! Em que ano estamos?
— Não seja cínico, Patrick. Agora não, está bem?
— Descreva o lugar onde está, o lugar onde você está de pé. Preciso ouvir sua voz.
— Eu estava do lado de fora, sentada com uma dessas peles de marta pretas e artificiais que a gente vê em toda parte hoje em dia. Eu estava morta de frio. Telefonei por volta das dez. Era para você me ligar.
— Ela esqueceu. Ficou muito agitada porque eu trouxe uma lagosta para a gente comer. Mas agora demos de cara com um tremendo *deus ex machina*. Você está ao telefone. Ambrose por acaso morreu com uma bala de prata?
— Morreu de causas naturais.
— Atropelado por um trenó puxado por cães, não foi?

Com isso, ele não conseguiu conter o riso e se afastou um pouco do telefone. Podia ouvir a voz dela, miúda, ao longe.

— Desculpe — disse ele.

— Não precisa, isso deve ser mesmo engraçado. Quer ouvir mais?

— Sim.

— Já li o *Marmora Herald* inteirinho.

— Não está com um livro?

— É verdade. Esqueci que foi você que me ensinou a levar sempre um livro... O que está fazendo?

— Estou deitado no escuro. Vou aí pegar você, Clara.

— Você está bem? A menina disse que estava com um braço quebrado.

— Vou levá-la comigo. Ela vai me manter acordado. Leva muito a sério coisas desse tipo.

— O tipo de mulher que você sempre quis.

— É verdade. Ela salvou minha vida.

— Você é o pai dela, Patrick?

— Qual o nome do restaurante?

— "Coração de Marmora".

— Daqui a umas cinco horas, mais ou menos, estamos aí. Preciso descansar um pouco... Espere. Ainda está aí?

— Sim.

— Sou o pai dela.

Ele levantou e foi até o quarto de Hana. Sentia-se exausto.

— Quem é ela, Patrick?

— Hana, preciso que você me acompanhe de carro até Marmora.

— A capital dos cães de trenó de Ontario?

— Como é?... *Como é?*

Hana estava com um sorriso radiante.

— Ela me contou, Patrick, quando perguntei de onde era a ligação. Vamos viajar até lá para pegar essa mulher?

— Sim.

Hana se pôs de pé no corredor olhando para Patrick, querendo que ele contasse mais.

— Como é que ela foi parar lá...

— Estava fugindo de você?

— Acho que sim... Estava com um outro homem, na verdade. Preciso dormir um pouco antes de ir. Me acorde daqui a quarenta minutos.

— Claro. Você me conta sobre ela no caminho?

— Conto.

— Legal!

Quando Patrick saíra da prisão seis meses antes, muitos grupos dissidentes já estavam se manifestando na cidade. Os acontecimentos na Espanha e a perseguição do governo aos sindicatos fizeram os ricos e poderosos cerrar fileiras. Viamse tropas em toda parte. Quando o último turno de funcionários saía da usina de filtragem de água, a polícia e o exército ocupavam o prédio para protegê-lo. Barracas militares armadas nas pistas de rolamento. Havia soldados no telhado e o foco de holofotes volta e meia mergulhava nas ondas do lago, prevenindo algum possível ataque que partisse da margem. Enquanto a maioria dos prédios públicos eram protegidos, os sistemas de distribuição de água eram vigiados de forma obsessiva — em parte por causa das advertências do comissário Harris, que explicou às autoridades que os godos poderiam ter capturado Roma destruindo os aquedutos que abasteciam a cidade. Cortar o abastecimento de água ou envenená-la deixaria a cidade de joelhos.

Harris encarava o novo prédio como um corpo humano. Para ele, havia seis pontos onde as instalações poderiam ser seriamente danificadas — as bombas de água em estado bruto, os medidores Venturi, a entrada dos tanques onde era vertido o cloreto de ferro, os tanques de sedimentação de sete metros de profundidade e qualquer um dos vinte tanques de filtragem onde uma explosão poderia provocar inundações e enferrujar para sempre todas as máquinas e equipamentos elétricos. Havia também o túnel do cano de captação de água, que percorria quase dois quilômetros e meio lago adentro. Nenhum barco tinha autorização para navegar numa faixa de oitocentos metros a partir da margem e ninguém, nem mesmo militares, podia entrar no prédio à noite. Só Harris, que agora insistia em dormir ali no seu escritório, podia entrar, e mantinha uma pistola sempre ao lado da cama.

Em seu roupão, às duas da madrugada, o comissário Harris sentia-se feliz dentro do casulo das máquinas sibilantes. Levantava-se e vagava pelo palácio de água, que ele havia sonhado, desejado e construído. Cada ponto de luz cintilava, iluminando corredores que desapareciam como ruas em Veneza, transformando os poços de filtragem subterrâneos em nebulosos salões de baile. O prédio pulsava a noite inteira na extremidade leste da cidade, na margem do lago Ontario. Corria o boato de que as pessoas na margem sul, no estado de Nova York, podiam avistar a aura luminosa do prédio.

A usina de filtragem constituía uma ponta do triângulo de luz que parecia mapear a cidade nessa noite de sábado, no verão de 1938. Outra ponta era um rio de luzes que se movia para o norte, subindo a Yonge Street, vindo do lago. E a terceira ponta era o resplendor do Iate Clube na ilha Toronto — que promovia seu tradicional baile a fantasia de verão, com táxis aquáticos transportando gente da sociedade, vestida de forma bizarra, através da baía, em um percurso de mil e seiscentos metros em água não tratada.

Nesses salões de dança é que os ricos passavam suas noites! Pavoneando-se como potros em um estábulo aquecido, protegidos da chuva. E na cama, na manhã seguinte, eles reconstruiriam a coreografia das tentações que os levaram da superlotada periferia do saguão para o fervente salão de dança, abaixo dos coqueiros de nove metros — cujas folhas enfeixadas ornamentavam o salão de baile que assim parecia não ter teto, só estrelas falsas e uma lua falsa. Em cada grupo de ramos, havia um macaco vivo, incapaz de alcançar a comida do jantar por causa de uma correntinha. Os animais tinham de se esquivar das rolhas de champanhe atiradas contra eles — quem acertasse em um macaco ganhava uma garrafa grátis. O champanhe não parava de ser vendido e de vez em quando se ouvia um grito esganiçado, seguido por risos e aplausos.

Havia um dossel de seda sobre a orquestra. Ao longo das paredes, dioramas. Às vezes distribuíam bolas de neve feitas de algodão e uma batalha irrompia no mesmo instante, os convidados embebiam as bolas em champanhe ou em manteiga, antes de jogá-las através do salão. O ambiente estava iluminado de forma indireta; pareciam que estavam todos em um momento semelhante à meia hora que antecede o nascer do sol em um oásis.

Existe uma imagem de Caravaggio entre os ricos que Patrick irá sempre recordar: meticuloso, rude e confiante. Uma risca cortando seu cabelo escuro, como a Yonge Street à meia-noite. Vestido de pirata, ele desembarcara de um barco a motor naquela noite de verão com seu cão, Giannetta e Patrick, gritara sua saudação para pessoas que eram completos estranhos para ele e circulou à vontade no falso luar do salão de baile do Iate Clube dizendo ser Randolph Frog. As mulheres da sociedade aceitaram seu nome com a cara mais séria do mundo — os ricos, capazes de mudar tudo exceto o nome e a aparência, defendem esses atributos com afinco. Nesse círculo, um homem com a cara de um cão *pit bull* era considerado uma pessoa distinta.

Eles não tinham sido convidados. Caravaggio comia os canapês com a mão esquerda e dava tapinhas na bunda das mulheres com a mão direita. Quando a orquestra tocou e os pares se formaram, Caravaggio tomou seu cachorro nos braços e saiu valsando no meio deles, beijando August feito louco, proclamando a beleza de suas verrugas. Durante a hora seguinte, Caravaggio dançou com mulheres que, sem dizer nada, perceberam o cheiro de cachorro em seu pescoço. Patrick e Giannetta, enquanto isso, circulavam na periferia no salão, recusando-se a sair dali como se pudessem cair em um poço de serpentes. Mas Caravaggio era um homem que havia perambulado pelos jardins e entre a mobília dos ricos durante muitos anos. Cutucava os homens com o cotovelo, contava piadas, conversava sobre porcelana e cristal com as esposas e os entendidos, reclamava das dificuldades para limpar poltronas Luís XIV e, em segredo, por trás da embriaguez, ia consolidando informações e endereços.

Por fim encontrou o casal que desejava. Com quarenta e poucos anos, bebendo muito, uma esposa coquete e um marido brigão. Caravaggio dançou com os olhos fixos nos dela, cantando *Night and Day*.

> *"Vicina o lontana da me*
> *non importa mia cara, dove sei..."*

A mulher ficou impressionada com o italiano dele, que Caravaggio dizia ter aprendido na Toscana, no verão anterior. Seus dedos contornavam a omoplata da mulher. Ela inclinou-se para trás.

— Está vendo meu marido ali perto do candelabro passando uma cantada naquela garota? Deve estar sugerindo para irem até o iate.

— Um iate, aqui?

— Sim, viemos em um iate, do outro lado da baía. Você não?

— Não. Nunca ando de barco.

— Então vamos levar você.

Caravaggio riu, largando no chão um cigarro fumado só até a metade.

— Aquela ali é a minha irmã tímida.

A mulher voltou-se para o outro lado do salão, ao encontro do olhar vazio de Giannetta, que segurava o braço de Patrick.

— Talvez ela pudesse se juntar a nós também.

Pegando o ônibus para o cais mais cedo naquela noite, Caravaggio dissera: "Deixe-me dizer uma coisa sobre os ricos — eles têm um jeito de rir." E Patrick pensou: Alice também disse a mesma coisa. Exatamente as mesmas palavras. "A única coisa que mantém os ricos presos na terra é a propriedade", prosseguiu Caravaggio, "suas escrivaninhas, suas mesas de mármore, suas jóias..." Patrick tinha ficado calado, nem se deu ao trabalho de rir.

Havia uma imagem que ele recordava de Caravaggio, dando adeus com a mão azul, pendurado no telhado da prisão. E, quando Patrick saiu da cadeia, procurou o rastro do ladrão com seus compatriotas no Blue Cellar. "O senhor Destruição Intencional de Propriedade salvou minha vida", explicou Caravaggio para Giannetta. Eles lhe mostraram a cidade, onde tudo estava cinco anos mais velho, e tornaram-se seus amigos. Nas altas horas daquelas noites de primavera, eles conversavam sobre suas vidas.

Em uma missão de reconhecimento na semana anterior ao baile do Iate Clube, Giannetta vira Patrick se embriagar e, no trajeto de volta na balsa, ela o segurara, a cabeça dele apoiada em seu colo. Giannetta inclinou-se sobre ele na escuridão, a mão no cabelo de Patrick. Ele ergueu os olhos. No céu formado pelo rosto cálido de Giannetta, havia uma ternura que ele não tinha notado antes. Em seguida, tudo saiu de foco quando Giannetta e Caravaggio o levantaram e carregaram para fora da balsa, e o trouxeram para casa, para dormir no chão da sala.

Então eles saíram para o cais, deixando para trás o baile a fantasia em seus últimos estágios: Caravaggio, seus dois amigos ricos, seu cão, sua "irmã" e Patrick, que era supostamente o acompanhante dela nessa noite.

"...Notte e giorno
Questo... mmm...
mi segue ovunque io vada"

Caravaggio canta para a noite, uma garrafa como um pêndulo em seus dedos, seu braço largado sobre o ombro da mulher. Ele despeja monólogos a respeito de vidro lavrado e espelhos biselados e roça de leve no mamilo da mulher no ritmo em que vai cantando, enquanto o marido solta as amarras do barco. Patrick caminha por trás, vestido como um ladrão, todo de preto, um lenço vermelho esvoaçando atrás dele, levando na mão um saco de ferramentas com a palavra BUTIM estampada.

Ao embarcar no iate do casal, O *Annalisa*, Caravaggio se precipita escada abaixo, rindo, à procura de bebida. Está fora de controle. Ele e o marido desarrolham várias garrafas e voltam para o convés. A esposa dá corda no gramofone, o vestido de seda com mil lantejoulas palpitando sobre ela. Giannetta se apóia na amurada, recebendo no rosto as batidas do ar enquanto o marido desata as velas e eles saem flutuando pela baía — da ilha na direção da cidade. Bunny Berigan perfura o ar com seu trompete, rodopiando em escalas ascendentes, deixando para trás a orquestra do Iate Clube. Eles partiram. Ricos.

Caravaggio alega que não entende nada de cordas de barcos e pede à esposa que dance. Ele está encantado com a sensualidade irreverente da mulher. Esfregam-se um no outro com o balanço das ondas. Giannetta e Patrick em algum ponto na proa. O barco vai para um lado e outro, na direção da cidade, a mil e seiscentos metros. Caravaggio, o marido e a esposa bebem muito. A esposa dá mais corda no gramofone e *I Can't Get Started* emerge de novo sob o chiado da agulha.

Caravaggio capta o olhar de Patrick e ergue seu copo. "Um brinde à impaciência", diz ele, "um brinde a H. G. Wells", e depois joga o copo na água. A noite está quente e ele tira o capote. A mulher toca os brincos da fantasia de Caravaggio com as unhas. *Blim.* "Blim", ela sussurra para ele. "Está com fome?"

No compartimento de baixo, ela abre a porta da geladeira. Caravaggio senta e roda o corpo na cadeira giratória sem parar, passando pelo vulto cor de salmão do vestido da mulher, a bebida espirrando para fora de seu copo. Ele gira até estancar de repente e a mulher está ali junto à geladeira, encostando gelo no rosto por causa do calor, soltando o broche no ombro, de modo que uma parte do vestido cai, revelando um vão de pele em um lado do corpo. O cheiro do lampião de gás ao lado de Caravaggio enche sua cabeça. Ele concentra todo seu esforço nos ombros e se inclina para a frente, assim consegue levantar-se da cadeira e ficar de pé. Agora precisa se manter parado. Música em toda parte. Ele começa a rir. Um homem pode perder o equilíbrio por causa de uma ereção? Pensamentos profundos. Vira-se para olhar para ela. Querido salmão. A mulher avança para abraçá-lo. A face de Caravaggio na pele molhada embaixo do braço dela, na costela, mais ou menos na altura onde perfuraram o corpo de Jesus, ele pensa. Embriagado, Caravaggio tomba de joelhos. Abraça o vestido pelas coxas e ela se abaixa, desliza pelo vestido, de modo que uma bainha de lantejoulas se embola nas mãos de Caravaggio. A música pára. Uma pausa séria. Eles esbarram um no outro com a oscilação das ondas, Caravaggio a segura pelo cabelo, por trás. Tira do bolso um lenço e, sob a luz direta, cobre o rosto da mulher e a narcotiza com clorofórmio.

A mão de Patrick vem por trás de um rosto grande, no meio da noite, e faz o marido dormir com clorofórmio.

Caravaggio está no chão do compartimento, a mulher inconsciente em seus braços, o vestido em torno da cintura dela. Está sonhando com o quê? Ele imagina. Caravaggio fica ali deitado confortavelmente ao lado da mulher, no silêncio criado pela mão de Giannetta quando levantou a agulha do disco. Ele sai de baixo da mulher, olha em volta, põe um cobertor em cima dela e vai para o convés.

O marido jaz aninhado nas cordas. Com seu smoking, parece um boneco, um manequim roubado. Acima dele, se equilibrando sobre a amurada do barco, Patrick está de pé e faz xixi nas ondas. Caravaggio manobra o barco enquanto Giannetta apaga as luzes do convés. "Isto é a proa?", grita Patrick. "Estou mijando da proa? Ou da popa?" Giannetta ri. "É melhor eu ensinar a você." "É sim", diz ele. Patrick anda para a parte de trás do barco, apanha o gramofone e joga na água.

Caravaggio vira o barco para a extremidade leste da cidade, na direção das luzes do Kew Park e da central de distribuição de água. Patrick e Giannetta vão para baixo do convés. Ele pega um pouco de comida na geladeira, passa pela mulher inconsciente e se senta à mesa. É como uma bala que estivesse adormecida. Foi assim que Patrick se sentiu a noite inteira, na esteira da hélice de Caravaggio, completamente relaxado, sereno entre seus dois amigos. Eles o impediam de pensar no futuro. Ele quer o coração do lugar. Quer entrar e destruir meticulosamente, com toda eficácia. Não deve ser um gesto como jogar um ovo na janela de um trem.

* * *

A noite inteira, o gigantesco cano de captação de água puxa a água para a usina de filtragem a uma velocidade maior do que durante o dia. Patrick sabe disso. Com base nas plantas que Caravaggio roubou para ele, Patrick sabe seu comprimento exato, um pouco menos de três mil e duzentos metros, sabe o ângulo e o grau, sabe o diâmetro do cano, a resistência do metal interno e os trechos mais estreitos onde as diversas seções da tubulação foram presas umas nas outras com rebites. Sabe todos os lugares que deve atacar, uma vez dentro do prédio.

No convés, Giannetta observa Patrick, um pequeno lampião ao lado deles, a única luz no barco. Patrick tira a camisa e ela começa a passar graxa em seu peito e em seus ombros. Ele olha para os cabelos pretos de Gianetta enquanto esfrega esse negror no seu corpo. O suor no colarinho. O rosto sério de Giannetta. De repente, ela se curva para a frente e Patrick sente a boca de Giannetta por um instante em sua bochecha. Em seguida, ela recua a cabeça de volta para o mistério e sorri para ele, recobrindo sua cara com óleo grosso. Quando Caravaggio vem se juntar a eles, trazendo o saco pesado onde está escrito BUTIM, Patrick já está pronto. Giannetta abraça Caravaggio. Com os dedos, ela arranca uma lantejoula das trevas do cabelo de Caravaggio. Então os homens descem para o bote a remo, um negrume absoluto ao redor. Só a usina de filtragem rebrilha na margem, a oitocentos metros dali. Saem remando livres enquanto Giannetta vira o iate para outra direção, de volta para a ilha.

Agora os dois homens estão sentados de frente um para o outro, os joelhos se tocando. Estão a vinte ou trinta metros da estrutura flutuante onde começa o cano de captação de água. "Isto é uma beleza", diz Caravaggio, colocando uma cavilha de metal presa a uma tira de couro em torno do pescoço de Patrick. Caravaggio começa a envolver Patrick com dinamite à prova d'água — enrolando as bananas com firmeza contra seu peito, por baixo da fina camisa preta. Os dois vestem calças pretas. Patrick está invisível, a não ser pelo tato, a graxa recobre toda sua pele despida, o rosto, as mãos, os pés descalços. *Demarcação*. Caravaggio pode sentir o corpo dele, pode sentir e distinguir a correia dos cintos, as travas de segurança dos estopins. A estrutura flutuante tem sentinelas. Eles vêem cigarros acesos enquanto remam para lá, Caravaggio se inclina para a frente e toca no braço direito de Patrick a fim de indicar que devem remar para o lado direito, e no braço esquerdo, quando devem remar para o lado esquerdo. Nenhuma palavra. Parece que apenas Caravaggio consegue enxergar nos tênues borrões dessa escuridão absoluta.

Ele amarra o tanque de ar nos ombros de Patrick. Só um tanque. Calcularam a velocidade da água e o comprimento do túnel. Patrick poderia percorrer essa distância em doze minutos, mas existe um risco. A certa altura da noite, os geradores das bombas são desligados e, durante três minutos, não há sucção alguma. A água no interior do túnel não se move, fica parada. O efeito seria o mesmo de uma calçada rolante que parasse de repente. Os dois sabem que isso pode acontecer, imaginaram Patrick já não mais impelido na corrente da água mas atordoado, em um choque de imobilidade. O tanque proporciona apenas quinze minutos de ar. Se a bomba de sucção for desligada, o nível da água no cano, normalmente cheio, pode baixar por alguns instantes e Patrick talvez possa subir e respirar ali um pouco. Nenhum dos dois tem certeza disso.

Logo abaixo do tanque, Caravaggio amarra a caixa de detonação e o êmbolo. Pequeno, marrom, do tamanho máximo que Patrick pode carregar sem se ver impedido de passar entre as barras de ferro na boca do cano de captação de água, grades colocadas ali para evitar que toras de madeiras e corpos mortos fossem puxados para dentro. Um corpo vivo pode se espremer e passar entre as barras. Em um dos pesadelos de Patrick, enquanto esperava por essa noite, ele imaginou que em algum ponto do cano havia um cadáver que milagrosamente conseguira deslizar para dentro da tubulação, e Patrick sonha que vai enroscar-se nele no seu trajeto.

Na outra extremidade do túnel se encontra uma outra barreira de barras de ferro que Patrick terá de atravessar, espremendo o corpo. Em seguida, vai entrar em um poço de doze metros onde, logo acima do nível da água, há uma tela de metal para evitar que peixes e pequenos objetos entrem quando a água sobe. Para atravessar essa tela, ele traz um alicate especial para cortar arame. A seguir, Patrick vai estar no meio das máquinas cinzentas da central de distribuição de água.

Caravaggio amarra uma lanterna a pilha na cabeça de Patrick, depois o abraça. "*Auguri, amico mio.*"

Patrick faz que sim com a cabeça, põe o bocal do aparelho respirador entre os lábios e rola o corpo para fora do barco. Caravaggio se curva na borda e acende a luz. Eles coreografaram isso cuidadosamente, pois sabiam que ia haver homens perto da entrada do cano de captação de água. Quando a luz acende, Patrick afunda a cabeça na água e seu corpo segue o movimento para baixo, formando um arco.

É dia sete de julho de 1938. Noite de lua, uma onda de calor na cidade. O clarão cor de limão da central de distribuição de água delineia a extremidade leste da cidade. Caravaggio podia se curvar para a frente e fisgar a luz entre os dedos, como se fosse uma jóia no pescoço de uma negra. Rema em linha reta na direção da central de distribuição de água, ciente de que Patrick está embaixo dele, dentro do cano de um metro e meio de diâmetro, apostando corrida com a corrente de água, seu movimento sob a água semelhante a um punho que fecha e abre, encolhendo e esticando o corpo ao máximo, depois se encolhendo de novo, de forma desajeitada, por causa do peso que carrega.

Em tudo o que imagina, Caravaggio vê Patrick mover-se com a luz brilhando loucamente contra as paredes do cano. Pensa que Patrick, depois de conseguir se esgueirar entre as barras de ferro, o que quase foi impossível por causa do tanque de ar preso às costas, se põe a nadar e percebe que a lanterna está retardando demais sua marcha e assim, após alguns segundos, ele se desfaz da lanterna e ela desce para o fundo do cano, a luz ainda acesa, e estará brilhando ali ainda uma hora depois de tudo acontecer. Patrick nada no escuro, apenas o repuxo da água para guiá-lo, se encolhendo e se esticando, como aquele punho que Caravaggio imagina, mas as pernas e as mãos esbarram nas paredes do cano com tanta freqüência que já estão sangrando dos choques e esfoladuras. A graxa escorre do cabelo pelo rosto e para dentro da boca. Mais do que tudo, seu corpo teme ficar sem ar caso o tanque se esgote, e teme o perigo do repentino silêncio das bombas a mil e seiscentos metros dali, situação em que ele teria de se movimentar a uma velocidade humana normal. Esses temores são maiores do que o medo da falta de luz ou do pesadelo em que Patrick de repente abraçava um cadáver perdido. Assim, seu corpo, movendo-se sem pensar, fica atento a qualquer sinal de silêncio. Caso as bombas parem, Caravaggio lhe disse para dinamitar o cano e subir, saltar para a superficie e gritar. Caravaggio estará lá para ajudar. Mas os dois sabem que existem poucas chances de conseguir sair daquele metal rompido à força, enquanto o lago inteiro pressiona para dentro do cano.

Os holofotes da usina de filtragem vasculham a água. Agora Caravaggio tem de deixar Patrick. Muda de direção e rema para Kew Beach, uns oitocentos metros a oeste. As luzes do parque de diversões são apagadas pouco a pouco, após a meia-noite. A silhueta da roda-gigante desaparece.

Patrick engole o primeiro soluço do tanque de ar que vai chegando ao fim.

Ele ondula o corpo mais depressa junto com a corrente e inspira mais fundo o ar do tanque. No meio da terceira inspiração, se choca com barras de ferro. Está quase lá. Sufocando, a boquilha de respiração já seca, vazia, se solta da boca. Está quase lá com o tanque vazio. Agora precisa de luz. Solta o tanque das costas, o braço dói por causa do choque, mergulha por entre as barras e impele o corpo para cima, nenhum ar dentro dele, nenhuma luz, para o alto, cercado pelos tijolos do poço, evitando a sucção das telas laterais, embutidas nas paredes. Se as telas apanharem seu corpo, a força de sucção pode retê-lo ali e ele nunca vai se soltar. Patrick nada para cima às cegas até alcançar a barreira de arame. Pensa para onde deveria ir, para baixo de novo? Como seguir em frente? Durante segundos preciosos, seu peito se torna um vácuo e quase implode antes que ele entenda que já está *no* ar. Os ombros, a cabeça e os braços estão no delicioso ar. Essa é a tela que ele deve cortar para seguir adiante. Pode respirar se abrir a boca. Está no ar natural da central de distribuição de água.

Patrick se pendura, seus dedos enganchados nos arames da tela, tudo o mais abaixo do peito sob a água. O alicate deve ter caído quando se chocou nas barras de ferro, quando soltou o tanque das costas. Por um instante, Patrick não se importa. Agora tem ar. Sabe que nunca vai conseguir voltar nadando contra o fluxo da água, descer de novo até o fundo do poço. Está preso ali.

Ele se pendura por um dos braços. Uma explosão bem pequena a fim de soltar a tela soldada com firmeza e ele estará livre. Tem cinco detonadores. Sacrificar um dos locais escolhidos. Até que ponto é possível produzir uma explosão pequena? Patrick prende uma cápsula detonadora na tela com um estopim em forma de grampo, aciona e mergulha o mais fundo que pode. Não escuta o barulho em absoluto, é apenas colhido e atirado com força contra os tijolos, e depois sugado para cima, embolado junto com a água, de encontro à tela de arame, com tanta força que machuca as costas e o rosto. Depois tomba para trás. Não existiu som nenhum para ele, só movimento, dos lados e de cima, pele se soltando da bochecha e das costas. Houve, ele recorda, uma luz momentânea. Ele pode sentir o gosto de sangue se colocar a língua fora da boca. E pode sentir o gosto do sangue que desce do nariz através do céu da boca.

Patrick sobe para fora do poço e se põe de pé no chão da sala entre as máquinas cinzentas, tocando nelas para ver se estão quentes, por uma janela alta entra a luz frouxa que vem da principal estação de bombeamento. Ele começa a desembrulhar as bananas de dinamite atadas ao corpo e as coloca no chão formando uma fila. Encontra um pedaço de pano e as enxuga. Retira do bolso os estopins, espoletas, cronômetros e cápsulas detonadoras, que estão embrulhadas em pano impermeável. Desenrola o fio elétrico e começa a montar a caixa de detonação e o êmbolo.

Ficando totalmente nu, Patrick torce a água da roupa e põe a camisa e a calça encostadas nas máquinas quentes. Deita-se no chão e tenta descansar. Esforçando-se para controlar a respiração, mesmo agora, tem vontade de inspirar o mais fundo possível, como se fosse sua última respiração. *As minas do rei Salomão*. Ele sorri para o teto no escuro.

Harris, semi-adormecido na cama de armar em seu escritório, ouviu o som abafado, um ruído que não se enquadrava nos padrões sonoros do conjunto de bombas hidráulicas. Caminha sobre o mezanino da estação de bombeamento. Está totalmente iluminada e em ordem. De roupão, Harris desce a escada para a estação de bombeamento, percorre os vinte e cinco metros até os túneis Venturi e depois volta devagar, de ouvidos atentos para aquele som falso. Ele nada viu, salvo as máquinas pintadas de cinza. No andar de cima, Harris olha para o lado de fora através das janelas e vê as patrulhas militares. Relaxa e volta para o quarto.

Patrick descansa sem fechar os olhos, o olhar voltado na direção da janela alta que traz a luz para essa escura sala divisória. Logo ele vai seguir pelo mesmo corredor onde a procurou e a encontrou, se lavando ao lado de uma vela, cercada por todas aquelas marionetes... anos atrás. Patrick não pode tocar no próprio rosto por causa da dor. Não tem a menor idéia do que quebrou.

Após vinte minutos, levanta do chão, veste a roupa e começa a ligar as cápsulas detonadoras à dinamite. Caminha no ar úmido da estação de bombeamento. Enquanto prepara e instala os explosivos, consegue visualizar o que vai acontecer. Uma coluna de água vai disparar a uma altura de onze metros no ar e romper as janelas de vidro no telhado. O chão vai se abrir, as outras bombas vão ficar sobrecarregadas e queimar em poucos segundos. Quando os tanques de sedimentação explodirem, as barracas militares no gramado acima deles vão simplesmente desmoronar sobre sete metros de água. Patrick pega o rolo de fio e alinha os estopins elétricos ao longo dos túneis Venturi.

> *"No curso de golfe fiquei abaixo da média*
> *Metro-Goldwyn me chamou para ser um astro do cinema..."*

O ronco da máquina afoga sua voz enquanto ele meio cantarola, meio balbucia, sem se dar conta de que a canção que ouvira no barco tinha grudado nele feito um carrapicho. Patrick atravessa a água rasa do tanque de filtragem com o rolo de fio na mão estendida para a frente, escolhendo as colunas mestras onde colocar a dinamite. A água daqui vai jorrar através do vidro coberto com arame e alcançar os corredores de mármore cor-de-rosa.

> *"Tenho uma casa — um local de espetáculos*
> *Mas não arranjo um lugar — para ficar com você..."*

Patrick põe uma carga com seu detonador elétrico sobre uma placa que diz Bomba Centrífuga Dominium. As últimas cargas ele coloca embaixo dos tanques de cloreto de ferro e ao lado da torre de mármore do relógio com suas luzes em código. Estende os fios para dentro da caixa de detonação.

Descalço, Patrick sobe a escada desenrolando o circuito elétrico atrás de si, contorna a galeria do mezanino e entra no escritório de Harris.

Harris, sentado em sua escrivaninha, o abajur recurvo aceso, por acaso está olhando para a porta quando ela abre. Mesmo que conhecesse o homem antes, não o reconheceria agora. Calça e camisa pretas de algodão fino, cara lambuzada de graxa — sangue nos arranhões e esfoladuras. O nó dos dedos sangrando, um braço inerte ao lado do corpo. Harris nota a camisa rasgada nas costas quando o intruso se volta para fechar a porta.

Ele caminha na direção de Harris, carrega a caixa de detonação sob o braço direito como se fosse uma galinha.

— Você me conhece?

— Trabalhei para você, senhor Harris. Ajudei a construir o túnel pelo qual acabei de vir nadando.

— Quem é você? Como se atreve a tentar entrar aqui?

— Não estou tentando entrar, já entrei. Tudo está minado. É só apertar o êmbolo nessa caixa de detonação.

— O que você quer? Quem é você?

— Sou Patrick Lewis.

Houve uma pausa. Patrick inclinou-se para a frente e esfregou os dedos cortados na superfície lisa da escrivaninha de Harris.

— Feldspato — sussurrou.

Harris observava os olhos dardejantes no rosto escuro do homem. Caminhou até o aparador e voltou com um jarro de conhaque e copos. Estava pensando. Depois começou a falar. Contou que detestava as autoridades da cidade mas adorava o prédio da prefeitura.

— Eu praticamente *nasci* na prefeitura. Minha mãe era zeladora. Consegui subir na vida.

— Você se esqueceu de nós.

— Dei emprego para vocês.

— A droga dos azulejos de seu banheiro, com desenhos imitando espinhas de peixe, custam mais do que metade dos salários de todos nós somados.

— Sim, é verdade.

— Você não tem vergonha disso?

— Veja bem, daqui a cinqüenta anos as pessoas vão vir aqui e ficar boquiabertas com os azulejos e os telhados de cobre. Precisamos de excesso, alguma coisa que chame atenção. Briguei com unhas e dentes para conseguir esses azulejos com desenhos de espinha de peixe.

— *Você* brigou. *Você* brigou. Pense só nas pessoas que construíram os túneis de captação de água. Sabe quantos de nós morremos lá embaixo?

— Não fizeram registro disso.

— Apague a luz.

— O quê?

— Apague a sua luz.

Harris puxou o cordão de contas do abajur recurvo na sua escrivaninha. Então o quarto ficou escuro.

Patrick agora se movia no escuro, a caixa de detonação ainda embaixo do braço direito. Precisava esticar o corpo, caminhar. Estivera se afogando nos olhos de Harris e nos movimentos sonolentos de suas mãos, sentia-se hipnotizado por aquela voz calma, o foco solitário do abajur. Sem luz, Patrick sentia-se mais desperto, discernia as formas, o cheiro de uma cama em algum ponto do quarto. Harris falou na escuridão.

— Você não entende o poder. Não gosta do poder, não o respeita, não quer que ele exista, mas circula em torno dele o tempo todo. Você é como um mensageiro. Pense nisso, Patrick... Nenhuma resposta. Vou continuar falando. Mas acenda a luz antes de decidir apertar essa coisa. Me conceda isso.

— Está bem. Mas fique falando, Harris.

— O que você está procurando é um vilão.

Harris sabia que tinha de sobreviver até o início da manhã. Então uma coluna de luz do sol cairia direto na sua grande escrivaninha, o bloco de papel com argolas, a caneta-tinteiro. Seu revólver estava ao lado da cama. Ele tinha de sobreviver até o primeiro indício da cor da manhã vazar pelo óculo acima dele, com dois metros e meio de diâmetro, feito de oito vidros em formato de meia-lua. Harris curvou-se para a frente.

> — Certa noite, tive um sonho. Saltei do ônibus na College — era na época em que eu trabalha em uma obra na College Street para que ela desembocasse na Carlton — e me vi em uma região onde nunca tinha estado. Vi chafarizes onde antes havia um cruzamento. O estranho era que eu sabia o caminho que devia tomar. Sabia que mais adiante eu ia virar e dar com um jardim e mais chafarizes. Quando acordei do sonho, a sensação de familiaridade continuou me impregnando o dia inteiro. No sonho da noite seguinte, eu caminhava por um parque misterioso ao largo da Spadina Avenue. Um dia depois fui almoçar com o arquiteto John Lyle. Falei com ele a respeito dessas paisagens e ele começou a rir. "Isso é real", disse ele. "Onde?", perguntei. "Em Toronto." Acontece que eu estava sonhando com projetos para a cidade que foram recusados ao longo dos anos. Coisas maravilhosas que foram consideradas vulgares demais ou caras demais, demais isso, demais aquilo. E eu andava por esses lugares, ao lado do círculo do tráfego na Yonge e na Bloor, descendo pela planejada Federal Avenue, até a Union Station. Lyle tinha razão. *Eram* todos lugares reais. Poderiam ter existido. Quero dizer, o viaduto da Bloor Street e este prédio aqui são apenas um indício do que poderia ter sido feito aqui.
>
> "Você precisa entender, Patrick, que você é como

esses lugares. Você pertence tanto às construções quanto os vereadores e os milionários. Mas está entre os anões do empreendimento, que nunca são aceitos ou reconhecidos. A face pé-de-chinelo do empreendimento. Você é um herdeiro perdido. Por isso fica metido no mato. Rejeita o poder. E é assim que os tolos simpáticos — os políticos, a imprensa, os prefeitos e seus conselheiros — se tornam os porta-vozes de uma era. Você precisa entender que o grande truque consiste em ser tão sério na velhice quanto se é na juventude."

— Você conhecia uma mulher chamada Alice Gull?

— Não... Deveria?

— Sim.

— Ela morreu?

— Por que está dizendo isso?

— Você falou *conhecia*.

— Pois é.

Patrick acendeu a luz e viu os olhos de Harris fixos nos seus.

— Já se decidiu?

— Ainda não.

Ele apagou a luz. De novo desapareceram um para o outro.

— Alice Gull — disse Harris muito devagar — foi morta por um anarquista.

— Não.

— Ela era uma atriz. Não é isso?

No escuro, Patrick ouviu Harris tomar um gole de seu conhaque e recolocar o copo na mesa. Patrick sentou-se no chão, seu braço bom repousando na caixa de detonação.

— Acho que a vi uma vez — disse Harris.

— Ela se apresentava aqui. Havia comícios na central de distribuição de água quando ainda estava inacabada. Foi aqui que eu a encontrei de novo, depois de muitos anos.

— Que comícios? Do que está falando?

— Depois eu a perdi... Alguém lhe entregou a sacola errada. Um pequeno engano. Pegou a sacola errada. Estava levando dinamite ligada a um mecanismo de tempo, uma bomba-relógio. Ela saiu andando com a sacola no meio da multidão pela Danforth, perto da Broadview, caminhando na direção do centro da cidade. Quem sabe o que ela pensava que continha a sacola? Souberam que ela corria perigo assim que descobriram o engano.

Patrick falava com voz quase inaudível, aos sussurros. Se estivesse escrevendo tudo isso, pensou Harris, sua letra teria ficado cada vez menor.

— Não quero mais falar desse assunto.

— Então será sempre um pesadelo para você.

— Sempre *será* mesmo um pesadelo para mim, Harris. Alice tinha uma frase, um provérbio antigo. "Na casa de um rico, não há lugar para cuspir, a não ser na cara dele."

— Diógenes.

— Não sei.

Um silêncio.

— Patrick, fale comigo.

— Eles me encontraram no curtume, me contaram aos berros o que tinha acontecido. E eu saí correndo. Corri para o norte pela orla do vale, não havia ônibus, as passeatas tinham provocado um caos naquele dia. Passei pela Padaria Geranium e agarrei um amigo de Alice, Temelcoff, para ajudar a encontrá-la. E nós dois saímos correndo todo o caminho até Danforth, onde estava a multidão, onde ela também devia estar. Quando cheguei lá, não tinha forças para gritar. *Alice!* Eu mal conseguia sussurrar. Ficamos pulando para olhar por cima das cabeças da multidão. Ela levava a bomba-relógio sem ter a menor idéia do que era, e dali a pouco tudo iria explodir bem em cima dela. Temelcoff e eu pulávamos sem parar, a multidão espalhada em volta de nós, de vez em quando os rostos frenéticos fitavam-se uns aos outros... Então ouvi a explosão. Não muito longe, perto o bastante para eu encontrá-la, pegar a sacola e jogar longe, para qualquer canto da rua...

Então ninguém se mexeu, Patrick se lembrava, a multidão inteira encerrada na imobilidade. Já havia uma distância entre Alice, com o corpo caído para a frente, abraçando as costelas, e as pessoas aglomeradas a uns seis metros dela. Quando Patrick se aproximou de Alice, ela o reconheceu, seus olhos indeléveis, a ferida aberta no lado do corpo.

Ele a abraçou com delicadeza, mal podia tocá-la sem provocar dor. Mais do que tudo, ele mantinha os olhos dela seguros nos seus, morrendo de medo de que Alice os fechasse, cerrasse as pálpebras de uma vez para sempre. Um dos olhos tremeu, para cima e para baixo, depois o outro, como se estivesse gaguejando. Depois a sacola, a três metros de distância, estourou de novo.

Inofensivo. E quando Patrick voltou-se outra vez para Alice, seus olhos estavam fechados. Sua mão morta agarrada à beirada da jaqueta de Patrick.

Patrick levantou-se e correu por um corredor horrorizado, aberto no meio da multidão, o sangue de Alice nele. Um gemido subconsciente balbuciando na sua boca. Chocou-se em alguma coisa muito dura, o que obrigou seus olhos a entrarem de novo em foco.

Fitou o rosto de Temelcoff, que o segurou e não o soltou mais. Não para capturá-lo, mas para acalmá-lo. Patrick se debatendo para um lado e outro. O rosto do ex-operário da ponte mantendo-se firme, exceto pela formalidade de duas lágrimas nítidas. Dois pequeninos coches de prata.

Depois Nicholas Temelcoff o soltou e caminhou na direção do corpo de Alice.

— *Patrick...*

Havia uma escuridão permanente no quarto. Um silêncio permanente. Harris estava parado, calado, sem enxergar. Tudo o que sabia agora era onde a voz tinha soado.

No teto acima dele estava a janela com oito vidros em formato de meia-lua. Se Harris olhasse para o alto dali a pouco, haveria uma insinuação de azul. Meu Deus, ele veio nadando até aqui, Harris de repente compreendeu. Foi assim que entrou, através do túnel. Que visão, que sonho era esse? Harris apertou o botão de seu despertador de pulso e ele bateu cinco horas. O som tombou bem nítido no quarto.

A certeza de que dali a pouco o dia ia nascer manteve Harris alerta. Ficou onde estava durante a hora seguinte e então a primeira luz penetrou no quarto. Ela se aninhou nos cantos do teto, insinuando armários nas paredes, os malditos azulejos com desenhos de espinha de peixe, que pareciam deixar todo mundo irritado, e depois clareou a alcova onde estava sua cama, onde Patrick jazia estirado de um jeito estranho — a parte de baixo do corpo recurvada, os joelhos dobrados, a metade de cima toda esparramada, a cabeça voltada para trás. Havia sangue no pescoço e na camisa. Ele havia cortado a garganta no escuro. Meu Deus. Harris levantou-se. Depois sentou outra vez. Não, ele só estava dormindo. Estava dormindo! Os cortes eram velhos. Provocados pelo percurso até aqui. Harris se deu conta de que estava livre. A caixa de detonação estava no chão. Mais cedo, Harris havia compreendido por que o homem o havia escolhido, sabia que ele era um dos poucos no poder que tinha algo tangível em torno de si. Mas aqueles dotados de um poder verdadeiro nada tinham para mostrar de si mesmos. Possuíam papel. Não levavam um centavo no bolso. Harris era um amador no meio deles. Tinha de se vender o tempo todo.

Parou de pé ao lado de Patrick. "Ele se deitou para dormir, até ser acordado no meio de um sonho. Deparou com os leões em torno dele, vangloriando-se de estarem vivos; em seguida, empunhou seu machado, sacou a espada da cinta e atirou-se contra os leões, como uma flecha disparada do arco."

Soou uma batida na porta. Seis horas. Ele nada disse. Bateram de novo. Harris tinha medo de que Patrick acordasse de repente. "Entre", sussurrou. Um guarda entrou obediente e fez continência. Harris pôs o dedo nos lábios antes que o homem começasse a falar com voz trovejante. Apontou para o homem na cama.

> — Leve essa caixa de detonação para fora e desarme. Deixe o homem dormir. Não fale nada. Apenas leve a caixa daqui. Traga uma enfermeira com algum material de primeiros socorros, ele se machucou.

— Patrick?

Ele acorda lentamente, a mão de Hana no seu ombro.

— Patrick? Temos de ir para Marmora.
— Mais cinco minutos, mais cinco minutos.
— Não, nós *temos* de ir. Preparei uma garrafa térmica de café para a gente.
— Obrigado.
Ele sentiu a roupa molhada do suor do sono.
— Estou acordado. Marmora. Tudo bem.

Na sacada, no ar da noite, ele olhou para baixo, para o extenso e verde jardim do senhorio. O resto do calor do dia anterior ainda persistia na atmosfera. Hana fechou a casa, eles desceram os dois andares pela escada de metal e caminharam pela Albany Street em direção ao carro. As casas, nessa hora, amplas e bonitas, luzes avulsas acesas dentro delas, e Patrick podia ver o interior na penumbra, a privacidade e a personalidade das casas reveladas, cada aposento uma subtrama da história. Seu braço bom estava em torno do ombro de Hana enquanto ela, por sua vez, abraçava a garrafa térmica.

— Me fale sobre ela.
— Era a melhor amiga de sua mãe. Vou contar para você a história toda.

As sacadas do segundo andar debruçavam-se sobre a rua. Odores de todas as sebes. O senhor Rivera regava seu jardim com uma mangueira às três da manhã, tendo acabado de chegar de um turno de trabalho à noite, mostrou-se reservado quando passaram por ele. A corrente de um cão presa à balaustrada da escada. Eles estavam partindo para conduzir Clara de volta para essa rua. Patrick achou aquilo maravilhoso, sentia-se contentíssimo nessa hora, em que muitas vezes viam guaxinins parados na escada, aparentemente domesticados, como se de posse do território da varanda.

Pararam diante do Ford e abriram a porta do passageiro. Patrick estava prestes a sentar no banco do motorista.

— Você quer dirigir? — perguntou para Hana.

— Eu? Não sei mudar as marchas.

— Vá em frente. Vou dizendo a você a hora de mudar a marcha até a gente sair da cidade.

— Vou experimentar um pouquinho só.

Hana sentou-se com as costas eretas, adaptando o espelho retrovisor à sua altura. Patrick entrou, fingindo se deleitar com o conforto do banco do passageiro, emitindo ruídos de satisfação semelhantes aos de um animal.

— Luzes — disse ele.

Este livro foi composto em Sabon pela Bracher & Malta, com fotolitos do Bureau 34 e impresso pela Prol Editora Gráfica em papel Pólen Soft 80 g/m² da Cia. Suzano de Papel e Celulose para a Editora 34, em abril de 1998.